Izabelle Jardin
Snow Angel

AF217933

Montlake
Romance

Das Buch

Nina will in der klaren Winterluft eigentlich nur etwas Kraft tanken, ihren Kopf freibekommen, ganz entspannt eine Runde auf einer einsamen Waldloipe drehen. Doch dann überrascht sie ein plötzlicher Schneesturm. Ein falscher Schritt, und sie stürzt einen steilen Abhang hinunter.

Als sie wieder zu sich kommt, blickt sie in Simons Augen. Er bringt sie in seine abgelegene Blockhütte. Wer ist dieser attraktive Mann, dessen unwiderstehlicher Blick ihre Knie weich werden lässt? Was hat es mit Simons mysteriöser Vergangenheit auf sich, über die er nicht sprechen will? Ob Nina will oder nicht: Sie ist allein mit dem Fremden eingeschneit und es gibt kein Entrinnen.

Die Autorin

Die deutsche Autorin Izabelle Jardin lebt und arbeitet in Norddeutschland. Sie ist Mutter zweier Söhne und verheiratet mit dem »idealen Mann«. Ihr erster Roman »Unter die Haut« und der Krimi-Liebesroman-Mix »Snow Angel« erzielten Bestplatzierungen auf Amazon. »Remember« erreichte Rang 2 der Kindle-Charts sowie den 5. Platz beim »Deutschen Leserpreis 2014«. 2015 wurde der Titel von Tinte & Feder neu verlegt, gefolgt von dem Bestseller »Bernsteintränen«.

IZABELLE JARDIN

SNOW ANGEL

ROMAN

Montlake
Romance

Die Originalausgabe erschien 2016 unter dem Titel »Snow Angel«.

Veröffentlicht bei
Montlake Romance, Amazon Media EU S.à r.l.
5 Rue Plaetis, L-2338, Luxembourg
Oktober 2018
Copyright © der Originalausgabe 2016
By Izabelle Jardin
All rights reserved.

Umschlaggestaltung: PEPE *nymi*, Milano
Umschlagmotiv: © Bob Ell / EyeEm © CoffeeAndMilk / Getty Images,
© mythja © Klagyivik Viktor © Sunward Art © Pipochka / Shutterstock
Korrektorat: Stefan Wendel
Gedruckt durch:
Amazon Distribution GmbH, Amazonstraße 1, 04347 Leipzig /
Canon Deutschland Business Services GmbH, Ferdinand-Jühlke-Str. 7,
99095 Erfurt /
CPI Books GmbH, Birkstraße 10, 25917 Leck

ISBN: 9782919803569

www.montlake-romance.de

KAPITEL 1

Endlich! Ein paar freie Tage!

Die letzten Wochen sind fürchterlich gewesen. Irgendwie hatten alle Lehrer gemeint, sie müssten unbedingt den Druck noch mal richtig erhöhen und alle ausstehenden Klausuren des Semesters in die knappe Zeit vor den Zeugnissen quetschen. Hätte man das nicht vor den Weihnachtsferien erledigen können? Nina hat die Nase kaum vor die Tür bekommen, denn die Ehrenrunde nach dem folgenreichen Skiunfall im letzten Winter hat sie ein ganzes Jahr gekostet. Nun ist sie mit Abstand die Älteste in ihrer Klasse. Und noch ein Schuljahr mehr? Nein, danke!

Während die meisten Klassenkameraden sich nach Schulschluss in der Stadt zum Chillen in den angesagten Kneipen treffen, hat sie nur einen Wunsch: raus! Frische Luft atmen, sich austoben, laufen, bis die Lunge pfeift, sich den Büchermief aus den Haaren schütteln. Alle nett gemeinten Angebote, sich begleiten zu lassen, hat sie abgelehnt. Sie will allein sein.

Die Sonne scheint an diesem Nachmittag endlich mal. Es hat seit zwei Tagen ununterbrochen geschneit. Mindestens fünfzig Zentimeter weiß glitzernder Pracht sind schon zusammengekommen. Im Gepäck hat sie ihre Langlaufski und das Eis unter den Reifen ihres Golfs knirscht gefährlich, als sie die Auffahrt ihres Elternhauses hinunterdonnert.

Je weiter sie aus der Stadt hinausfährt, desto einsamer wird es auf der Landstraße. Kaum ein Auto kommt ihr mehr entgegen. Der Schnee, der im Ort zusammengeschoben, zerfahren und schmutzig grau aussieht, hat die Landschaft hier draußen mit einem sauberen unberührten Tuch zugedeckt. Gewaltig und dunkel erheben sich die Höhen gegen den blassblauen Winterhimmel. Hell zeichnen sich die breiten Schneisen der bekannten Skiabfahrten an den Hängen ab.

Morgen spätestens werden sie die Lifte öffnen. Dann wird das Städtchen wieder voll sein mit Tagestouristen und man bekommt im Gedränge kaum noch einen Fuß vor den anderen. Die enormen Regenmengen hatten in den vergangenen Wochen bis über Neujahr verhindert, dass die Haupteinnahmequelle der Region zu sprudeln begann. Bei den Kaufleuten und Hotelbesitzern war bereits leise Panik über die schwindenden Buchungszahlen zu bemerken gewesen. Erst der plötzliche, ersehnte Wetterwechsel hatte alle Sorgen besänftigt und über Nacht ein eisiges Wintermärchen gezaubert.

* * *

Auf dem Waldparkplatz ist keine Menschenseele.

Gut so, endlich Ruhe, sagt sich Nina und nimmt den Weg über ihre bevorzugte gespurte Loipe. Ganz leicht ist der Anstieg hier. Bestens geeignet, um in dem neuen, rot glänzenden Skianzug langsam richtig warm zu werden. Nina atmet tief durch, bemerkt ihre schlappe Kondition und sucht sich ihren gleichmäßigen, ruhigen Rhythmus beim Laufen. Der Wechsel zwischen den Schatten, dort, wo die tief verschneiten Tannen dicht stehen, und der grellen Sonne an lichteren Stellen strengt die Augen an.

Neben dem Weg führen Spuren von Hasen und Rehwild in den Wald, verlieren sich im Unterholz. Ein paar Bussarde kreisen über ihr. Die Futtersuche muss in der tief verschneiten Landschaft anstrengend sein. Sie bleibt einen Augenblick lang stehen, sieht den Greifvögeln nach, horcht.

Wie unglaublich still der Wald ist!

Nur der eigene Atem ist zu hören. Vernehmbar pocht der Puls in ihren Schläfen, wird leiser, als sie einen Moment ausgeruht hat. Sie schaut den Fähnchen nach, die ihr Atem in die eisige Luft zeichnet, und spürt, dass sie langsam runterkommt.

Nina hat sich die Fünf-Kilometer-Runde vorgenommen, die ihr seit Jahren vertraut ist. Die Loipe ist immer gut präpariert und nicht zu lang für den Anfang nach der ausgedehnten Couch-Potato-Zeit über den Büchern. Es ist heute das erste Mal in diesem verdammt arbeitsreichen Winter, dass sie hierherkommt, aber sie kennt jeden Baum, jede Windung des Weges, jeden Hochstand, jede Wildfütterungsstelle genau.

Auf einen ganz bestimmten Anblick hat sie sich schon während der Fahrt gefreut. Je näher sie der Stelle kommt, desto zügiger gleiten ihre Ski durch den Schnee. Die Sonne steht bereits recht tief und ein kurzer Blick auf die Uhr signalisiert ihr, dass sie Gas geben muss, wenn sie sich die kleine geplante Ruhepause gönnen will. Bald wird es zu dämmern beginnen, aber die Strecke ist noch vor Einbruch der Dunkelheit zu schaffen.

Als sie die altbekannte Haarnadelkurve, in der sie die Bretter bergab mal richtig laufen lassen kann, hinter sich hat, tut sich der Wald auf und vor ihr liegt im Licht der untergehenden Sonne der See. Sie kennt ihn nur im Winter. Der Anblick des zugefrorenen Gewässers im Talkessel ist so wunderschön, dass sie irgendwann einmal beschlossen hat, sich das Bild niemals in Sommerfarben ansehen zu wollen.

Das Eis muss noch dünn sein, am offenen Rand drängen sich Enten und Schwäne im Wasser. Eine beachtliche Schneeschicht trägt die glatte Fläche aber schon, die rosenrot im Licht schimmert. Bläuliche kleine Nebel steigen am Uferrand auf. Dunkel hängen die Zweige der schneebedeckten Tannen fast bis auf das Eis hinunter. Vollgesogen mit Nässe, nun tiefgefroren, tragen sie schwer an ihrer Last. Schneekristalle funkeln in der klaren Luft, leuchten in allen Farben des Regenbogens.

Nina schiebt das kalte Weiß von einem kleinen Bänkchen und setzt sich hin. Alle Mühe, alle Genervtheit der vergangenen Wochen fällt von ihr ab. Der Augenblick ist so still und friedlich, dass sie sich nicht lösen kann, bis ihr endlich bewusst wird, wie fahl das Licht schon wird.

Jetzt aber los!

An dieser Stelle hat sie zwei Drittel der Runde bewältigt. Etwas bergauf wird es noch gehen, dann muss sie die Ski nur noch laufen lassen und wird in kaum einer halben Stunde zurück beim Parkplatz sein. Ein letzter Blick noch auf den starren, friedlichen See, dann beginnt sie den Anstieg. Nina kommt ins Keuchen.

Ab und zu muss sie stehen bleiben, die Ski weit gespreizt am Hang. Es hat wieder zu schneien begonnen. Sie öffnet den hochgezogenen Reißverschluss des Overalls, lässt dicke, kühle Flocken auf ihrem erhitzten Hals schmelzen. Das Schneetreiben wird dichter. Wind kommt auf, wird schnell heftiger. Sie sieht kaum noch die Hand vor Augen. Die Loipe ist jetzt beinahe nicht mehr erkennbar.

Und endet plötzlich!

Noch nie hat sie es in den letzten Jahren erlebt, dass diese Route nicht sauber durchgespurt war, obwohl sie nicht zu den meistbenutzten, gut beleuchteten gehört, auf denen sich sogar noch am späten Abend die Touristen tummeln.

Wer, zum Teufel, war hier bloß so faul? Was soll ich jetzt tun? Umkehren? Keine gute Idee! Der Weg wäre viel zu weit!

Sie überlegt, ob es sinnvoll wäre, Hilfe zu rufen, zieht ihr Handy aus der Brusttasche und flucht. »Nie wieder O2! Kein Empfang ... verdammt!«

Nina beschließt, sich auf ihren Orientierungssinn zu verlassen. Sie kennt sich doch hier aus, ist die Runde schon zig Mal gelaufen. Allerdings noch niemals bei Nacht. Sie ist kein Angsthase, aber langsam dringt in ihr Bewusstsein, dass sie zwar kaum zwei Kilometer von ihrem sicheren, schützenden Auto, vielleicht eine halbe Stunde Fahrt von der Stadt, entfernt ist und dennoch faktisch allein in der Wildnis steht.

Furcht steigt in ihr hoch, kriecht über den nackten Hals, lässt sie den Reißverschluss mit unsicherer Geste hochziehen. Sie steht und horcht. Hört die Stimmen der frühen Nacht. Eingepackt in das Wattepolster des immer heftiger werdenden Flockenwirbels wird jedes Rauschen in den Wipfeln der Tannen, jedes Ächzen der alten Stämme unter der Last des Schnees zur nicht einschätzbaren Bedrohung. Sie muss sich zusammenreißen. Langsam ertastet sie den Weg, den sie für den richtigen hält. Ein Stückchen noch bergauf, dann vorsichtig an der Schlucht vorbei.

Rechts halten! Gut!

Der Sturm pfeift ihr um die Ohren. Ein weiteres Sinnesorgan beginnt, sie zu trügen. Die Tannen schütteln sich, werfen kleine Lawinen nach ihr. Dünne Äste brechen im Wind. Sie weiß, dass der Pfad hier schmaler wird. Während sich auf der rechten Seite eine Felswand erhebt, geht es links wirklich sehr steil hinab. Kein Problem bei Helligkeit, aber unter diesen Umständen eine nervenzerfetzende Anspannung.

Rechts halten!

Der Boden unter ihrem linken Ski gibt nach. Instinktiv verlagert sie das Gewicht auf das rechte Bein. Aber sie ist schon zu dicht am Abgrund. Auch der rechte Ski rutscht unter ihr weg. Nina versucht, sich irgendwo festzuklammern, findet mit ihren dicken Handschuhen an der eisigen Wand keinen Griff. Im Fallen ist sie sich völlig bewusst, was jetzt passiert. Es wird mindestens zehn Meter in die Tiefe gehen. Der weiche Schnee wird den Absturz mildern. Die Bindungen haben sich blitzschnell gelöst. Sie macht sich rund, bemüht sich, den Kopf zu schützen. Und kann dennoch nicht verhindern, ungebremst und hart an einen Stamm zu schlagen, der sich fest verwurzelt in den Abhang krallt.

KAPITEL 2

Ben liegt in seinem Korb und schnarcht. Es beginnt gemütlich warm zu werden in der Hütte.

Raus aus dem Gedränge der Stadt, Schluss mit der Hetzerei, die über den Jahreswechsel immer unerträglicher geworden ist. »Zeit der Besinnung! Vorbei die besinnungslose Besinnlichkeit!«, murmelt Simon, als er zufrieden seinen schlafenden jungen Hund ansieht.

Am Mittag hat er seinen Cherokee vollgepackt mit allem, was ein Mann und ein Hund für ein paar freie Tage brauchen können. Lizzy, seine gegenwärtige Herzdame, hatte nur angeekelt den perfekt geschminkten, zugegebenermaßen sehr hübschen Mund unter ihrer ebenso perfekt geschwungenen Nase verzogen, als er ihr vorschlug, mal nur zu zweit und in Ruhe draußen in der Jagdhütte eine Auszeit zu nehmen. Ein etwas halbherziger Versuch seinerseits, sie zu überzeugen, war kläglich gescheitert. Zu viele wunderbare, völlig einzigartige und unerlässliche »Party-Events«, die sie unter gar keinen Umständen versäumen wollte, hatte sie in die Diskussion geworfen. Es war Ball-Zeit.

Er wollte sie alle versäumen! Die ganze aufgetakelte Society konnte ihm mal im Mondschein begegnen. Oder, noch besser: gar nicht!

Eigentlich hätte er sie ganz gerne mitgenommen. Er hatte sich die Sache so schön ausgemalt. Gemütlich am Kamin sitzen, lesen, reden, Tee trinken, zusammen kochen, den Winter genießen, endlich mal wieder ungehetzt Sex haben … nur diese paar wenigen Tage lang. Aber gut, als sie nach einem heftigen Streit mit einem Tritt ihrer zierlichen Stiefelchen die Haustür von außen zugeworfen hatte, war ihm nur noch ein »Leck mich!« herausgerutscht, das ihre niedlichen Öhrchen gar nicht mehr erreicht hatte.

Es hatte gedauert, bis alles im Blockhaus verstaut gewesen war. Genug Lebensmittel, um eine ganze Kompanie festlich bewirten zu können, packte er in den gasbetriebenen Kühlschrank. Die frische Luft des sonnigen Mittags, die durch die weit geöffneten Fenster geströmt war, hatte den leicht muffigen Geruch aus der Hütte vertrieben. Lange ist er schon nicht mehr hier gewesen. Mit dem gut abgelagerten Holz, das sauber aufgeschichtet an der Rückseite des Hauses liegt, und einer Handvoll Kienäpfel ist der Kamin schnell angefeuert, und der rustikale Kachelofen, der das Schlafzimmer heizt, beginnt, eine wohlige Wärme zu verströmen. Eier, Bratkartoffeln und Speck hat er sich am späten Nachmittag in die Pfanne gehauen und genießt nun die absolute Ruhe hinter den geschlossenen Fensterläden mit einem Glas guten schottischen Whiskeys und einem Buch, das er schon seit Monaten lesen wollte.

Leise knarren die dicken Blockbohlen. Es ist wieder stürmisch geworden. Als die kleine Kuckucksuhr, ein Geschenk seiner Mutter, das sie für ein unverzichtbares Utensil in einer Jagdhütte hält, sechs Mal krächzt, hebt Ben den Kopf, steht aus seinem Korb auf und legt Simon die Schnauze aufs Knie. Auffordernd sieht der Hund seinen Herrn an.

»Du musst mal raus! Warte, ich zieh mir nur was an.«

Als Simon die schwere Tür öffnet, reißt der Wind sie ihm beinahe aus der Hand, und ein dichter Schwall Schneeflocken weht ins Haus. »Komm, Hund, lass uns das schnell erledigen. Ist ja widerlich draußen.«

Ben sieht das Ganze nicht so eng. Als Berner Sennenhund hat er überhaupt kein Problem mit dem Wetter. Er trollt sich so schnell davon, dass Simon Mühe hat, ihm durch den tiefen Schnee zu folgen. Mit der Taschenlampe in der Hand orientiert er sich an den Spuren. Plötzlich gibt der Hund Laut. Er steht direkt am Rand des Abhanges und bellt wie ein Verrückter.

»Was ist? Ein abgestürztes Reh? Reg dich nicht auf, ich komme ja schon!«

Das Licht der Taschenlampe trifft zuerst auf einen Langlaufski, der in einigen Metern Tiefe senkrecht in einer Schneewehe steckt. »Oh, Scheiße!«, entfährt es Simon. Der Ernst der Lage wird ihm sofort bewusst, als der Kegel der Lampe einen schneebedeckten Körper beleuchtet, der reglos am Fuße eines dürren Baumes auf halber Höhe des Hanges liegt.

Es macht keinen Sinn, Hilfe herbeizuholen. Das ist ihm vollkommen klar. Durch diesen Tiefschnee wird so schnell niemand bis hierher durchkommen. Schon heute Mittag hat der Geländewagen zu kämpfen gehabt, den schmalen Weg herauf zu schaffen.

Er muss alleine handeln.

Ben springt bellend neben ihm her, als Simon zur Hütte zurückstapft, um Seile und die leistungsstarke Maglite zu holen. Er braucht mehr Licht für die Bergungsaktion.

Das Mädchen reagiert zunächst nicht, als er sich zu ihr abgeseilt hat und sie anspricht. Aber sie lebt! Der Schneeschicht nach, die sich schon über ihren Körper gelegt hat, muss sie bereits vor mindestens einer Stunde abgestürzt und vollkommen unterkühlt sein. Äußerlich wirkt sie, abgesehen von einer

13

Schürfwunde an der Stirn, unverletzt. Allerdings hat anscheinend der Aufprall auf das Bäumchen ihren Sturz abgefangen und sie hat verdammtes Glück gehabt, nicht noch tiefer gefallen zu sein. Mit einiger Mühe gelingt es Simon, sie hochzuziehen. Sie ist nicht schwer, aber obwohl sie zu sich kommt, nicht wirklich in der Lage, richtig mitzuhelfen. Immerhin schlingt sie ihm die Arme um die Schultern, als er sie huckepack zur Hütte trägt.

Er bettet sie vorsichtig auf dem großen alten Ledersofa vor dem Kamin, schiebt ihr ein Kissen unter den Kopf. *Ein wirklich hübscher Kopf,* bemerkt Simon, als er sie nun im weichen Licht des Kaminfeuers und der kleinen Leselampen betrachtet. Üppige Locken in warmem, dunklem Goldton, der an alten Brokat erinnert, umrahmen das blasse Gesicht. Der Schein des Feuers lässt rötliche Reflexe in ihrem Haar blitzen. Die kleine Nase strebt leicht aufwärts, ihr hübsch geformter Mund fordert seine Fantasie heraus.

Verdammt, Mann, ruft er sich zur Ordnung, *das ist hier kein Date, das ist ein Notfall. Tu, was dir deine Profession vorgibt!*

Es genügt, ihr leicht die Wange zu tätscheln, um sie ganz zu sich zu bringen. Verwirrt sieht sie ihn aus großen braunen Augen an.

»Kannst du mich hören?«

»Ja.«

»Wie heißt du?«

»Nina.«

»Hast du Schmerzen?«

Vorsichtig bewegt sie die einzelnen Glieder, schüttelt den Kopf, verzieht das Gesicht und greift sich an die Stirn.

»Eine schöne Beule wird das geben«, erklärt er, »ich werde dir das gleich versorgen. Ist abgeschürft. Aber erst mal raus aus den feuchten Klamotten jetzt!«

Brav lässt sie sich von ihm ausziehen. Sie ist schlapp und unendlich dankbar.

Der Hightechanzug hat offenbar eine größere Unterkühlung verhindert. Ihre lange Skiunterwäsche ist trocken und halbwegs warm, wie er erleichtert feststellen kann. Trotzdem wickelt er sie sorgsam in eine warme, dicke Decke.

Sie lässt alles mit sich geschehen und klagt nur leise: »Mir ist ganz schön blöd im Kopf.«

»Wundert mich gar nicht. Anscheinend bist du mit dem Baum kollidiert, der da am Abhang steht. Ich würde aber sagen: Gott sei Dank! Sonst wärst du wohl noch erheblich tiefer abgestürzt. Mach mal die Augen zu, streck die rechte Hand aus und versuch, mit dem Finger deine Nasenspitze zu berühren.«

Sie trifft ziemlich ungenau. Er schaut etwas nachdenklich, greift sich von einem kleinen Tischchen einen Bund Schlüssel und ist mit einem »Warte mal« aus dem Haus.

Ein Schwall eisiger Luft dringt bis zu Ninas Lager. Fröstelnd zieht sie die Decke bis ans Kinn hoch. Für einen Augenblick ist sie allein und hat Gelegenheit, sich über ihre Situation klar zu werden. Ihre schlimmste Befürchtung ist wahr geworden. Dieser verdammte Abhang, an dem der Weg so schmal wird, ist ihr trotz aller Vorsicht zum Verhängnis geworden. Sie kann sich an den dumpfen Schlag erinnern, den sie am Kopf gefühlt hat, als der Baum ihren Fall bremste. Kurze Zeit muss sie weggetreten gewesen sein, bevor sie versucht hat, den Abhang wieder hinaufzuklettern, um sich aus der misslichen Lage zu befreien. Drei Ansätze hat sie gemacht, nirgends Halt gefunden und sich schließlich erschöpft dicht an dem Stamm zusammengekauert, beschlossen, auf den Tagesanbruch zu warten. Irgendwie wollte sie versuchen, die Nacht im Schnee zu überleben. In diesem Augenblick hat sie sich zu dem Kauf ihres sauteuren neuen Overalls beglückwünscht. Die Temperatur war deutlich unter den Gefrierpunkt gefallen und abgesehen von ihrem Gesicht, das sich reichlich erfroren anfühlte, war ihr nicht sehr kalt gewesen.

Ich muss eingeschlafen sein, überlegt sie, denn das Hundegebell hat sie aus einem wirren Traum geweckt. Sie hat das Gesicht ihrer Mutter gesehen, die sich über sie beugte. Schöner Gedanke, aber eben nur ein Traum, denn die Eltern weiß sie schon seit einer Woche im Skiurlaub im Ötztal. Niemand würde sie vermissen, niemand hier suchen, war es ihr in einem wachen Moment durch den Kopf geschossen. Für einen Augenblick hat der Gedanke sie in Todesangst versetzt.

Dass die Hütte hier oben steht, weiß sie. Sehr weitab der Route liegt sie nicht und hat eine direkte Anbindung zur Landstraße. Beim Vorbeilaufen hat sie sie schon oft durch die Bäume schimmern sehen. Irgendeinem Jagdpächter muss sie wohl gehören.

Aber wer ist dieser Mann, der mich aus dem Hang gefischt hat? Er kümmert sich so liebevoll und irgendwie professionell um mich. Ich muss das später klären. O Gott, mein Kopf schwirrt. Bloß nicht bewegen. Dann gibt es wieder diese kleinen Lichtpünktchen vor den Augen. Die sind doch nicht normal …!

Ihre Gedanken werden unterbrochen, als die schwere Bohlentür aufschwingt und ein neues Schneegestöber in den Raum fegt. Er erscheint mit einem Stethoskop um den Hals und allerhand Verbandsmaterial, Sprühflaschen und Salbentuben unterm Arm.

Vorsichtig versucht sie, sich aufzurichten, sieht ihn erstaunt an. »Bist du Arzt?«

»Jep«, bekommt sie eine knappe Antwort.

»Und du hast deine Praxis im Auto?«, fragt sie ungläubig.

»Das ist in meinem Berufszweig so üblich«, erwidert er grinsend. »Wir haben immer alles dabei. Unsere Patienten sind in der Regel nicht in der Lage, Wartezimmertüren zu öffnen. Den meisten fehlt dazu der Daumen.«

»Sag nicht, du bist Tierarzt!«, entfährt es Nina.

»Doch! Aber mach dir keine Sorgen. Säugetier ist Säugetier. In Ermangelung eines ›richtigen‹ Arztes wirst du wohl mit mir vorliebnehmen müssen. Und nun sei artig, schieb das Hemd hoch und lass mich dich erst mal abhorchen.«

Sanft, aber bestimmt rückt er Nina auf dem Sofa zurecht und beginnt, sie sehr routiniert und akribisch zu untersuchen. Die Kontrolle der Augenreaktion lässt ihn erneut etwas bedenklich den Kopf schütteln. »Du hast eine leichte Gehirnerschütterung«, konstatiert er, »schätze aber, du wirst es mit ein bisschen Ruhe auch ohne die Humankollegen überleben.«

»Und diese komischen Lichtpunkte vor den Augen, gehen die von allein wieder weg?«, fragt Nina skeptisch.

»Siehst du die dauernd?«

»Nee, nur wenn ich mich etwas schneller bewege.«

»Dann lässt du das jetzt mal. Ich sage ja, du brauchst Ruhe. Oder besser: Dein durchgeschütteltes Hirn braucht Ruhe. Man sollte eben nicht mit dem Kopf am Baum bremsen. So was nimmt er übel«, beruhigt Simon mit einem Lächeln, und als sie ihn immer noch etwas zweifelnd ansieht, fügt er zuversichtlich hinzu: »Das wird schon wieder!«

Bei der Versorgung der Schürfwunde auf ihrer Stirn kommt er ihr sehr nah. Für einen Moment treffen sich ihre Blicke und beinahe unmerklich schmiegt Nina ihren Kopf für den Bruchteil einer Sekunde in seine stützende Hand.

* * *

Es ist ihm nicht entgangen und kostet ihn etwas Mühe, sich nicht in diesen verletzlich wirkenden Rehaugen zu verlieren. Sie passt so perfekt in sein Beuteschema! Jung, aber längst alt genug für die Liebe, klein und zierlich, mit einem sportlichen, aber dennoch sehr weiblichen, biegsamen Körper, der seine Sinne befeuert.

Simon muss sich zusammenreißen, die Situation nicht auszunutzen. Vorläufig darf er sie nur als Patientin betrachten, nimmt sich jedoch vor, sie mit allen Mitteln schnell wieder auf den Damm zu bringen, um dann einen Versuch zu starten, dieses scheue Wild nach allen Regeln der waidmännischen Kunst zu »erlegen«.

* * *

Ben kommt wedelnd ans Krankenlager, legt den Kopf schief und sieht seinem Herrn bei der Wundversorgung zu. Simon ist dankbar für die Ablenkung. Der Hund hat sowieso einen schönen Markknochen verdient für dieses besonders hübsche Geschenk, das er ihm da ins Haus gebracht hat.

»Du hast es Ben zu verdanken, dass du jetzt im Warmen liegst, Nina.«

»Ich weiß«, antwortet sie und krault dem jungen Hund den dunklen Kopf, den er ihr auf den Bauch gelegt hat. »Darf ich denn auch mal die Namen meiner Lebensretter erfahren?«, fällt ihr endlich zu fragen ein.

»Klar! Behandlung vorläufig beendet«, erwidert er, steht auf, wendet sich dem Herd zu, der das Herzstück der kleinen Küchenzeile in einer Ecke des Raumes ist. Er setzt einen Kessel mit Wasser über die blauen Gasflammen und bereitet Tee zu.

* * *

Viel erfährt sie wirklich nicht. Simon gibt über sich lediglich noch preis, dass man seinen Namen englisch ausspricht, und erwähnt seine Mutter, die aus Neuseeland stammt.

Für den Moment ist es ihr allerdings auch ziemlich egal, denn sie kann sehr gut einschätzen, wie gering ihre Chancen allein gewesen wären. Nina spürt nur, dass sie sich in seiner

Obhut zunehmend wohl und beschützt fühlt. Der Tee vertreibt das letzte Frösteln und Simon wird nicht müde, immer neue Holzscheite in den ohnehin munter knisternden Kamin zu legen, um die Temperatur im Raum ja nicht fallen zu lassen. Noch immer hängt der Duft des gebratenen Specks und der knusprigen Kartoffeln in der Luft, und Nina schielt ein paarmal zum Herd hinüber, wo noch die halb volle Riesenpfanne steht.

Simon übersieht ihren Blick nicht. »Du hast Hunger? Das ist großartig! Wer frisst und säuft, ist auf dem Weg der Besserung«, stellt er ernsthaft fest.

Nina muss so lachen, dass sie sich die schmerzende Stirn und das Zwerchfell hält. Es dauert einen Augenblick, bis bei Simon der Groschen gefallen ist und er einstimmen kann. Zu alltäglich ist diese Feststellung für ihn gewesen, als dass es ihm bewusst geworden wäre, worin hier eigentlich der Witz liegt.

* * *

Zufrieden sieht er ihr beim Essen zu. Es gefällt ihm, dass dieses Mädchen isst. Und es gefällt ihm, wie sie isst. Von Lizzy ist er es gewohnt, dass sie eigentlich ständig auf Diät ist. Es ist vollkommen egal, welche Köstlichkeiten man ihr vorsetzt – sie hat eine derartige Panik davor, ihrer Kleidergröße vierunddreißig zu entwachsen, dass er bisweilen den Verdacht hat, sie sei längst pathologisch magersüchtig. Ihr Busen ist so winzig geworden, dass die edlen Dessous, die sie zu tragen pflegt, nur noch Haut und Knochen überspannen, beide Brüste zusammen in einer seiner kräftigen Männerhände Platz finden. Es hat nichts genutzt, was er ihr ständig zu vermitteln versucht. Seit er einmal den Fehler gemacht hat, ihr zu sagen, dass er sie so mag, wie sie ist, egal, welches Gewicht sie auf die Waage bringt, fragt sie ihn dauernd, ob sie zu »fett« geworden sei. Lizzy stochert im Essen herum, nippt an der Gabel und scheint schon bei den homöopathischen Dosen, die sie zu sich nimmt, ständig nur Kalorien zu zählen.

Obwohl sie etwas steif auf dem Sofa sitzt und mit halb geschlossenen Augen bemüht ist, ihren Kopf möglichst ruhig zu halten, isst Nina mit Genuss. Sie kaut mit vollen Backen, leckt sich zwischendurch mit ihrer rosigen Zungenspitze die Lippen, genießt ganz offensichtlich, was er ihr vorgesetzt hat. Ihre Wangen, die er im Verdacht hat, angefroren zu sein, röten sich zusehends, und als sie den Teller geleert hat, lehnt sie sich zufrieden in den Kissen zurück.

»Köstlich!«, strahlt sie. »Satt!«

Ein kleines Stückchen Speck hat sie auf dem Rand liegen lassen. Ben hat sie aus dem Korb heraus die ganze Zeit mit einem Auge fixiert. »Darf er?«, bittet sie Simon, und auf einen kleinen Wink hin springt der junge Hund auf und holt sich vorsichtig den hingehaltenen Leckerbissen aus Ninas Hand.

»Gibt es hier ein Bad?«, möchte sie wissen und weist auf ihre fettigen Finger.

»Klar, die Tür da drüben.«

Als Nina schwungvoll aufzustehen versucht, bemerkt er, wie schwach sie tatsächlich noch ist. Sie scheint Gleichgewichtsprobleme zu haben und er ist schnell bei ihr, um sie zu stützen.

»Übel ist dir aber nicht?«, fragt er alarmiert.

»Nein, bloß ein bisschen schwindelig«, erklärt sie und lässt sich bereitwillig helfen. »Ich müsste noch mal …«, sagt sie etwas verlegen.

»Kein Problem, melde dich, wenn ich dich wieder abtransportieren kann.«

Wie süß sie ist, denkt er, als er höflich die Tür zu dem winzigen Bad schließt und Ben einen zufriedenen Blick zuwirft. Das katastrophale Wetter ist sein Verbündeter. Eigentlich hätte es besser gar nicht laufen können. Das Mädchen wird so schnell hier nicht wieder wegkommen und sie scheint absolut nicht abgeneigt zu sein. Er wird sich Zeit lassen, sanft und umsichtig mit ihr sein.

Sie hat etwas von … Viel sogar!

Den Gedanken muss er fortwischen.

Man wird sehen.

Ihr Rufen reißt ihn aus seinen Überlegungen. Sie hat eindeutig Hilfe nötig und Simon beschließt, sie gleich im Schlafzimmer unterzubringen, damit sie richtig zur Ruhe kommen kann. Nina nimmt das Angebot dankbar an, lässt sich führen, lässt sich zudecken und streckt ihm, mit schon halb geschlossenen Augen, noch eine Hand hin. »Sag mir Gute Nacht«, bittet sie ihn.

Er setzt sich auf den Rand des breiten Bettes, streicht sanft durch ihre dunkelblonden Locken, nähert seine Lippen ihrem Ohr und flüstert: »Schlaf schön, Schnee-Engel.«

Kapitel 3

Als Nina aufwacht, ist es schon helllichter Tag. Sie hat geschlafen wie ein Stein und ist vollkommen ausgeruht. Vorsichtig richtet sie sich auf und stellt fest, dass der Schwindel, der noch gestern sofort bei jeder Bewegung eingesetzt hat, verschwunden ist. Sacht schüttelt sie den Kopf. Keine Lichtpünktchen zu bemerken! Zufrieden lässt sie sich in die Kissen zurücksinken und denkt über den vergangenen Tag nach.

* * *

Er hatte sie viel schlafen lassen, war nur ab und zu leise an ihr Bett getreten, um sich zu vergewissern, dass es ihr gut ging und das Feuer im Kachelofen nie erlosch. In ihren wachen Momenten war er immer da gewesen, bereit, ihr jeden Wunsch von den Augen abzulesen. Mit Tee und köstlich belegten Broten, die er in mundgerechte Stücke geschnitten hat, mit frischem Obst und einer großartigen Hühnersuppe am Abend versorgte er sie. Gestützt von einer ganzen Reihe dicker Kissen war es ein reines Vergnügen, sich füttern und päppeln zu lassen. Nina hatte sich wohlgefühlt in seiner Gegenwart. Wohl und sicher. Seine Art, mit ihr umzugehen, war zwar fachmännisch – den

Mediziner konnte oder wollte er wohl kaum verbergen –, aber auch sehr liebevoll gewesen. Sie nahm ihn als einen Mann wahr, wie er ihr in ihrem täglichen Umfeld noch nicht begegnet war. Vermutlich so schnell auch kaum begegnen würde. Und wenn überhaupt, wäre er ihr wohl nie so nah gekommen, hätte sie ganz sicher nicht in seinem Bett geschlafen.

Sie schätzte ihn auf Ende zwanzig und hatte reichlich Gelegenheit gehabt, sich ein Bild von ihm zu machen.

Groß war er. *Ein Kerl wie ein Baum. Hinter diesen Schultern kann ich mich ja zweimal verstecken*, dachte Nina. Seine schlanken, gepflegten Hände waren die eines Mannes, der es gewöhnt ist, filigrane Arbeiten auszuführen, und dennoch so kräftig, wenn er sie in den Kissen zurechtrückte. Seinen markanten Gesichtsschnitt, die hohe Stirn, die dunklen Augen, die sie so forschend, bisweilen besorgt ansahen, hatte sie als höchst attraktiv empfunden. Das braune Haar lockte sich im Nacken, wenn er aus dem andauernden Schneefall mit dem Hund wieder hereinkam.

Gegen Abend, als es ihr erkennbar besser ging, verlangte er mehr und mehr kleine Eigenleistungen von ihr. Während er ihr morgens selbst beim Aufrichten im Bett noch helfen musste, sie sich stützen, beinahe tragen ließ, um auf die Toilette zu kommen, forderte er sie später auf, selbst zu probieren, was sie schon leisten konnte. Ganz nah war er immer bei ihr geblieben, um sie notfalls auffangen zu können. Diese Nähe hatte sie genossen und ausgekostet. So matschig sich ihr Kopf auch noch anfühlte, so wenig sie bereit war, sich ernsthafte Gedanken über die ungewöhnliche Situation zu machen, so sehr reagierte zu ihrem Erstaunen doch ihr Körper auf ihn. Sie hätte sich gewünscht, sich noch mehr anlehnen zu können, denn jede seiner Berührungen ließ sie elektrisiert zurück. Doch er war professionell und freundlich, aber zurückhaltend geblieben.

* * *

Vor dem Fenster hört sie Ben bellen. Sie setzt sich auf, stellt die nackten Füße auf den rohen Holzboden vor dem Bett, geht langsam die drei Schritte zu der schweren, beigen Leinengardine und zieht sie auseinander. Alles bleibt stabil, kein Schwindel. Sie stützt sich an den dicken Bohlen des Fensterbrettes ab und schaut hinaus. Es schneit immer noch.

Simon übt offenbar mit dem jungen Hund das Apportieren. Ben hat Schwierigkeiten, sein Spielzeug, ein Bündel bunter Stoffstreifen, im tiefen Schnee wiederzufinden. Er buddelt und scharrt stiebendes Weiß mit den Vorderpfoten hinter sich, hat Erfolg und trägt mit hoch erhobener Rute stolz den Fund zu seinem Herrn. Simon lobt ihn, gibt ihm irgendein Leckerli, lässt ihn »Sitz« machen und beginnt das Spiel von Neuem.

Meine Güte, er sieht wirklich einfach umwerfend aus!

Vor dem Fenster spielt sich eine Art Chappi-Werbefilm ab, so nach dem Motto »Naturbursche mit Hund«. Oder erinnert er sie vielleicht doch eher an das Cool-Water-Model? Einerseits ertappt sie sich gerade dabei, dass sie ihre Arme jetzt ganz fest kreuzweise um sich selbst geschlungen hat und bei seinem Anblick weiche Knie bekommt. Andererseits kriegt sie gerade ein bisschen Angst.

Ich kenne ihn doch gar nicht! Ich komme hier noch nicht mal alleine weg. Und wenn er nun doch nicht so lieb ist, wie es scheint?

Kleine Schweißperlen erscheinen auf Ninas Stirn. Sie ist hin- und hergerissen.

Ach Mensch, ich bin doch kein Kind mehr! Ich bin, verdammt noch mal, eine Frau! Und er ist ein Mann! Und was für einer! Wir sind allein in dieser Hütte im Wald. Eigentlich hätte mir doch gar nichts Besseres passieren können. Und wenn ich an gestern denke …

Nina strafft sich und wird im nächsten Moment auch schon entdeckt.

Bei einer neuen Apportierübung wirft Simon das bunte Stoffbündel in Richtung des Hauses. Knapp vor dem Fenster versinkt es in einer Schneewehe und Mann und Hund erkennen, dass Nina ihnen zusieht. Ben steht sofort mit beiden Vorderpfoten an der Hauswand und kratzt begeistert.

Fast ein bisschen zu früh ertappt. Schade!

Im dunklen Skioverall, ohne Mütze, das Haar voller Schnee, im Gesicht schon einen sehr deutlichen Dreitagebart, lacht er strahlend zu ihr herüber. Er pfeift den Hund heran und sie biegen um die Ecke der Hütte, streben zur Eingangstür.

Nina nimmt den Kaffeeduft wahr, der durchs Haus zieht, als sie, nur in ihrer dünnen Skiunterwäsche, die Schlafzimmertür öffnet. Wieder bringen die beiden einen eisigen Hauch mit herein. Schneeflocken flirren, als Simon sich das kalte Nass aus den Haaren schüttelt. Ben erledigt die Sache direkt vor dem knisternden Kamin. Es zischt im Feuer. Simon steigt aus Stiefeln und Overall, steht nun in Jeans und Norwegerpullover vor ihr und wünscht einen guten Morgen.

»Lass mal die Wunde sehen.« Nina hält ihm die Stirn hin, die er vorsichtig untersucht. »Sieht gut aus. Trocken und ohne große Irritationen. Das lassen wir einfach so. Aber 'ne nette Farbe hat es bekommen.«

»Ist es dick geworden?«, fragt Nina und provoziert sehr bewusst, dass er erneut näher kommt und den lädierten Kopf noch einmal genau betastet. Sie muss das jetzt austesten, wie seine Anwesenheit mit klarem Kopf betrachtet auf sie wirkt. Und da ist es auch schon wieder, dieses Gefühl von süßer Benommenheit und ziemlich maddeligen Knien.

Okay, ich habe mich also nicht getäuscht. Verknallt! Eindeutig verknallt! … Und er riecht so verdammt gut!

Er bemerkt nichts von ihrem persönlichen Check, bleibt sachlich und besorgt. »Wie geht es dir sonst? Fährst du immer noch Karussell? Wie wär's mit Frühstück?«, möchte er wissen.

»Nichts mehr mit Drehschwindel! Ich habe super geschlafen und du siehst, ich kann wieder alleine stehen«, antwortet Nina und rubbelt sich die Arme warm.

»Schade eigentlich«, erwidert Simon mit einem Grinsen, »du warst so schön hilflos! Aber warte mal, ganz ohne mich kommst du ja doch nicht klar, halb nackt, wie du bist. Ich hole dir mal ein paar anständige Socken und einen Bademantel.«

Anscheinend mag er das, mich zu bemuttern! Kein Problem. Wenn er mich gerne hilflos hat, kann ich weiter wahnsinnig hilflos sein.

Als sie, die überdimensionalen wollenen Männersocken an den Füßen, in den Morgenmantel geschlüpft ist, dessen Ärmel sie dreimal umkrempeln muss, um überhaupt ihre Hände benutzen zu können, hat Simon schon den Kühlschrank geplündert und eine unglaubliche Auswahl leckerer Sachen auf den Tisch gestellt. Die Eier, die er aus einem Warmhaltekörbchen nimmt, hätten einer jungen Straußenmutter zur Ehre gereicht. Der Kaffee dampft in Tassen, die ungefähr die Größe von Gefäßen haben, aus denen man gemeinhin Pferde tränkt. Nina muss ihren Becher mit beiden Händen heben. Jede einzelne der Brotscheiben, die er abgeschnitten hat, hätte ausgereicht, Lizzys Kalorienbedarf für mindestens eine Woche reichlich zu decken. Er legt Nina zwei davon auf das hölzerne Brettchen.

»Iss, du kannst es gebrauchen!«, sagt er im Befehlston. »Kannst gern mehr haben.«

Nina isst. Und fühlt sich pudelwohl. »Wie kalt ist es eigentlich draußen?«

»Minus zwölf! Ich glaube, die Nacht wäre dir nicht gut bekommen, da hinten im Hang.«

»Wo hast du eigentlich geschlafen?«, fragt Nina und ahnt die Antwort schon, denn auf dem Sofa liegt ein Kopfkissen unter einigen sauber zusammengefalteten Decken. »Meine Güte, das ist doch viel zu kurz für dich! Bloß gut, dass du mich heute wieder loswirst!« Sehr genau beobachtet Nina seine Reaktion und nimmt mit Genugtuung die missbilligend hochgezogenen Augenbrauen wahr.

»Na ja, ich habe schon besser geschlafen. Es ist zwar genug Platz für zwei im Bett, aber ich wollte, dass du absolute Ruhe hast. Ich schnarche nämlich manchmal«, grinst er. »Übrigens, du glaubst, du kommst heute von hier fort? Ich glaube, das kannst du vergessen. Mein Allrad hatte es gestern schon ziemlich schwer, hier hochzukommen. Wir haben mindestens vierzig Zentimeter Neuschnee gekriegt. Und es schneit weiter.«

»Scheiße!«, schimpft Nina und denkt: *bingo!* »Mein blödes O2-Netz funktioniert hier nicht und meine Eltern werden tausend Tode sterben, wenn ich mich heute nicht bei ihnen melde. Normalerweise telefonieren wir jeden Abend. Sie werden sich sicher Sorgen machen. Hast du ein Handy mit?«

»Ja, klar. Aber es funktioniert genauso wenig wie deins. Hier oben sitzen wir in einem totalen Funkloch. Das hat mal ausnahmsweise nichts mit deinem Anbieter zu tun. Wir könnten es natürlich mit Rauchzeichen versuchen. Aber sag mal, wie alt bist du eigentlich, dass du jeden Abend bei Mami und Papi zum Rapport antreten musst?«

Oje, wie peinlich! Jetzt bloß nicht blöd im Kopf und wie ein unmündiges Baby rüberkommen!

»Ach, das ist nur so, wenn sie im Urlaub sind. Offenbar haben sie so eine Art ›Nina allein zu Haus‹ vor Augen«, kichert sie und wird ein bisschen rot. »Ich bin gerade zwanzig geworden. Kurz vorm Abitur. Letztes Jahr ist mir auf einer ziemlich schwierigen Skiabfahrt jemand direkt in die Seite geknallt. Ich hatte einen offenen Schienbeinbruch und musste lange in der Klinik liegen. Danach war Reha angesagt. Alles super verheilt. Aber es ist natürlich viel Stoff an mir vorbeigerauscht. Ich habe dann lieber wiederholt und stehe jetzt richtig gut da.«

* * *

Simon hört ihr aufmerksam zu. Die Altersangabe beruhigt ihn.
Sie sieht noch so jung aus. Das mag natürlich auch an den heftig überdimensionierten Klamotten liegen, die er ihr gegeben
hat. Sie versinkt darin wie eine zerbrechliche Puppe. Irgendwo
im Haus müsste von damals noch etwas Passenderes rumliegen. Er beschließt nachzusehen. Ärgerlich findet er allerdings
die Tatsache, dass jemand auf ihren Anruf wartet. Irgendwie
muss sie ja auch überhaupt in den Wald gekommen sein. Er
hat keine Lust, sich seine schönen Pläne mit ihr durch aufgescheuchte Verwandtschaft verderben zu lassen. Zu verlockend
ist die Aussicht, die Tage hier oben doch nicht ganz allein verbringen zu müssen. Also muss ihm etwas einfallen. »Wie bist du
hergekommen?«, fragt er nach.

»Mein Auto steht unten am Waldparkplatz. Meine Eltern
werden ganz sicher spätestens heute eine Vermisstenanzeige aufgeben, wenn ich mich nicht melde«, flachst Nina mit einem
Zwinkern. Sie ist sich mittlerweile ziemlich sicher, dass es ihr
eigentlich nicht wirklich gefallen würde, mit Trara gesucht zu
werden. Und es würde ihr genauso wenig gefallen, so schnell
wieder aus der Gesellschaft dieses Mannes gerissen zu werden.

»Es gibt eine Stelle, ein Stückchen oberhalb, da hätten wir
Empfang. Aber wirst du den Weg dahin heute schon schaffen?
Es sind mindestens fünfhundert Meter bergauf quer durchs
Unterholz.«

»Wir müssen es probieren«, entscheidet Nina. »Wenn du
allein gingst und ihnen als völlig Fremder versuchen würdest
zu erklären, was passiert ist, kannst du sicher davon ausgehen,
dass sie sofort alle Welt rebellisch machen würden. Spätestens
seit der Sache mit dem verschwundenen Mädchen im vorletzten
Jahr sitzen doch alle Väter in der Region an den Schießscharten
und hüten ihre Töchter wie Zerberus den Hölleneingang.«

* * *

Nina sieht nicht, wie sich Simons Gesichtsmuskeln kurz verhärten. Er muss sich erst fassen, ehe er antwortet, und seine Stimme klingt seltsam belegt. »Eine furchtbare Geschichte, ja! Lass uns gehen und es versuchen!«

Schnell ist sie in ihrem Overall. Beim Zuschnüren der Stiefel überkommt sie wieder ein leichter Schwindel und sie muss den Kopf kurz hochnehmen, ehe es vorbeigeht. Nina entgeht nicht, dass er sie besorgt von der Seite ansieht. Nichts in ihren Regungen scheint ihm zu entgehen. Sie fühlt sich sehr genau beobachtet.

Über Ben, der es offensichtlich für eine großartige Idee hält, einen Ausflug zu machen, amüsiert sie sich köstlich. Er tobt vorneweg, verschwindet immer wieder im Tiefschnee, um mit fliegenden Ohren wieder in Sicht zu kommen. Er läuft mindestens die fünffache Strecke. Nina fällt der Weg erheblich schwerer als dem jungen Hund. Ganz auf dem Posten ist sie wirklich noch nicht. Sie ist froh, dass Simon ihr Zeit zum Ausruhen lässt, immer wieder anhält, um sie verschnaufen zu lassen. Er behält sie neben sich genau im Blick. Nina übersieht sein Verhalten nicht. Allzu gern würde sie herausfinden, ob es nur Ausdruck ärztlicher Professionalität ist, wie er mit ihr umgeht, oder ob da noch mehr bei ihm ist.

Der Schneefall ist schwächer geworden, aber es weht ein stürmischer Wind. Ein paar Tannen haben sich unter der gewaltigen Schneelast aus dem Boden gelöst, der noch vor wenigen Tagen nur so vor Nässe getrieft hatte, und liegen entwurzelt im Weg. In Schlangenlinien kämpfen die beiden sich mühsam bergauf. Um einen Baum kommen sie absolut nicht herum und es bleibt ihnen nichts anderes übrig, als hinüberzuklettern. Simon hilft ihr hinauf, springt als Erster auf der anderen

Seite in den Tiefschnee und hält ihr die Arme hin. Bereit, sie aufzufangen.

Das ist die Gelegenheit! Wenn ich jetzt ein bisschen Schwung hole, hau ich ihn glatt um. Wäre ja nicht das erste Mal, dass aus einem kleinen Gerangel mehr wird. Wollen wir doch mal sehen!

Nina springt.

Und richtig! Der Plan geht voll auf. Sie landet in seinen Armen, er torkelt rückwärts, dreht sich mit ihr beim Fallen und zack, liegen beide prustend im Schnee.

»Du bist ja doch nicht so standfest«, lacht sie.

»Na, du bist ja auch wirklich umwerfend!«, gibt er zurück.

»Danke schön!«, antwortet Nina mit ihrem zauberhaftesten Augenaufschlag und denkt: *Also doch!*

Zärtlich wischt er ihr den Schnee aus dem Gesicht, sieht sie forschend an. In seinen braunen Augen scheinen mutwillige Gnome ein blitzendes Feuerwerk entzündet zu haben. Nina wird schon wieder ganz schwach.

Ob er mich jetzt küsst? So guckt doch keiner, der völlig uninteressiert ist! Verdammt, der will doch nicht gleich wieder loslassen? Oh nein, Sch...

Vielleicht eine Spur zu theatralisch greift sie sich an die Stirn, schließt die Augen und lehnt sich an. Für ihren Geschmack könnte dieser Moment in seinen Armen ewig dauern.

»Schwindelig?«, fragt er besorgt.

»Ja, nur einen Augenblick, dann geht es wieder.«

Er hält sie und es fällt ihr schwer, ein unauffällig wirkendes Zeitmaß für ihren vorgetäuschten Zustand zu finden, ehe sie sich freiwillig von ihm löst. Nina ist ein bisschen enttäuscht. Er hätte sie ruhig küssen können, findet sie. Jetzt tröstet sie sich erst einmal mit der Erkenntnis, dass dasselbe Hindernis ihnen auch auf dem Rückweg bevorstehen wird. Er stupst ihr nur noch einmal kurz mit dem Zeigefinger auf die Nase. Dann zieht er sie hoch und klopft ihr den Schnee vom Overall. Ungefähr so, wie man es mit kleinen Kindern macht.

Verdammt! Ist das so mit alten Männern? Er behandelt mich wie ein Kleinkind. Näschenstupser, Klaps aufs Popochen! Geht's noch?

Sie kommt nicht recht dazu, Energie aufzuwenden, um sich gebührend zu ärgern, denn es ist jetzt wirklich anstrengend für sie. So anstrengend, dass sie kaum noch ein Wort mit ihm wechseln mag. Mühsam stapft sie durch den tiefen Schnee und hört den eigenen Puls in ihren Ohren pochen. Fünfhundert Meter zu Fuß sind ihr noch nie so weit vorgekommen.

»Hier könnten wir es versuchen«, schlägt er endlich vor.

»Warte mal, es ist vielleicht besser, wenn ich beim Telefonieren nicht klinge wie kurz vorm Ersticken«, keucht Nina und lässt sich auf einen umgestürzten Baumstamm fallen. Ihr Handy zeigt zwei von fünf möglichen Strichen für die Signalstärke. Und sie hat Glück. Ganz offenbar hat ihr Vater schon auf heißen Kohlen gesessen, denn seine Stimme hört sich erleichtert an. Nina erzählt etwas von »Party gemacht« und »leider vergessen«. Sie berichtet dem Vater von den extremen Neuschneemengen. Von ihrem Unfall sagt sie kein Wort und baut gleich vor: »Paps, es ist denkbar, dass ich mich nicht jeden Abend melde. Macht euch keine Gedanken. Hier ist jede Nacht was los und allein zu Hause sitzen möchte ich auch nicht.«

* * *

Kluges Mädchen, freut sich Simon still. *Sobald sie auflegt, habe ich sie mindestens zwei Tage lang ganz für mich allein. Das sollte reichen.*

KAPITEL 4

Der Abstieg geht erheblich schneller. Nina nutzt jede sich bietende Gelegenheit, ihm möglichst nahe zu kommen, nimmt jede bereitwillig angebotene Hilfe an. Beim zweiten Überklettern des umgestürzten Baumes vergisst sie allerdings, eine neue Schwindelattacke vorzuspiegeln, was ihm nicht entgeht. »Na, klappt doch schon ganz gut! Kannst du jetzt alleine?«

»Nee, kann ich nicht!«, beeilt sie sich zu erklären und schickt noch einen Seufzer hinterher, der ihr selbst gleich ein bisschen zu dick aufgetragen erscheint.

»Muss ich doch zusehen, dass ich noch einmal raufklettere und dir einen Hubschrauber organisiere?«, fragt er mit einem unübersehbar süffisanten Grinsen.

»Ach was, schon gut«, sagt sie und fühlt sich ertappt.

Vor allem Ben ist reichlich fertig, als sie in der Hütte ankommen. Er säuft einen beachtlichen Napf Wasser aus und verschwindet schleunigst in seinem Korb.

Simon kocht Tee.

Wie kurz doch die Tage jetzt sind. Das späte Frühstück ist kaum drei Stunden her und schon beginnt es wieder zu dämmern. Der Schneefall legt wieder kräftig zu. Es wird so düster im Blockhaus, dass sie Licht machen müssen. Kamin und

Kachelofen brauchen neues Holz. Simon lehnt Ninas Angebot, etwas hereinzuholen, empört ab und scheucht sie aufs Sofa. »Du hast für heute genug getan! Ruh dich aus!«

Die Glut frisst sich gierig in die frischen Scheite und Nina ist tatsächlich froh, wohlig ausgestreckt und leicht zugedeckt auf dem breiten Sofa einfach nur den Flammen zuschauen und ihren Gedanken freien Lauf lassen zu können. Gerade nach den vergangenen Wochen ist es ein wundervolles Gefühl, sich mal treiben zu lassen. Den Kopf auszuschalten und einfach anzunehmen, was das Schicksal sich für sie ausgedacht hat. Sie hat in diesem Moment für nichts Verantwortung. Nicht für ihre Situation, nicht für die Umstände, die sie hierhergebracht haben. Sich einmal fallen lassen und nur fühlen! Was für eine vollkommen neue und spannende, oder besser, entspannende Sache. Sie fühlt sich geborgen, umsorgt, beschützt. Und sie genießt es.

Simon drückt ihr einen Becher heißen Tee in die Hand, den sie dankend nimmt. Er lässt sich in dem tiefen Ohrensessel direkt am Feuer nieder und zündet sich eine Pfeife an. Ein sachter Vanilleduft zieht zu Nina herüber. Sie schnuppert. »Wow, riecht der gut«, kommentiert sie begeistert.

»Der riecht nicht gut, der stinkt!«, antwortet er.

»Nein, da muss ich dir widersprechen«, erwidert sie energisch, »der riecht GUT!«

»Na, da müsstest du mal meine Freundin hören. Zu Hause darf ich meine Pfeife nur auf der Terrasse rauchen. Du bist die erste Frau, die mir sagt, mein Tabak riecht gut. Hast du was mit der Nase?«

Die Erwähnung der Freundin gibt Nina einen Stich. Direkt ins Herz. Er ist also nicht solo. Klar, wie hätte sie auch denken können, dass ein solcher Mann unbeweibt ist. Die Tatsache, dass er erwähnt, sie sei die erste Frau, die seinen Tabak nicht scheußlich findet, müsste sie eigentlich ein wenig aufbauen.

Aber die Spitze sitzt zu tief. Der kleine Balsam reicht nicht aus, ihr das Gefühl tiefer Enttäuschung zu nehmen. Nina ringt um Fassung. Sie denkt einen Augenblick nach und sieht einen winzigen Lichtschein am Ende ihres gerade erreichten Tunnel-Tiefpunktes.

»Wo ist sie denn jetzt, deine Freundin? Kommt sie noch?«

* * *

Simon ist froh, dass er nicht mehr Licht gemacht hat und in so einem günstigen Winkel zu ihr sitzt, dass sie sein Gesicht nur im Profil erkennen kann. Seinen triumphalen Gesichtsausdruck möchte er gern für sich behalten. Die Bombe hat also gezündet! Zu lang war ihre Pause gewesen, bevor sie nach seinem bedeutungsvollen Satz wieder zu sprechen begonnen hat.

Er lässt sich Zeit mit seiner Antwort, bläst kleine Rauchringe in die Luft, freut sich daran, dass sie die Schultern so ein ganz klein wenig eingezogen hat. Ein sicheres Zeichen für die Befürchtungen, die sie vor seiner Antwort hegt.

Er hat sie!

Geahnt hatte er es ja schon am ersten Abend, als er sie ins Bett brachte. Das konnte noch an ihrem Unfall und ihrer leichten Unzurechnungsfähigkeit gelegen haben, vielleicht auch in Dankbarkeit begründet gewesen sein. Ihr Verhalten, als er sie den ganzen Tag gepflegt hat, war auch alles andere als ablehnend gewesen. Allzu viele Zweifel hatte er zwar spätestens nach der Nummer an dem umgefallenen Baum jetzt sowieso nicht mehr, aber man kann ja nie wissen.

Wie lange soll er noch mit seiner Antwort zögern? Wie lange sie auf kleiner Flamme garen? Weil ihm gerade ein kleiner, sehr aktiver Teufel auf der Schulter sitzt und ihm Gemeinheiten ins Ohr flüstert, die ihn ziemlich amüsieren, entschließt er sich, nicht zu antworten, sondern nur eine wegwerfende

Handbewegung zu machen. Sie hat es gesehen und ist offenkundig nicht zufrieden. Das gefällt ihm!

* * *

Arschloch! Na warte! Zusammenreißen jetzt, Nina!

* * *

Weniger gefällt ihm die äußerst direkte Frage, die sie ihm nun stellt. »Wie viele Freundinnen hast du denn immer so gleichzeitig?«

Es ist nur ihr kaum wahrnehmbarer, zaghaft klingender Unterton, der ihn weiter in seiner Sicherheit bestärkt. Im Grunde weiß er, dass sich die Sache mit Lizzy erledigt hat, auch wenn sie ihn ganz gewiss nicht so schnell aus ihren manikürten Fängen lassen wird und es ebenso sicher noch ein bühnenreifes Drama um eine Trennung gibt. Aber: Who the fuck is Lizzy? Er sitzt hier eingeschneit in seiner Hütte mit dem bezauberndsten Mädchen, das ihm je begegnet ist. Sie ist zwar fast zehn Jahre jünger als er, aber gerade ihre Anmut, ihre Frische und ihre offensichtliche Unverdorbenheit machen ihn beinahe wahnsinnig. Sie ist tapfer gewesen bis dahin. Wie viel soll er ihr jetzt in diesem Moment noch abverlangen? Und wie viel sich selbst? Simon legt seine Pfeife weg, steht auf und setzt sich auf den Rand des Sofas. Er spürt, wie sie sich steif macht, fühlt die Angst vor seiner Antwort.

* * *

Jesus, bitte jetzt keine Erklärung über eine Ehefrau und drei muntere Kinder!

* * *

Er will nicht reden, er will handeln. Zärtlich fasst er ihr Gesicht mit beiden Händen. Sie schlägt die Augen nieder.

»Sieh mich an!«

Ihre Blicke begegnen sich. Seiner ist fest und fordernd, ihrer zögernd und nachgiebig. Immer näher kommt sein Mund dem ihren. Er will es auskosten, lässt sich Zeit, hält die Hochspannung so lange wie möglich.

Dieser erste Kuss wird so entscheidend sein!

Sie beginnt zu zittern in seinen Händen. Sacht streicht er mit den Daumen über ihre Schläfen. Sie kann dem Blick nicht mehr standhalten, ergibt sich mit einem leisen Seufzer, schließt die Lider.

Er muss sich zusammenreißen, nicht mit aller Männlichkeit über sie herzufallen. So süß ist dieser weiche Mund, so zärtlich schmiegt sie sich mit der ganzen Hingabe ihres bereiten Körpers an. Simon küsst sie lange. So lange, bis er fühlt, wie das entfachte Feuer alle Dämme in ihr bricht. Dann löst er sich von ihr, sieht sie an. Sie öffnet die Augen nicht, drängt sich dicht an ihn, will offenbar nicht, dass es vorbei ist. Er hält sie noch ein Weilchen, spürt dem Beben nach, das allein schon der Kuss in ihr angerichtet hat, bemüht sich, die eigene Erregung noch im Zaum zu halten, ihre langsam auspendeln zu lassen. Nicht hier, nicht »einfach so«, nicht schnell und gierig. Er will sie ganz auskosten. War es ihr Antwort genug? Nein, er muss sich erklären. »Nina?«

»Ja?« Langsam taucht sie wieder auf.

»Du hast mich nach Freundinnen gefragt.«

Unsicher sieht sie ihn an und nickt.

»Um ehrlich zu sein, gegenwärtig habe ich ganz offiziell bestenfalls eine halbe.«

»Eine halbe? Die fällt dir doch dauernd um!«

»Die Vorstellung von einer dauernd umfallenden Lizzy hat was«, grinst er, »aber ganz unrecht hast du nicht. Sie ist, glaube ich, in ihrem Schönheitswahn mittlerweile magersüchtig geworden. Und sie ist tatsächlich ständig kurz davor, ohnmächtig zu werden. Kein Wunder; ich glaube, sie ist permanent völlig unterzuckert. Die kannste nicht füttern. Ich bin nicht mal sicher, ob sie mich nicht bloß wegen des Berufes meines Vaters genommen hat. Einiges spricht dafür.«

Nina hat sich aufgerichtet und wirkt jetzt gefasst und interessiert. Was er ihr erzählt hat, sollte keine intakte Beziehung andeuten. Sie kommt ihm erleichtert vor, als sie fragt: »Welchen Beruf hat denn dein Vater?«

»Chirurg. Und er hat sich in den letzten Jahren auf Schönheitschirurgie spezialisiert. Das lässt die Kasse unglaublich klingeln. Du kannst dir nicht vorstellen, wie viele und sogar ganz junge Frauen nicht zufrieden mit ihrem Äußeren sind. Denen muss es enorm an Selbstbewusstsein mangeln. Lizzy ist fünfundzwanzig und mein Vater hatte sie mindestens schon ein halbes Dutzend Mal unterm Messer.«

* * *

So richtig doll habe ich es ja auch nicht mit dem Selbstbewusstsein. Aber ich hätte viel zu viel Angst, um mich darauf einzulassen.

* * *

»Sie wird immer künstlicher. Kaum hat sie eine OP hinter sich, denkt sie schon wieder darüber nach, woran sie das nächste Mal schnippeln lassen will. Sie ist regelrecht süchtig danach und mittlerweile kaum mal ein paar Tage lang ganz fit. Ich habe sie nach ihrer ersten Nasenoperation kennengelernt. Auf irgendeiner blöden Wohltätigkeitsgala hat mein Vater sie mir vorgestellt, weil sie ihm wohl ständig in den Ohren gelegen hat, dass sie mich unbedingt kennenlernen will.«

* * *

Na, also begeistert hört sich das wirklich nicht an. Warum er sich bloß auf diese Frau eingelassen hat? Klingt ja nach purem Notstand.

* * *

»Anfangs lief es super. Ich fand eigentlich nie, dass sie auch nur eine einzige OP nötig gehabt hätte. Aber ich konnte reden wie mit einem kranken Pferd: Sie verstand mich nicht. Irgendwann hat sie die Kurve einfach nicht mehr gekriegt und kann kein Ende finden. Jetzt habe ich den Salat und das Ersatzteillager an der Backe.«

* * *

Sein Ausdruck ist beim Erzählen immer grimmiger geworden und Nina sieht ihre Chancen definitiv wachsen. Mit ganz vernünftiger Argumentation versucht sie, ihre Position zu verbessern.

»Sag mal, ich dachte immer, Ärzte wären eigentlich nur zum Heilen da«, beginnt sie, »warum rät dann dein Vater ihr nicht davon ab, das so zu übertreiben?«

Simon macht eine lässige Handbewegung. »Würdest du den Leuten erklären, dass sie alkoholsüchtig werden könnten, wenn du einen Schnapshandel hättest? Nee, du, sie ist erwachsen und darf das frei entscheiden. Mein Vater lebt ganz gut von diesen Tussis. Und medizinisch ist sie bestens versorgt. Er hätte mich bloß mal aufklären können, was er mir da mit ihr ins Nest legt. Das nehme ich ihm inzwischen nämlich ziemlich übel!«

»Erklärt aber immer noch nicht, warum du von einer ›halben‹ Freundin sprichst«, wagt Nina einen Vorstoß und möchte sich im nächsten Augenblick am liebsten die Zunge abbeißen.

Simon sieht sie herausfordernd an. »Du willst es ganz genau wissen, was? Ganz schön flott bist du! Rückst du immer fremden, hilflosen Kerlen so auf die Bude, bringst sie um ihren wohlverdienten Feierabend und quetschst sie über ihre Lebensumstände aus?«

»Och nö!« Nina hält sich ein Sofakissen vors Gesicht und wünscht sich ein möglichst tiefes Mäuseloch zum Verkriechen. »Scheiße, wie peinlich ist das denn jetzt!«

Gib Nina ein Fettnäpfchen und Nina tritt rein! Es lief gerade so gut. Muss ich dämliche Kuh mich jetzt hier zum Affen machen?

Langsam zieht ihr Simon das Kissen weg und amüsiert sich über ihren knallroten Kopf. »Das mit dem raffinierten Umgang mit Männern üben wir noch mal, nicht?«

»Ja, ja, mach dich nur lustig! Vielleicht will ich das gerade gar nicht üben? Oder mal ganz andersrum: Vielleicht will ich das ja gerade mit DIR nicht üben?!«

»Oh doch, das willst du! Wetten?«

Ben scheint ein ganz besonderes Gespür für passende Auftritte zu haben und erspart ihr in diesem Moment weitere Verlegenheit.

Der Anblick, der sich Nina und Simon bietet, kann die Situation nur noch in Gelächter auflösen. Mit seinem Futternapf im Maul steht der Hund mit beiden Vorderpfoten auf dem Rand des Sofas. Es wedelt nicht der Hund mit dem Schwanz, sondern der Schwanz mit dem ganzen Hund.

»Ach je, mein Junge, du hast Hunger! Hast ja recht, gibt sofort was.«

* * *

Simon nutzt zu Ninas Erleichterung die Gelegenheit, steht auf und versorgt den begeisterten Ben. Es ist nicht das erste Mal, dass Simon den Eindruck hat, einen großartigen Griff mit dem Welpen getan zu haben. Eigentlich möchte er Nina jetzt gar nicht weiter klein machen, denn er spürt, dass ihre Grenze längst erreicht ist und weiteres Insistieren die Stimmung nur verderben würde, die ihm gerade ausgesprochen gut gefällt. Er ist der Auffassung, sie durchaus in ausreichendem Maße informiert zu haben. Den genauen Stand der Dinge muss sie jetzt noch gar nicht kennen. Er findet sie geradezu umwerfend in ihrer Unsicherheit und hat eine reichliche Portion Lust, noch ein bisschen mehr Spannung aufzubauen. Dass er sie umgehauen hat mit seinem Kuss, ist ihm mehr als bewusst.

Und er liebt es, dieses Spiel!

»Woher hast du ihn eigentlich? Er ist toll«, versucht Nina abzulenken. Sie scheint sehr erleichtert, durch Bens Auftauchen im richtigen Moment aus der dämlichen Sache herausgekommen zu sein.

Einen Nachschlag kann sich Simon nicht verkneifen, bevor er die Geschichte des jungen Hundes erzählt. »Ja, nicht, er hat's drauf!«, sagt er und kann ein Grinsen kaum unterdrücken.

»Ben habe ich vor ein paar Monaten zusammen mit fast dreißig anderen jungen Hunden aller möglichen Rassen aus dem Kofferraum eines Wagens gefischt. Einem aufmerksamen Ehepaar waren an einer Raststätte die seltsamen wimmernden Geräusche in einem Kombi mit abgedunkelten Scheiben und osteuropäischem Kennzeichen aufgefallen. Die Polizei hat den Wagen nach einer aufsehenerregenden Verfolgungsjagd auf der Autobahn festsetzen können. Ich habe einen Anruf des zuständigen Amtsveterinärs, eines Studienfreundes, bekommen. Der war gerade weit entfernt im Einsatz und hat mich um Hilfe und Erstversorgung in dem Fall gebeten.«

»Bisher habe ich von solchen Sachen nur in der Zeitung gelesen. Welpen im Kofferraum über so weite Strecken? Das muss ja furchtbar sein!«, sagt Nina entsetzt.

»Ja, der Anblick der teils schon apathischen Welpen war wirklich fürchterlich, sage ich dir! Ich weiß natürlich um die Bedingungen, unter denen ›Hundezucht‹ in manchen Ländern, oft nah der deutschen Grenze betrieben wird. Ausgemergelte, medizinisch unversorgte Hündinnen werden zusammengepfercht in Kellern, teils halb verfallenen alten Höfen und unter vollkommen tierschutzunwürdigen Bedingungen in jeder Hitze gedeckt.«

»Für mich klingt das nach einer Art von organisiertem Verbrechen«, schimpft Nina empört, »und wie werden die armen Welpen dann vermarktet? Wer kauft die denn?«

»Da darf man sich wirklich wundern. Das ist typisch für die ›Geiz-ist-geil-Mentalität‹«, erklärt Simon. »Die in diesen Massenproduktionen entstandenen Welpen werden nach viel zu kurzer Zeit von den meist völlig verwurmten Müttern getrennt und deutschen Interessenten ›mit Herz‹ billig zum Kauf angeboten. Das Geschäft blüht und der Nachschub rollt ununterbrochen weiter. Wer kann einem vier Wochen alten, hilflosen, zauberhaften Fellknäuelchen schon widerstehen?«

»Und warum hast du dir ausgerechnet Ben ausgesucht?«

»Ich hatte meine fast fünfzehnjährige Jagdhündin ganz kurz zuvor einschläfern müssen und habe mir den Schwächsten aus diesem Kofferraum gegriffen. Viel hat Ben nicht mehr von sich gegeben und es waren mühevolle, bange Wochen, bis ich sicher sein konnte, dass meine Arbeit sich gelohnt hat.«

* * *

Nina hat ihm gebannt zugehört. Ihr Vorstellungsvermögen, gepaart mit dem, was sie über solche Zuchten schon wusste und nun an Details erfahren hat, steht im krassen Gegensatz zum Anblick des satt und zufrieden im Korb schlafenden Hundes. Sein Umgehen mit der Geschichte macht Simon jetzt noch viel liebenswerter für sie.

»Ich wusste schon, warum ich gerade hier abstürzen wollte«, murmelt sie leise.

»Was? Was hast du gesagt?«

»Oh, nichts! Ich finde nur, Ben hat ein schweinemäßiges Glück gehabt!«

Simon nickt. »Nicht nur Ben, ich schätze, du auch. Hach, ich fühl mich so gut als Retter der Todgeweihten«, albert Simon.

»Du, sag mal«, beginnt Nina, »ich habe gesehen, du hast hier sogar eine Badewanne. Seit gestern bin ich mehr als einmal total durchgeschwitzt gewesen. Darf ich vielleicht ein Bad nehmen?«

»Na klar! Das passt eigentlich ganz prima. Ich muss sowieso noch mal raus und mein Wild füttern, ehe es dunkel wird. In der Zwischenzeit kannst du es dir in der Wanne gemütlich machen. Ich feuere dir den Badeofen an. Geht eigentlich ganz schnell, dann hast du vierhundert Liter heißes Wasser zur Verfügung. Wird reichen, oder? So dreckig bist du ja nicht.«

Nina wird es schon wieder ziemlich warm unter seinem prüfenden Blick. Ihre Skiunterwäsche ist nicht wirklich geeignet, viel von ihren Formen zu verbergen. Was ihr bisher vollkommen egal gewesen ist, beginnt ihr langsam etwas unangenehm zu werden. Seit dem Kuss ist alles anders. Gestern, nach dem Unfall, war sie für ihn nichts als eine Patientin. So zumindest schätzt sie sein sehr professionelles Verhalten bis dahin ein. Jetzt, wo die Luft zwischen ihnen geradezu hörbar zu knistern begonnen hat, fühlt sie sich in den hautengen, hauchdünnen Sachen wie ein verführerisches Törtchen unter Zellophanfolie. Einfach »too much«, um sich noch sicher und halbwegs vorbehaltlos vor ihm bewegen zu können.

Sie zieht die Wolldecke ein bisschen höher bis zum Hals hinauf, tut vorsichtshalber fröstelnd und sieht ihm zu, wie er mit einem schweren Korb voller Holzscheite im Bad verschwindet. Nur kurze Zeit später hört sie schon das verheißungsvolle Bollern des Badeofens.

»Ich werde sicher eine Stunde brauchen, bis ich zurück bin. Die Tür schließe ich zur Sicherheit ab. Es ist zwar nicht unbedingt zu erwarten, dass hier überhaupt irgendein Mensch heraufkommen kann, aber Vorsicht ist die Mutter der Porzellankiste. Okay?«

Simon steigt in seinen Schneeoverall, ruft Ben, haucht ihr noch einen flüchtigen Kuss auf die Wange und dreht sich noch einmal in der offenen Tür um. »Ein paar saubere Klamotten habe ich dir übrigens ins Bad gelegt. Ich hoffe, es ist was dabei, was dir einigermaßen passt.«

Die schwere Eingangstür fällt zu und Nina hört, wie sich der Schlüssel knarrend im Schloss dreht. Sie ist allein.

KAPITEL 5

Einen Moment lauscht sie noch dem Knirschen der sich entfernenden Schritte und Bens Gebell. Offenbar packt Simon an der Rückseite der Hütte Wildfutter zusammen. Dann wird es ganz still. Nina wickelt sich aus ihrer Decke und geht ins kuschelig warme Bad.

Während sie das heiße Wasser einlaufen lässt, fällt ihr Blick auf ein Häufchen mit Kleidungsstücken, die ordentlich auf einen kleinen Schemel gelegt sind. Ein schwarzes Fleeceshirt mit dickem Kragen, eine Jeans, ein Paar Socken, ein dünner, langärmeliger Unterziehrolli und – ganz zuunterst – ein ziemlich extravaganter hauchdünner, nachtschwarzer Spitzenstring.

Ach du liebe Güte!

Nina hält diesen Hauch von Nichts gegen das Licht, dreht ihn in den Händen und fühlt sich mit ihrer Entdeckung vollkommen niedergeschlagen.

Wem gehört der? Wie viele Frauen hat er hier oben in der Hütte schon verführt? Wie lang ist die Liste, in die er mich jetzt einreiht?

Auf die Idee, die anderen, ganz alltäglichen Kleidungsstücke in ihre Überlegungen miteinzubeziehen, kommt sie gar nicht. Es ist dieses Dessous, das sie völlig aus der Bahn wirft. Dass ein Mann in seinem Alter schon eine ganze Reihe Verflossener haben wird, ist ihr klar. Aber an wessen Körper der String ihn um den Verstand gebracht haben muss, das wüsste sie gern.

Sie sucht und findet das winzige Waschzettelchen in Schwarz mit hauchdünn gestickter Hersteller- und Größenangabe. Achtunddreißig. Kaum zu entziffern.

Hat Simon nicht etwas von einer extrem dünnen Freundin erzählt? Trägt so eine Frau dann achtunddreißig?

Nina ist eifersüchtig! Dieses Gefühl ist ihr so noch nie begegnet. Beinahe wäre es ihr entgangen, dass die Wanne kurz vor dem Überlaufen ist. Hastig dreht sie das Wasser ab, findet einen ziemlich männlich riechenden Badezusatz, von dem sie zwei Kappen voll ins Wasser gießt.

Der Geruch beruhigt ihre angespannten Nerven.

Wenigstens muss ich nicht in einem edlen Damenduft baden, den irgendeine Schnepfe hier hat stehen lassen!

Sie taucht bis zu der malträtierten Stirn unter, findet auf dem Wannenrand Shampoo, wäscht sich die Haare, die eigentlich eine Spülung gebraucht hätten, um sie zu entwirren. Es ist keine Spülung da.

Gott sei Dank!

Ein weiteres typisch weibliches Utensil, das fehlt.

Für ein paar Minuten bleibt sie noch im Wasser liegen und hängt ihren Gedanken nach. Sie wird ihm vielleicht ein paar genauere Fragen stellen. Oder lieber doch nicht? Ist es eigentlich wichtig, welche Beziehungen seine Vita bis heute hergibt? Eigentlich möchte Nina all dies abschütteln, möchte sich unvoreingenommen auf ihn, auf diese Liebesgeschichte, die sich so unverhofft anbahnt, einlassen. Und doch nagen Zweifel an ihr.

Sie steigt aus der Wanne, wickelt sich in ein riesiges Saunatuch, rubbelt sich die Haare trocken und findet eine Bürste. Eine typische Männerbürste. Es dauert, bis sie damit die langen Locken halbwegs auseinandergetüddelt hat. Nina hatte auf eine Zahnbürste gehofft. Sie findet genau eine. Seine.

Also entschließt sie sich, etwas Zahnpasta auf den Finger zu geben, und erreicht immerhin ein recht zufriedenstellendes Gefühl glatter Zahnoberflächen. Die sehr sparsame Ausstattung mit Kosmetika in dem kleinen Schränkchen trägt zu ihrer Beruhigung bei. Nur die Aspirinschachtel, die ihr gerade entgegengefallen ist, lässt all ihre inneren Alarmglocken läuten. Gestern Abend hätte sie ihre Pille nehmen müssen.

Und nun? Wenn es jetzt auf das hinauslaufen sollte, was sie ersehnt, könnte sie ein ganz schönes Problem bekommen. Nina rechnet nach und kommt zu einem Schluss. Erst vor zwei Tagen hatte sie mit der neuen Packung angefangen. Eigentlich ziemlich unwahrscheinlich, dass so schnell die Gefahr einer Schwangerschaft drohen könnte.

Sie will ihn. Es gibt wohl nichts, was sie im Augenblick mehr will.

Es ist alles so anders als in ihren vorigen Beziehungen. Jede ist spätestens nach drei Monaten beendet gewesen. Die Gleichaltrigen haben vor allem eines gekonnt, nämlich Nina unglaublich schnell gelangweilt. Keinem ist es gelungen, sie lange zu binden. Nett waren sie gewesen, ja, aber irgendwie hat sie nie das Gefühl gehabt, dass sie viel mehr waren als Kumpel. Keiner hat es geschafft, sie wirklich verliebt zu machen, und was im Bett passierte, hinterließ immer wieder einen faden Nachgeschmack bei Nina. Es hat sich eher wie Turnübungen angefühlt als wie die sagenhafte Sensation, von der alle Welt erzählt. Ihre letzte Kurzbeziehung mit Gregor kommt ihr in den Sinn.

* * *

Sie hatte ihn auf einer Party kennengelernt. Als bereits im zweiten Semester studierender großer Bruder ihres Klassenkameraden Tim und umjubelter Basketballstar der Unimannschaft galt er als heißester Tipp ihrer Freundinnen. Und er war solo gewesen. Ein ganzer Schwarm Mädchen umschwirrte den blonden, blauäugigen Hünen. Sein stadtbekannter Charme und Witz ließ alles, was weiblich war, an seinen Lippen hängen. Nina hielt sich in dem allgemeinen Hype um ihn zurück und betrachtete ein bisschen amüsiert von der Theke aus, wie sich eine ganze Reihe eigentlich völlig normaler, netter Mitschülerinnen und Studentinnen plötzlich in gurrende Täubchen verwandelten. Hin und wieder schickte er, der das Grüppchen locker um anderthalb Köpfe überragte, Blicke zu ihr hinüber, die Nina als »leicht genervt« deutete. Sie quittierte sie jeweils mit einem Zwinkern. Dass sie sich so offensichtlich raushielt, schien ihm zu gefallen, und die Blickkontakte wurden immer häufiger. Bis er sich aus dem Taubenschlag löste und zu ihr setzte. Mit dem Rücken zu seinen Verehrerinnen gelang es ihm schließlich, sich einen kleinen Freiraum zu schaffen. Der Abend wurde zauberhaft, obwohl Nina die scharf abgeschossenen Eifersuchtspfeile geradezu körperlich spüren konnte. Er tanzte wunderbar, verstand es prächtig, sie zu unterhalten, brachte sie zum Lachen und machte sehr deutlich, dass sein alleiniges Interesse von jetzt ab ihr galt.

In den kommenden Wochen trafen sie sich häufig und Nina hatte das Gefühl, sich wirklich langsam in ihn verliebt zu haben. Ihre Erwartungen an die erste Nacht stiegen ins Unermessliche und sie entwickelte durchaus die Hoffnung, endlich erleben zu dürfen, wovon sie schon so lange träumte.

Er führte sie zum Essen aus. Der italienische Rotwein, den sie dazu tranken, machte sie locker, leicht und genau so weit beschwipst, dass sie eine ungeheure Lust bekam, seinen Vorschlag anzunehmen, die Nacht mit ihm zu verbringen. Sie war sich ganz sicher gewesen: Er war der Richtige! Mit einem leisen Schmunzeln erinnert sich Nina an das Hineinschleichen in sein Elternhaus, in dem er noch das kleine Mansardenzimmer als Zufluchtsort nutzen konnte, wann immer er ein Wochenende zu Hause verbrachte. Mit dem albernen »Pssst, niemanden aufwecken«, dem vorsichtigen Vermeiden, auf die bezeichneten knarrenden Stufen der hölzernen Treppe zu treten, und den schwach unterdrückten Lachanfällen machten sie mehr Krach als nötig. Folgerichtig stand dann auch Gregors Vater im blau-weiß gestreiften Bademantel mit wirr verstrubbeltem Haarkranz plötzlich in der Tür, um sich zu vergewissern, dass nicht Einbrecher unterwegs waren. Mit einem wohlgefälligen Blick auf Nina wünschte er allerdings nur eine gute Nacht und zog sich wieder in sein Schlafzimmer zurück. Nicht ohne »Viel Spaß« zu wünschen.

Endlich allein, begann Gregor sie auszuziehen, und Ninas Kopfkino fing an, den Turbo einzulegen. Wie würde er sie jetzt verführen, wie sie auf die irresten Höhenflüge orgiastischer Trauminseln führen?

Ihre Gedanken kreisten um stundenlange erotische Massagen, um Hände genau an den Stellen, die sie sich wünschte, um einen erfahrenen, zielsicheren Mund, der ihr die wunderbarsten Gefühle bescheren sollte. Sie hatte sich schon lange ausgemalt, wie sie ihn langsam, aber sicher verrückt nach sich machen wollte, wie eine ganze Nacht voller Fantasie und Hingabe sie beide in einen sinnlichen Rausch versetzen würde. Ihre Hoffnung war, nun ganz neue Erfahrungen machen zu dürfen, die sie überraschen würden, die noch nie in ihren Träumen vorgekommen waren. Sie war bereit gewesen und flirrend gespannt auf das, was jetzt ganz sicher passieren würde.

Gregor zog sie fertig aus und verfrachtete sie mit einem Schubs auf das schmale Jugendbett. Ruckzuck war er aus seinen Klamotten gewesen. Offenkundig gerüstet, den Akt zu vollziehen.

Es wurde nichts mit Ninas Träumen!

Bei diesem ersten Mal gelang es ihr nicht mal, ihren gut geübten Trick anzuwenden, der ihr schon so oft dazu verholfen hatte, doch noch zu ihrem, wenn auch sehr einsamen, Recht zu kommen. So schnell, wie Gregor fertig war, waren die Filmrollen ihres Kopfkinos nicht einzulegen gewesen, geschweige denn in schillernden Bildern auf der leeren Leinwand in ihrem Kopf angelaufen.

Die Enttäuschung stand ihr ins Gesicht geschrieben. Allerdings schien er gar nicht wahrzunehmen, wie sie das Ganze empfunden hatte, und gab sich äußerst zufrieden. Nina tröstete sich zunächst mit der Überlegung, es wäre doch wohl nur die aufgestaute Gier gewesen, es würde sicher beim nächsten Mal ganz anders sein. Es wurde nicht anders.

Reden konnte sie nicht mit ihm über ihre Wünsche und Träume. Er winkte immer ab, fand das Thema wenig relevant und war in seinem Selbstbewusstsein, ein großartiger Liebhaber zu sein, unerschütterlich. Nach ein paar Wochen gab sie es endlich auf und trennte sich von ihm. Ihn schien diese Trennung nicht besonders zu beeindrucken, denn er konnte zehn Frauen an jeder Hand haben. Warum die Fluktuation bei seinen Freundinnen so extrem hoch war, konnte Nina mittlerweile bestens verstehen. Für sie allerdings war diese Geschichte nur ein Negativerlebnis mehr mit dem anderen Geschlecht gewesen. Eines, das sie in ihrer Meinung bestärkte, Sex würde erstens völlig überbewertet und würde sich zweitens eher störend auf ein eigentlich prima Verhältnis auswirken.

* * *

Dieses übermächtige Kribbeln, das sie jetzt fühlt, hat sie noch nie erlebt, noch nie diese körperlich spürbare Sehnsucht empfunden, noch nie diese schmerzhafte Eifersucht. Und sich noch nie durch einen einzigen Kuss so überwältigt gefühlt. Je länger sie über Vergangenes nachdenkt, desto trüber wird der ohnehin dürftige Glanz, in dem es scheint. Diese Sache jetzt strahlt ganz anders. Es fühlt sich an wie ein Blitzeinschlag und sie ist sich ziemlich sicher, dass sie nun endlich herausfinden wird, warum sich das ganze Universum um diese angeblich »schönste Sache« zu drehen scheint.

Liebe auf den ersten Blick! Das muss es ein! Dann gibt es das also doch. Wenn er doch bloß genauso empfinden würde …

Nina zieht sich an und beginnt mit dem zarten Spitzenslip. Er passt wie angegossen, und als sie an sich heruntersieht, bemerkt sie, wie sexy er wirkt. Alles, was er ihr hingelegt hat, erweckt den Anschein, es wäre allein für sie angeschafft worden.

Er ist noch nicht zurück und sie entschließt sich, Holz nachzulegen und Tee zu kochen. Ein Blick in den gut gefüllten Kühlschrank bringt sie auf eine Idee zum Abendessen. Seit dem ausgiebigen Frühstück haben beide nichts mehr gegessen. Ihr knurrt der Magen und sie ist sicher: Ihm wird es nicht anders gehen. Nina sieht auf die Uhr.

»Eine Stunde«, hat er gesagt. *Die ist lange rum.*

Das Päckchen Rinderhack ist mit dem Haltbarkeitsdatum von heute ausgezeichnet. Das muss sowieso verbraucht werden. Sie entscheidet sich für Spaghetti Bolognese mit Tomaten und Mozzarella. Die Arbeit geht ihr leicht von der Hand. In der winzigen Küche hat sie sich schnell orientiert und alles gefunden, was sie braucht. So flott, wie der Gasherd ist, fürchtet sie beinahe, er könnte doch zu spät kommen und alles würde womöglich verkocht sein. Als der Schlüssel sich im Schloss dreht, hat sie gerade den Tisch gedeckt, eine große Stumpenkerze angezündet und die Nudeln abgegossen.

Er erstarrt, als das Bild, das ihn erwartet, seine Wirkung entfaltet. In seinem Gesicht spiegelt sich eine Mischung aus Freude, Schmerz und Überraschung, die sie absolut nicht deuten kann. Ninas erwartungsvolles Strahlen weicht einer unangenehmen Anspannung.

Es muss an diesen Klamotten liegen, die er mir gegeben hat. Wer hat die nur vor mir getragen?

Simon fängt sich schnell. »Donnerwetter, da habe ich mir ja einen ganz besonderen Schatz aus dem Schnee gegraben! Du kannst kochen? Es riecht unglaublich gut und ich habe Hunger wie ein Bär.«

»Natürlich kann ich kochen! Na ja, es reicht zumindest für den Hausgebrauch. Nouvelle Cuisine kannst du auf zwei Gasflammen allerdings nicht erwarten. Komm, sonst wird es kalt.«

Was sie gezaubert hat, gefällt ihm und veranlasst ihn zu der Bemerkung, dass noch nicht Hopfen und Malz an ihr verloren wären, was den Umgang mit Männern anginge.

»Glatter Punkt für dich!«, stellt er fest.

»Hallo? Sind wir hier in irgendeinem Wettstreit?«

»Liebe geht bei Männern und Viechern durch den Magen! Deine Chancen bei mir steigen gerade enorm«, erklärt er in einem sehr süffisanten Tonfall.

Nina ist kurz davor, wütend mit den Füßen aufzustampfen.

Er amüsiert sich schon wieder königlich über sie, macht eine Flasche Chianti auf, gießt ihr ein Glas voll und reicht es ihr. »Trink, Süße, das entspannt ungemein.«

Sie gibt vorläufig auf. So richtig ist sie ihm wirklich nicht gewachsen. Nina ist nicht viel Alkohol gewohnt und hat, wie üblich, sehr schnell einen kleinen Schwips. Er hatte recht. Es entspannt tatsächlich!

Simon liefert ihr von sich aus nach dem Essen eine plausible Erklärung für die seltsame Miene, die er beim Eintreten gemacht hat, und Nina ist nur allzu bereit, durch seine vernünftigen Mitteilungen ihr blödes Bauchgefühl verscheuchen zu lassen. Viel zu gerne möchte sie den unsichtbaren Schatten, den sie zwischen ihm und sich zu sehen glaubt, fortjagen.

»Dieser verdammte Wilderer muss wieder in der Gegend sein, Nina!«

Aufgeschreckt sieht sie ihn an.

»Das Schwein stellt Schlagfallen auf. Ein sauberer Schuss wäre ja eine Sache. Aber es ist schon mal vorgekommen, dass ich ein halb verendetes Reh erschießen musste. Kannst du dir vorstellen, wie die leiden? Je mehr sie versuchen davonzukommen, desto größer werden ihre Verletzungen. Er sieht noch nicht einmal regelmäßig nach den Fallen.«

Nina erkennt, wie sich die Adern an Simons Schläfen sichtbar mit Blut füllen. Er ist zornig.

»Musstest du gerade eben …?«

»Ja, ich musste!«

Ninas Herz zieht sich zusammen. Tränen steigen in ihre Augen und ein Kloß in ihrem Hals schwillt so, dass es ihr den Atem zu nehmen droht. Sein Job ist es, Tieren zu helfen. Vielleicht auch noch, als Jäger den Bestand seiner Pacht zu regulieren. Aber so viel hat sie nun schon mitbekommen: Er ist ein wirklicher Tierfreund. Sie gebietet ihrem Vorstellungsvermögen Einhalt. Wie ein Reh in einer Falle verendet, WILL sie sich jetzt nicht vor Augen führen.

Sie schiebt das Bild bewusst beiseite und folgt nur ihrer Intuition, als sie vom Tisch aufsteht, zu ihm hinübergeht und seinen Kopf an ihre Brust zieht. Still legt sie das Gesicht auf sein Haar, atmet seinen Duft von Wald und Mann. Er schlingt die Arme um ihre Taille und zieht sie zu sich heran. Minutenlang steht sie so, bis er seine feste Umarmung langsam löst.

Und wieder ist es Ben, der es unnötig macht, jetzt mit großen Reden den Moment der Übereinstimmung zu zerstören. Er bekundet mit welpenhaftem Fiepen, dass er Interesse an den Resten auf dem Tisch hat.

»Kannst du vergessen, du Schlawiner«, schimpft Simon und kann sich doch ein Lächeln über den schief gelegten Hundekopf und den unwiderstehlichen Blick nicht verkneifen. »Er darf die restlichen Nudeln haben. Aber nur aus dem Napf«, bestimmt er.

Gemeinsam räumen sie ab und spülen das Geschirr.

»Wie ein altes Ehepaar«, witzelt Nina.

»Tja, können wir ja schon mal üben. Schließlich sind wir beide im heiratsfähigen Alter«, gibt er zurück. »Aber ob ich dich heirate, weiß ich sowieso noch nicht! Bisher weiß ich ja bloß, dass du kochen kannst, und ich kaufe keine Katzen im Sack!«

»Pah, der Kerl faselt was von Heiraten«, gibt sie kess zurück. »Und was weiß ich schon von dir? Deinen Namen. Na, ist ja toll! Aber wenn ich mir das ganz genau überlege, hätte die Katze eigentlich gerade gar nichts dagegen, sich genauer inspizieren zu lassen.«

Ach du Scheiße! Was habe ich da gesagt? Wenn das jetzt nach hinten losgeht!

»Ich weiß, sie wirkt ein bisschen rollig«, grinst er und erntet einen Klaps mit dem Geschirrhandtuch. »Warte, du!«, droht er, schnappt sie sich, wirft sie über die Schulter und schleppt sie ins Schlafzimmer. Er setzt sie vor dem großen Bett ab.

»Ausziehen!« Breitbeinig und mit verschränkten Armen steht er vor ihr.

»Ausziehen?« Nina ist geplättet.

»Los, los, sieh zu. Wenn ich sage ›Ausziehen‹, meine ich ausziehen!«

Langsam beginnt Nina mit Socken und Jeans. Sie lässt seinen Blick nicht los, lächelt ihn herausfordernd an. Dieses kleine Glas Chianti hat sie unternehmungslustig gemacht. Und viel sicherer, als sie es sich im Umgang mit ihm jemals hätte vorstellen können. Bewusst langsam schält sie sich aus der Hose und baut einen kleinen, aufreizenden Hüftschwung ein. Der

Pullover ist schnell über den Kopf gezogen, der Rolli folgt. Mit einem flüchtigen Gedanken stellt sie fest, dass ihr Kopfkino komischerweise Sendepause hat. Hier wird ein neuer Streifen gedreht. Und sie ist die Hauptdarstellerin neben einem männlichen Protagonisten, der ihr den Atem raubt. Dann schaltet sich alles Denken aus.

Sie steht da mit dem winzigen Nichts von String. Er hebt sie mühelos hoch und legt sie in die Mitte des Bettes. Noch immer schaut sie ihm direkt in die Augen. Simon steht am Fußende und entledigt sich seines dicken Wollpullovers.

Scharf zieht Nina die Luft ein. Es wundert sie jetzt gar nicht mehr, wie es ihm gelungen ist, sie den steilen Abhang heraufzubringen. Den nächsten Schreck bekommt sie, als er seine Jeans von den Hüften rutschen lässt. Nun gelingt es ihr nicht mehr, den Augenkontakt aufrechtzuerhalten. So viel Männlichkeit hat sie nicht erwartet. Eine Gänsehaut läuft ihr über den Rücken, als er sich zu ihr legt.

»Augen auf!«, fordert er, und sein warmer Bariton setzt ein kleines Ameisenbataillon in Bewegung, das im Nacken startet, sich über den runden, festen Brüsten in zwei Abteilungen spaltet und direkt auf ihrem Venushügel wieder vereint, um dort ganz offenbar ein Barbecue zu veranstalten.

Sie wagt es nicht, die Augen zu öffnen. Zu eindeutig würde ihr Blick ihm verraten, dass es nichts mehr ist mit ihrem kleinen alkoholbedingten Ausflug in ein ungewohntes, freches Selbstbewusstsein.

»Augen auf!«

Oh, Himmel hilf! Wenn ich jetzt die Augen öffne, wird er alles in ihnen lesen können. Ich werde nackter sein, als ich es ohnehin schon bin.

Schon wieder dieser nun geflüsterte Befehl: »Augen auf!«

Genau wie vorhin nimmt er ihren Kopf in beide Hände und die Ameisen legen noch eine Schippe Kohlen auf. Sacht streicht er mit einem Finger über ihren Mund, öffnet ihre Lippen. Sie möchte nur genießen, will allein sein mit ihrer Lust und nicht sehen müssen. Aber er lässt nicht locker, will in ihre Seele blicken. Es ist nicht sein Körper. Nicht allein sein Körper!

Es ist diese unglaubliche Präsenz, dieses Fordern. Und dieses Sich-nicht-verstecken-Dürfen, das sie noch so schwer zulassen kann. Ich seh dich nicht, also siehst du mich auch nicht! Wie ein Kind, das sich die Hand vor die Augen hält und sich so unsichtbar glaubt.

Nina hat noch nie zuvor erlebt, wie sehr es das völlige Einlassen aufeinander beflügelt, die Augen nicht zu verschließen, sehend ineinander zu tauchen. Langsam hebt sie die Lider, wagt einen zaghaften Blick. Und erkennt in seinen Augen einen unendlichen See voller Liebe, Aufrichtigkeit und Gier. Ehe sie wieder zögern kann, schüttelt er den Kopf. »Bleib da, mein Schnee-Engel. Nicht wieder abhauen!«

Sie wagt es. Wagt es, mit allen Sinnen zu genießen, was geschieht. Das letzte winzige Stückchen Rüstung gibt sie leichten Herzens her, zieht sich selbst den Fetzen Stoff herunter. Seine Küsse, seine Hände überall, Ameisen zu Höchstleistungen anspornend. Mit weit offenen Augen sieht sie die tosende Leidenschaft der Vereinigung.

Bis der Blick ihr bricht und der erste wirkliche Orgasmus ihres Lebens sie überrollt.

Nina ringt nach Luft. Und sie ringt um Fassung.

Simon missdeutet ihr Japsen, hebt den Oberkörper an, will ihrem Brustkorb Platz zum Atmen geben.

»Jetzt bleib du aber hier! Nicht abhauen!«, schnurrt sie wohlig, schlingt die Arme fest um seinen Oberkörper und zieht ihn wieder dicht zu sich heran.

Nah an ihrem Ohr flüstert er: »Mein lieber Schwan, die Mieze kann nicht nur kochen, die kann auch abgehen wie 'ne Rakete!«

»Simon, ich muss dir was sagen!«

Alarmiert sieht er sie an.

»Ich habe das so noch nie erlebt.«

»Wie? Was hast du so noch nie erlebt? Du bist doch keine Jungfrau mehr gewesen!«

»Nein«, sagt sie lächelnd, »aber ich habe mich immer gefragt, was für ein Theater andere Frauen immer um Sex machen. Ich fand's bisher ziemlich öde. Vielleicht muss man dafür doch alte Männer nehmen?«

»Alte Männer? Bei dir piept's wohl? Ich bin neunundzwanzig! Und im Übrigen, mein schnurrendes Miezekätzchen, wer hier wen nimmt, das müssen wir doch wohl jetzt nicht wirklich klären, oder?«

Nina seufzt und verbirgt den Kopf an seiner Brust. Sowieso ein Platz, an dem sie ihren Kopf ganz besonders gut aufgehoben fühlt. »Du verstehst mich nicht«, jammert sie.

»Doch, ich versteh dich schon, du drückst dich bloß mal wieder etwas seltsam aus. Was du mir eigentlich sagen willst, ist doch Folgendes: Lieber Simon, mir ist noch nie ein so umwerfender, wunderbarer, wunderschöner, starker, potenter Mann begegnet, der es geschafft hat, mir einen derart großartigen Höhepunkt zu verschaffen. Oder?«

»Ja!«

»Na, dann sag das doch!«

Nina sieht ihn verschmitzt von unten an, will betont gedehnt anheben: »Lieber Simon ...«, aber er hat die Worte schon mit dem nächsten Kuss erstickt. »Halt die Klappe!«, murmelt er nur noch.

Kapitel 6

Die Nacht ist stürmisch. Deutlich vernehmbar ist das Pfeifen des Windes in den Öfen.

Ganz sanft, um sie nicht zu wecken, hat Simon sich von ihr gelöst, Holz nachgelegt und die Tür abgeschlossen. Als er ins Schlafzimmer zurückkehrt, stolpert er über ihre verstreut liegenden Kleidungsstücke.

Im schwachen Lichtschein der kleinen Nachttischlampe hebt er Jeans und Pullover auf. Wie ähnlich sie ihr doch ist! Als er sie da beim Heimkommen am Herd stehen sah, war es ihm wie ein Déjà-vu vorgekommen. Er muss ein paarmal tief durchatmen, um sich wieder zu fangen, die Erinnerung nicht zu nah kommen zu lassen, ehe er das Licht löscht und sich wieder zu Nina ins Bett legt. Vorsichtig zieht er sie wieder in seine Arme, bettet ihren Kopf an seiner Brust. Sie schläft so süß, so unschuldig, so nichts ahnend.

Ben betreibt den Weckdienst der besonderen Art.

Mit einem Satz ist er zwischen ihnen gelandet und fährt Nina mit seiner breiten Zunge übers Gesicht. Sie schlägt die Augen auf, sieht seinen erwartungsvollen Blick und beginnt den Tag mit einem vergnügten Lachen. »Ben, du alberner

Hund, ist uns das Wasser ausgegangen? Brauchen wir dich zur Morgenwäsche?«

»Raus aus dem Bett, du unmöglicher Köter!«, schimpft Simon und reicht Nina ein Taschentuch. »Hier! Kannst du gebrauchen. Ein Hund hat dich geküsst.«

Der »unmögliche Köter« lässt seinen Frust über den Anschiss an dem bunten Stoffbündel aus, das er im Maul hat. Er hält es mit den Vorderpfoten fest und schüttelt es knurrend. Sein Hinterteil ragt dabei wild wedelnd in die Höhe.

Simon schwingt sich aus dem Bett, schiebt die Gardinen auf. Strahlender Sonnenschein flutet durch das Fenster. Nina kriecht noch einmal unter die Federn, hat aber nicht mit seiner Morgenlaune gerechnet. Mit einem Ruck hat er ihr die Decke weggezogen und gibt ihr einen Klaps auf den Hintern. »Los, aufstehen, Schlafmütze! Mach uns mal Kaffee, ich lass schnell den Hund vor die Tür.«

»Nie wieder nehme ich Naturburschen mit Hunden!«, nölt sie. »Nicht mal richtig ausschlafen kann man hier.«

»Wie war das doch gleich mit dem Nehmen? Hatten wir das nicht geklärt? Und was heißt hier eigentlich Naturburschen? Hast du mehrere? Was verschweigst du mir, Weib?«

Schon ist er im Bett, hat sich auf Ninas Bauch gesetzt, hält ihre Arme mit eisernem Griff über ihrem Kopf fest und sieht sie herausfordernd an. Sie versucht lachend, ihn loszuwerden, strampelt und hat nicht die Spur einer Chance, ihm zu entkommen.

»Hast du mehrere?«

»Nein!« Heftig schüttelt sie den Kopf.

Langsam kommt sein Gesicht ihrem näher. Sie hat nachgegeben und wartet auf seinen Kuss. Kurz vor ihrem Mund stoppt er. »Iieeh, du riechst ja wie mein Hund! Dreh dich um!«

Zu der geplanten empörten Äußerung kommt sie nicht mehr. Er rollt sie auf den Bauch, greift sich ihre Hüften und zieht sie auf die Knie. Mit allem hat Nina gerechnet, aber nicht damit, dass sich aus diesem peinlichen Moment ein Liebesakt entwickeln würde. Und ganz gewiss nicht damit, dass sich die gerade empfundene Peinlichkeit in Sekundenschnelle in Lust verwandeln könnte.

Was hat er bloß mit mir gemacht? So kenne ich mich ja gar nicht! Egal, die Frage kann ich auch später klären …

Unübersehbar macht er ihr in diesem Augenblick klar, dass er sich nun nehmen wird, wovon er offenbar glaubt, dass es jetzt ihm gehört. Und genauso unübersehbar macht sie ihm deutlich, dass sie dem nichts entgegenzusetzen gedenkt. Hat er sie in der Nacht noch sanft und gemächlich auf den höchsten Berg getragen, so ist es dieses Mal ein atemloses Erklimmen in rasender Geschwindigkeit. Nina schaltet alles aus, was sie um sich herum wahrnehmen könnte, gibt jeder Forderung nach, bleibt ihm nichts schuldig. Fest hält er ihre Hüften umklammert, lenkt sie und würde ihr ein Ausweichen nicht gestatten, auch wenn sie es gewollt hätte. Doch sie schiebt sich ihm entgegen, fordert seine Stöße ein, gibt sich stöhnend ganz der drängenden Härte seiner schnellen Bewegungen hin. Unglaublich tief fühlt sie ihn in sich und will gierig noch viel mehr.

Raum und Zeit verschwimmen. Es existiert nichts mehr außer ihr und ihm und ihrer gemeinsamen, rauschenden Lust. Sie erreicht das Gipfelkreuz eine Handbreit vor ihm.

Und sackt ermattet unter ihm zusammen. Er dreht sie zu sich, sieht sie an und küsst sie schwindelig. Nur langsam kommt sie wieder ganz zu sich.

Einmal Reset bitte! Da war doch noch was.

»Ich denke, ich rieche wie dein Hund?!«

»Ist mir scheißegal! Du bist unglaublich«, keucht Simon.

Es ist jetzt Nina, die ein Einsehen mit dem armen Ben hat, der einen ziemlich kläglichen Eindruck macht und offenkundig endlich raus muss. Sie springt auf, zieht sich den überdimensionalen Bademantel über, steigt in die Schnürstiefel und öffnet die Haustür. Ben zischt an ihr vorbei und erledigt das Nötigste. Ninas Blick fällt auf das Thermometer neben dem Eingang. Minus vierzehn!

Kein Wunder, dass Ben genauso schnell wieder drinnen ist, wie er eben hinausgestürmt war.

Barfuß und mit vorn auseinanderrutschendem Bademantel taucht sie wieder im Schlafzimmer auf, wo Simon sich anscheinend bisher keinen Deut gerührt hat.

»Na, war wohl doch bisschen viel für den älteren Herrn am Morgen, was? Ich koch jetzt Kaffee, vielleicht krieg ich ja damit deine Lebensgeister wach«, spöttelt Nina.

»Also, wie man sich doch täuschen kann!« Simon fährt herum. »Man denkt, man bekommt ein harmloses, schüchternes Engelchen ins Haus. Und was hat man? Eine Megäre!«

»Nö, mir fehlen die Schlangen auf dem Kopf. Guck! Und außerdem: Ich WAR ein schüchternes, harmloses Engelchen, bis du mich in die Finger respektive ins Bett gekriegt hast! Jetzt sieh zu, wie du mit den Geistern, die du riefst, klarkommst«, gibt sie schlagfertig zurück.

»Ach, die Kleine hat gerade den Zauberlehrling in Deutsch gehabt, was? Mach bloß den Bademantel zu, sonst könnte es sein, dass DU gleich wieder ein Problem mit gerufenen Geistern hast.«

Er springt aus dem Bett, greift sie sich und schiebt sie rückwärts gegen den Türpfosten. Unversehens findet sie sich mit hoch über ihrem Kopf festgehaltenen Händen in einer völlig hilflosen Position wieder. Ein Streifen winziger Bilder aus ihrem Kopfkino legt sich über das, was sie gerade erlebt. Und Nina erkennt: Es ist deckungsgleich!

»Mit so kleinen niedlichen Geistern werde ich gerade noch fertig. Oder hast du da irgendwelche Zweifel?«, fragt er sehr von oben herab.

Nina schüttelt den Kopf.

»Ist dir die Geisterstimme jetzt abhandengekommen?«, grinst er herausfordernd und nähert seinen Mund dem ihren.

Meine Güte, wenn er wirklich wollte … wie stark er ist! Und wie gut sich das anfühlt!

»Keine weiteren Fragen!«, bekennt sie überwältigt und genießt die Leidenschaft seines Kusses.

Eine kleine Ewigkeit später lässt er sie los. Es fällt ihr nicht ganz leicht, wieder zu sich zu kommen.

»Du darfst jetzt Kaffee kochen gehen. Bin vorläufig fertig mit der Geisterjagd.«

Nina lacht und trollt sich in die Küche. Simon versucht, der Glut im Kamin ein wenig neues Leben einzuhauchen, und sehr schnell prasselt das Feuer wieder im Ofen. In der Hütte ist es über Nacht kühl geworden.

Sich im Bad mit kaltem Wasser zu waschen, ist für Nina nicht dramatisch. Aber Zähneputzen ohne Bürste und Warmwasser stellt eine sehr unangenehme Herausforderung dar. Die geliehenen Klamotten lässt sie heute liegen und begnügt sich mit ihrer Skiunterwäsche. Die seltsamen Blicke, die Simon ihr gestern zugeworfen hat, will sie unter gar keinen Umständen wieder erleben. Irgendetwas hat nicht gestimmt. Sie kann es nur noch nicht richtig einordnen. Und so, wie sie sich an diesem sonnigen Morgen fühlt, ist ihr nicht nach Störungen.

Soll er mich doch so sehen!

Und er sieht!

Während des ausgelassen fröhlichen Frühstücks kann er kaum die Augen von ihr lassen. Sie nehmen sich viel Zeit, kabbeln sich weiter, diskutieren über Gott und die Welt, zeigen sich irgendwann gegenseitig ihre »Kriegsverletzungen«. Ninas Geschichte zu den zackigen Narben auf dem Schienbein war ja bereits geklärt. Simons zerschossenes Knie ist aber eine Sache für sich. Ganz vorsichtig, als wären die Wunden noch frisch, streicht Nina sanft mit dem Zeigefinger über die zurückgebliebenen Buckel des Narbengewebes. »Erzähl, wie ist das passiert?«

»Es war vor gut zwei Jahren im Sommer. Das stammt aus einer Begegnung mit meinem ganz speziellen Freund, dem Wilderer. Kurz vor dem Dunkelwerden saß ich auf meinem Hochstand, um das Wild zu beobachten. Ein kleines Stückchen oberhalb der Stelle, wo wir gestern telefoniert haben. Ich weiß noch genau, es war ein wahnsinnig schwüler Abend nach einem Gewitter. Der ganze Wald hat gedampft. Da sah ich ihn durchs Unterholz schlappen und sich an irgendwas am Boden zu schaffen machen. Mir war eigentlich sofort klar, dass das kein normaler Spaziergänger sein konnte. Er hatte einen ziemlich großen Rucksack bei sich, der anscheinend schon ganz gut befüllt war.«

»Du bist hin und hast ihn zur Rede gestellt?«, fragt Nina.

»Nein. Ich habe ihn nur beobachtet. Der Wald gilt nun mal per Gesetz als Erholungsgebiet für jedermann. Und da es kein Privatwald ist, kann da im Grunde rumtoben, wer will. Ich habe kein Hausrecht. Hätte ihn also noch nicht einmal verscheuchen dürfen. Früher kam es durch Wilderer oft zu Förstermorden. Das ist heute selten geworden. Dennoch ist die Wilderei ja verboten. Und die Typen, die sich so ein Zubrot verdienen, sind selten besonders zimperlich. Man sollte schon auf der Hut sein. Bewaffnet war ich auch nicht an dem Abend. Außerdem alleine. Selbst wenn ich ihn beim Fallenleeren ertappt hätte, ohne Zeugen bist du in solchen Situationen absolut der Dumme.«

»Aber wie kam es dann zu der Verletzung?«

»Tja, das fällt wohl in die Kategorie ›blöd gelaufen‹! Er musste unweigerlich an meinem Hochsitz vorbei. Ich versuchte ganz vorsichtig, mich etwas vorzulehnen, um ihn erkennen zu können. Das gab ein deutlich vernehmbares Geräusch. Er hat nicht lange gefackelt. Mir schien, er war plötzlich in totaler Panik, als er merkte, dass er womöglich nicht allein war. Zwei Schüsse hat er abgefeuert. Und ist abgehauen, als wäre der Teufel hinter ihm her.«

»Und?« Nina hält sich vor Schreck die Hand vor den Mund.

»Ein Projektil steckte im Holz. Das andere in meinem Knie.«

»Scheiße! Was hast du dann gemacht?«

»Mir ist schlecht geworden!«

»Wundert mich gar nicht. Und dann?«

»Dann habe ich den Notruf gewählt. Besser war das. Und bin in der Klinik gelandet. Das Ergebnis siehst du ja hier«, erklärt Simon. »Ich kann wirklich von Glück reden, dass ich ausgerechnet an dieser Stelle Empfang hatte. Sehr weit wäre ich wohl mit dem Knie nicht gekommen.«

»Ah, jetzt verstehe ich. Daher wusstest du gestern so genau, wo wir es mit dem Telefonieren versuchen konnten. Aber sag mal, hast du ihn denn erkennen können?«

»Nicht wirklich, dazu war es schon zu dunkel. Ich konnte nicht sehr viele nützliche Angaben machen. Er ist nicht sehr groß, eher mager, und ich meine, einen grauen Schnauzbart gesehen zu haben. Das Einzige, was wir sicher wissen, ist, dass die Patrone von einer Waffe mit Kaliber 22 stammt. Aber auch das ist nichts Ungewöhnliches. Diese Kleinkaliber sind weit verbreitet. Und sehr beliebt bei Wilderern sowieso. Die packen sich da einen Schalldämpfer drauf. Dann sind die Schüsse fast gar nicht zu hören. Kleine Dinger, gut zu verstecken im Mantel oder im Rucksack.«

»Hm. Ist er dir denn später noch mal begegnet?«

»Nein, lange hat er sich hier im Forst nicht blicken lassen. Aber die Falle, die ich gestern gefunden habe, ist seine Marke. Die Dinger bekommst du natürlich überall, nur die Art, wie er sie festmacht, damit das Wild damit nicht abhauen kann, die ist typisch für ihn. Er befestigt die nämlich immer mit einer Kette am nächstgelegenen Baum. Und die Kette bindet er mit einem Stück Schnur und einem ganz bestimmten Knoten zu.«

»Was kannst du tun, wenn du ihn zu fassen bekommst?«

»Ich kann ihn nur festsetzen und zusehen, dass ich die Polizei rufe. Wie schwierig das hier oben ist, weißt du selbst. Und wenn es keine absolut eindeutigen Beweise gegen ihn gibt, mache ich mich der Freiheitsberaubung schuldig. Auf dieses Risiko würde ich es allerdings beim nächsten Mal ankommen lassen. Nach der neuen Sache gestern hätte ich offen gestanden nicht übel Lust, ihn mit den Eiern an den nächsten Baum zu nageln und mal eine seiner Fallen zuschnappen zu lassen.«

»Autsch …« Nina verzieht bei der Vorstellung schmerzhaft das Gesicht.

»Ja, autsch! Täte dem Arsch wirklich gut.«

Nina nickt überzeugt und kommt im nächsten Moment ins Grübeln. »Du, weißt du was? Ich habe ein echtes Problem.«

»Ich weiß, mich!«

»Menno, sei nicht immer so überheblich«, schimpft Nina. »Nein, ganz im Ernst. Ich muss hier morgen weg. Montag muss ich um acht in der Schule sitzen!«

»Hast du keine Ferien? Wie konntest du dann Mittwochabend hier rein-engeln?« Simon wirkt sehr enttäuscht.

»Zwei Tage Zeugnisferien! Ein paar Monate habe ich noch, dann bin ich frei«, antwortet sie lächelnd.

»Stimmt ja! Das ist bei mir schon so lange her.«

»Sollten wir nicht mal klären, ob wir vielleicht mit dem Auto runterkommen? Sonst müsste ich mich früh genug auf den Weg machen. Wird etwas dauern durch den tiefen Schnee bis zum Parkplatz.«

»Nina!« Simon sieht sie entsetzt an. »Wie du das gerade sagst, das klingt furchtbar! Das klingt, als wolltest du morgen einfach so verschwinden. Alleine! Klingt endgültig, klingt nach Abschied, nach Ende, nach …! Bist du verrückt? Glaubst du, ich lasse dich da alleine runtergehen? Da hätte ich dich ja gleich in der Schlucht liegen lassen können. Dann wüsste ich wenigstens nichts von dir.«

Er klingt richtig aufgewühlt. Nina lächelt, steht auf und setzt sich ihm auf den Schoß.

»Aber Simon«, tröstet sie, »du hast ja richtig Angst! Du verstehst mich ganz falsch. Ich meine doch nur, dass wir zu Fuß früh genug aufbrechen müssten. Du solltest schließlich im Hellen wieder hier oben sein!«

»Ich glaube nicht, dass ich das will«, erklärt er und sieht ihr dabei sehr offen in die Augen. »Denkst du, ich könnte nach dieser Nacht mit dir hier noch lässig und zufrieden allein in diesem Bett schlafen? Weiter nett Urlaub mit Hund machen? Alleine? Tag und Nacht ohne dich? Nee, du!«

Ui, ui, habe ich da etwa gerade den Spieß ein bisschen umgedreht? So, wie er jetzt klingt, liegt ihm aber wirklich was an mir. Das hört sich verdammt nicht nach One-Night-Stand an.

»Was wirst du denn dann mit deiner halben Freundin machen?« Nina muss das jetzt wissen. Die Gelegenheit ist günstig.

»Oh, Shit! Die habe ich vollkommen vergessen«, sagt Simon grinsend und wirkt wieder völlig gefasst. »Nein, im Ernst, die werde ich informieren!«

»Informieren? Wie jetzt?«

»Ich bin kein Scheißkerl, Nina! Sie hat es verdient, anständig behandelt zu werden. Ich werde ihr also unter vier Augen sagen, dass es aus ist. Da müssen wir beide durch. Ich mache so was nicht per SMS. Und auch nicht am Telefon. Ich bin nämlich gemeinhin nicht mal feige.«

Wow! Genau die Nummer kenne ich doch! Lapidare SMS,
bloß nicht zu dem stehen, was man tut. Drumherum drücken. Alte
Männer haben anscheinend wirklich was für sich.

»So, wie du gerade guckst, kennst du das nicht anders, stimmt's, Nina?«

»Stimmt! Und ich fand es immer irgendwie ... unanständig.«

»Bei mir wirst du dich umgewöhnen müssen. Mit vielem«, sagt er bedeutungsvoll. »Und jetzt, mein Schatz, rein in die Klamotten. Wir sehen mal, wie es mit dem Auto geht.«

KAPITEL 7

Der Cherokee ist total eingeschneit. Sie müssen ihn zunächst aus einer Schneewehe buddeln.

Nina fegt das Heck mit einem Besen ab.

SM, hm, wie heißt er eigentlich mit Nachnamen? Eigentlich nicht unwahrscheinlich, dass das seine Initialen sind im Kennzeichen. Ach, egal, das hat Zeit.

»Warte mal, da kann ich gleich Bens Vitamintabletten rausnehmen«, sagt Simon und öffnet die Klappe. Drei Reihen Aluminiumschubladen sind in den Kofferraum eingebaut. Er öffnet eine und nimmt eine Plastikdose heraus. Ben bekommt eine dicke Pille zugeworfen, die er umgehend zerbeißt und frisst.

Nina ist neugierig. »Was hast du hier denn alles drin?« Eine Lade nach der anderen zieht er für sie auf, zeigt ihr, was sie sehen möchte, erklärt allerhand.

»Wozu braucht denn ein Veterinär so fettes Klebeband?«

»Das ist Gaffaband. Beispielsweise für Hufverbände. Und für kleine unartige Mädchen«, neckt er. »Wenn du nicht spurst, sollst du mal sehen, wie schnell du damit zusammengeschnürt bist!«

»Wenn du mich morgen nicht runterbringen willst, könntest du mich einfach damit fesseln. Dann hätte ich keine Chance wegzukommen«, schlägt Nina albern vor und sieht ihn spitzbübisch an, als sie ihren Gedanken weiter ausführt. »Vielleicht sowieso eine ganz lustige Idee. Wir hätten noch mehr Zeit und ich müsste gar kein schlechtes Gewissen haben. Ich könnte ja dann nix dafür.«

»Wenn ich das wollte, meine Süße, würden mir noch ganz andere Sachen einfallen«, erklärt Simon mit einem bedrohlichen Unterton. Blitzschnell dreht er ihr beide Arme auf den Rücken und hält sie sehr fest. Sie steht plötzlich an den Wagen gedrängt und stößt einen kleinen erschreckten Schrei aus.

Wenn ich nicht wüsste, dass er es ist, würde ich jetzt Angst bekommen. Richtig Angst. Mein lieber Schwan ... der kann ja vielleicht gucken!

Nina läuft ein Schauder über den Rücken und die Art, wie er sie jetzt küsst, ist ihr neu und völlig ungewohnt. Es hat noch einmal eine ganz andere Qualität für sie als der Kuss heute Morgen vor dem Frühstück. Sehr viel deutlicher lässt er sie fühlen, wie sehr er ihr körperlich überlegen ist. Dennoch lässt sie sich ein und spürt, es gefällt ihr. Sehr sogar. Es turnt sie ziemlich an und wieder werden ihre Knie weich wie Pudding. Eigentlich passt es ihr gar nicht recht, dass er dann doch immer sanfter und zärtlicher wird, seinen Griff lockert und sie schließlich loslässt. Mit dem gewohnt liebevollen Blick sieht er sie an.

»Pah! Was für ein Raubtier habe ich denn da in dir gerade geweckt?«, stöhnt sie.

»Keine Ahnung! Bisher kannte ich das selbst noch nicht. Aber mach dir keine Sorgen! Sollte es sich nicht benehmen, habe ich notfalls 'ne Knarre.«

Nina kann sich kaum halten vor Lachen. »Pass dann aber bloß auf, dass du nicht so beschissen zielst wie der Wilderer. Nachher erlegst du aus Versehen noch den falschen Simon.«

»Mal gucken, wer der Richtige und wer der Falsche ist, nicht? Es soll dich jetzt nicht irritieren, aber vielleicht bin ich mir da gar nicht so sicher«, sagt er mit einem vieldeutigen Grinsen. »Wir können das dann ja gemeinsam entscheiden. Ich bin sehr gespannt, welcher dir mehr liegt. Ich schieße übrigens ausgezeichnet.«

»Natürlich!«, antwortet Nina gedehnt mit einem frechen Grinsen. »Bin mal gespannt, ob ich überhaupt was finde, was du nicht ausgezeichnet kannst.«

»Erst mal versuchen wir es jetzt mit Tiefschnee-Fahren. Los, setz dich rein, du renitentes Gör!«, frotzelt er lachend.

Ben springt auf den Rücksitz und Simon startet den Jeep. Er erzählt Nina, während sich der Wagen mühsam, aber zuverlässig durch den Schnee fräst, dass er diesen Zuweg erst im Sommer befestigen ließ.

»Das war mal ein Holzrückeweg. Und ich hatte die Faxen dicke, jedes Mal, wenn ich hier rauf wollte, den weiten Weg am See vorbei mit allem Gepäck nehmen zu müssen«, erklärt er. »Du weißt ja, wie sich das zieht. Außerdem ist dieses Stück bis zur Landstraße sowieso wesentlich kürzer.«

»Ja, ich glaube, hinter dieser Kurve müsste man die Straße sogar schon sehen können, oder?«, fragt Nina.

Im nächsten Moment ist die Fahrt jedoch vorbei. Quer über dem Weg liegt eine Tanne, deren Stamm mindestens fünfzig Zentimeter Durchmesser hat. Ohne Wenn und Aber, hier gibt es kein Weiterkommen.

* * *

Simon flucht. Nina fällt mit einem Schwall von Schimpfwörtern ein, die er ihr gar nicht zugetraut hätte. Er wirft ihr einen erstaunten Blick zu. »Du kannst ja fluchen wie ein Droschkenkutscher.«

Nina wird rot.

»Wie auch immer«, lenkt sie ab, »das wird hier nichts. Kommen wir rückwärts wieder hoch?«

»Wird uns nichts anderes übrig bleiben. Ist ja kein Platz zum Wenden da. Oder wolltest du die gut zwei Tonnen jetzt gern mal umsetzen?«

»Mein Name ist Nina. Nicht Pippi!«

Simon hat Spaß an ihrer zunehmenden Schlagfertigkeit. Wenn er eines als besonders beziehungstötend an Lizzy empfunden hat, dann in erster Linie ihre absolute Humorlosigkeit. Nina geht mit allen Dingen völlig vorbehaltlos um. Sobald sie aufgetaut ist, ist es ein reines Vergnügen, sie um sich zu haben, findet er. Wie bekannt ihm das doch vorkommt! *Aber nein,* ermahnt er sich. *Nein, es würde ihr nicht gerecht werden, sie zu vergleichen. Mit niemandem. Nina ist Nina und sie ist einfach …*

»Guck mal, da sind doch Spuren hinter der Tanne!«, reißt sie ihn aus seinen Gedanken. »Da muss schon jemand von der anderen Seite aus versucht haben, hier raufzukommen. Wer mag das gewesen sein? Der Wilderer vielleicht?«

»Na, das halte ich eher für unwahrscheinlich. Ich kann mir nicht vorstellen, dass der so dreist ist, mir direkt unter die Nase zu fahren, wenn er schon in meinem Revier wildert. Ich könnte mir eher vorstellen, dass Madame Lizzy mich doch mal besuchen wollte.«

»Die können wir aber gerade gar nicht brauchen«, befindet Nina überzeugt.

»Nein, die können wir wirklich jetzt gar nicht brauchen!«, lacht Simon und ist schon wieder hin und weg von ihrer unwiderstehlichen ansteckenden Fröhlichkeit.

* * *

»Wie wär's jetzt mit einer Tasse Tee und danach Wild füttern?«, schlägt Simon vor, als sie die Hütte wieder erreichen.

»Gute Idee. Wie ich das jetzt sehe, wird uns morgen dann sowieso nichts anderes übrig bleiben, als zu Fuß runterzuwandern. Wenn nicht noch ein Wunder geschieht!«, sagt Nina.

»Ich muss mal gucken. Irgendwo habe ich hier eine Karte rumliegen. Wir könnten checken, ob es günstiger ist, den Weg zu nehmen oder doch die Loipenspur. Du hast ja immerhin ein Auto da unten stehen und könntest Ben und mich dann in die Stadt mitnehmen. Ich sollte nur mal nachsehen, wie lange wir auf der Straße wandern müssten, um zum Parkplatz zu kommen«, überlegt Simon und beginnt, nach der Landkarte zu suchen.

Vorläufig wird er nicht fündig und beschließt, ordentlicher zu werden.

»Wir haben doch noch Zeit«, beruhigt ihn Nina, »komm, Tee ist fertig.«

Sie gönnen sich eine halbe Stunde Ruhe auf der winzigen Terrasse an der Südseite der Hütte. Simon raucht eine Pfeife, Nina hat es sich in einem hölzernen Hochlehnstuhl gemütlich gemacht und lässt sich mit geschlossenen Augen die pralle Mittagssonne auf die Nase scheinen. Der Sturm hat sich im Laufe des Vormittags gelegt und der Himmel ist wolkenlos blau. Nur ein paar weiße Kondensstreifen zerfasern langsam in der klaren Luft. Richtig warm wird es hier an diesem geschützten Plätzchen. Sie genießen es, in wortlosem Einverständnis die Seele baumeln zu lassen.

Fast gleichzeitig stehen sie auf, müssen beide lachen über diese kleine Einigkeit und Simon bittet: »Kannst du dir vielleicht den Rucksack mit Kastanien und Mais auf den Rücken schnallen? Sind nur ein paar Kilo. Die Viecher finden ja jetzt nichts mehr. Ich müsste zwei Ballen Heu mitnehmen. Das wäre zu schwer für dich.«

»Kein Problem.«

»Dann gebe ich dir aber besser eine Jacke. Ich habe eine, die dir passt. Sonst scheuerst du dir den Overall mit den Tragegurten an den Schultern ab. Wäre schade um das gute Stück.«

»Wie umsichtig von dir!« Nina ist ehrlich erstaunt, als sie sich umziehen geht.

Nicht sehr gerne schlüpft sie in die geliehenen Sachen. Aber er hat ja recht.

Wieder begegnet Simon ihr mit diesem seltsamen Blick, den sie nicht einschätzen kann, wendet sich ruckartig zu seinem verschlossenen Waffenschrank um, nimmt eine kleine Fangschuss-Waffe heraus und steckt sie sich ins Halfter. Als er sich wieder umdreht, haben sich seine Züge entspannt. Nina fühlt eine heiße Welle der Ungeduld in sich aufsteigen. Sie will nicht mehr warten und die Frage, die sie seit gestern umtreibt, muss heraus. »Simon! Was ist eigentlich los? Wessen Klamotten hast du mir gegeben? Da steht doch jemand zwischen uns!«

Die Antwort trifft sie mit präziser Brutalität. »Das geht dich nichts an!«

Sie macht auf dem Absatz kehrt, stürzt zur Tür und wirft sie mit Schwung hinter sich zu. Er soll nicht sehen, wie ihr die Tränen laufen.

Verdammt, ich war noch nie so verliebt! Er ist mir so nahegekommen und ich habe es zugelassen. Aber mich lässt er nicht an sich heran. Was ist da bloß? Was verbirgt er vor mir? Warum schließt er mich so aus? Nimmt er mich doch nur, weil ich ihm vor die Füße gefallen bin? Als netten Zeitvertreib, weil gerade keine andere Frau verfügbar ist? Es tut so weh!

Sie läuft ein Stück in den Wald, lehnt sich an einen Baum und heult. Es dauert nicht lange, bis Ben mit lautem Gebell angesetzt kommt und an ihr hochspringt. Nina kniet sich hin, nimmt den jungen Hund in beide Arme und weint ihm das

Fell nass. Ben hält ganz still. Beide bemerken gar nicht, dass Simon längst hinter ihnen steht. Zwei schwere Heuballen in den Händen, den Rucksack umgeschnallt.

»Nina, ich kann dir dazu nichts sagen. Noch nicht! Bitte verzeih mir. Die Zeit ist noch nicht reif. Ich weiß, ich bin selber schuld. Ich hätte dich lieber nackt laufen lassen sollen, als dir diese Sachen zu geben. Gib mir Zeit. Bitte!«

»Soll ich mich umziehen gehen?«, schnieft sie.

»Ach was!«

Nina sieht in seinen Augen die Bitte um Verzeihung, zu der sie sich noch nicht geäußert hat. Er wartet auf eine Antwort. Sie wischt sich die letzten Tränen mit dem Handrücken fort, krault nervös Ben, der mit schief gelegtem Kopf, ein Spiegelbild des Ausdrucks seines Herrn, neben ihr steht.

»Okay, Jungs«, lächelt sie, »lassen wir das Drama. Heulen macht sowieso bloß hässlich. Ich werde warten, Simon. Aber sobald wir zurück sind, werde ich wirklich lieber nackt herumlaufen als so.« Sie schaut an sich herunter.

Simon nimmt sie in die Arme und hält sie. Lange. Ganz still. Sie fühlt seine Wärme, seine Stärke. Und sie spürt seine Verletzlichkeit, die er ständig sorgfältig zu verbergen sucht.

»Danke, Nina! Irgendwann wirst du verstehen.«

Sie löst sich von ihm. »Gib mir meine Bürde. Besser zehn Zentner Mais als ein trauriger Mann.«

Es ist nicht der abgenommene Rucksack, der ihm Erleichterung verschafft. Es ist die Geduld, die sie ihm so offenkundig entgegenbringt. Sie strahlt für ihn heller als der Sonnenschein, der mit aller Kraft den wolkenlosen Nachmittagshimmel leuchten lässt. Ben läuft flott voran. Er kennt den Weg. Zweimal muss Simon ihn zurückpfeifen, als er Fährten aufgespürt hat und versucht, ihnen in voll erwachtem Jagdeifer zu folgen. Nur ungern lässt er sich abhalten.

Die Wildspuren werden mehr und mehr, je näher sie der Futterstelle kommen. Noch ist die Dämmerung längst nicht angebrochen und die beiden können die Raufen und Tröge füllen, ohne das Wild zu stören.

»Gestern war es schon zu spät«, erklärt Simon, »da habe ich sie verscheucht. Wenn sie flüchten müssen, verlieren sie viel zu viele Kalorien, die sie in diesen saukalten Nächten jetzt brauchen, um nicht zu erfrieren. Gut, dass wir heute früher dran sind.«

»Na, jetzt können sie sich ja satt fressen«, antwortet Nina mit einem zufriedenen Blick auf die einladenden Futtertische.

* * *

Ihm gefällt das Leuchten in ihren Augen. Und der Ausdruck, mit dem sie das sagt. Einen Moment lang stellt er sich Lizzy hier im Wald vor und kann sich ein Grinsen nicht verkneifen. Abgesehen davon, dass sie es grundsätzlich vorzieht, sicheren Boden unter den Füßen zu haben, der dem eleganten Schreiten in schwindelerregend hohen Absätzen keine Hindernisse beschert, hat sie sowieso wenig Spaß an Bewegung und frischer Luft.

Zu Ben hat sie überhaupt keinen Bezug. Seine Bedürfnisse empfindet sie lediglich als störend. Niemals würde sie auch nur erkennen können, ob der Hund hungrig oder durstig ist. Der glückliche Ausdruck auf Ninas Gesicht, voll offensichtlicher Freude über den reich gedeckten Tisch im Wald, würde an Lizzy genau so wirken wie ein Monokel im Kakao: deplatziert!

Lizzy sieht niemals glücklich aus. Vielleicht bestenfalls amüsiert. Oder erfreut.

Er fragt sich, warum ihm das eigentlich all die Monate, die er sie an seiner Seite gehabt hat, nie störend aufgefallen ist. Wie weit er sich tatsächlich von seiner »halben« Freundin entfernt hat, wird ihm in diesem Augenblick bewusst. Simon nimmt sich vor, zumindest in dieser Sache schleunigst für klare Verhältnisse zu sorgen. Was alles andere angeht …

* * *

Nina hat sich auf einen Baumstumpf gesetzt. Mit geschlossenen Augen streckt sie das Gesicht der Sonne entgegen, kostet die friedliche Stimmung auf der kleinen Lichtung aus. Leise ist Simon von hinten an sie herangetreten. Sie bemerkt ihn, streckt die Arme nach ihm aus, faltet die Hände um seinen Nacken, lehnt sich an. Sacht setzt er einen Kuss auf ihren Scheitel, hält sie bei den Schultern.

»Bleib noch ein bisschen hier sitzen. Ich lasse Ben bei dir und sehe mich noch ein wenig um, ob ich Spuren von unserem speziellen Freund finde. Okay?«

Sie reckt sich wohlig, nickt nur, nimmt Ben zwischen die Knie und will sich gar nicht stören lassen.

Es dauert nur Minuten, bis sie seine eiligen Schritte aus dem Unterholz zurückkommen hört. Mit stinksaurem Gesichtsausdruck hält er ihr zwei Schlagfallen vor die Nase.

»Sieh dir das an! Und ich bin sicher, da sind noch mehr. Ich bringe dich jetzt mit Ben runter in die Hütte und mache mich noch mal auf die Suche. Er wird es nicht bei diesen beiden belassen haben.«

»Ich kann auch alleine …«, beginnt sie.

»Unter gar keinen Umständen!«, sagt Simon unwirsch. »Ich habe dir doch erzählt, wie gefährlich der Kerl werden kann. Erinnere dich bitte an die Sache mit meinem Knie. Ich werde euch beide ganz sicher keiner Gefahr aussetzen! Komm, beeilen wir uns. Noch ist es eine Weile hell.«

Was vorhin ein gemütlicher halbstündiger Spaziergang gewesen ist, wird nun in zehn Minuten zurückgelegt. Nina ringt nach Luft, als sie die Hütte erreicht haben. Simon öffnet den Waffenschrank, nimmt noch ein Gewehr heraus und steckt sich Munition in die Taschen. Es gelingt ihr gerade noch, ihm einen schnellen Kuss zu geben. Im Gehen wirft er ihr den Schlüssel zu.

»Schließ ab!«

KAPITEL 8

Nina hat Angst! Angst um Simon.

Mit fliegenden Händen steckt sie den Schlüssel ins Schloss, schließt zweimal ab. Sie weiß, da draußen läuft ein Mann herum, der notfalls von der Waffe Gebrauch machen wird. Das hat er schon einmal getan. Und Simon könnte ihm jetzt sehr nahe kommen.

Wie dumm muss der sein, seine Fallen dermaßen dicht an dieser Fütterungsstelle aufzubauen? Wie sicher muss er sich fühlen? Er sollte doch wissen, dass der Pächter oder sonst irgendein Jäger bei diesem Wetter regelmäßig kommen wird, um das Wild zu versorgen. Natürlich! Dort kann er am ehesten fette Beute machen!

Nina läuft in der Hütte auf und ab. Ben liegt in seinem Korb und beäugt sie etwas genervt.

In ihrem Kopf läuft in rasender Eile ein Gedankenfaden ab, der ein furchtbares Bild spinnt. Was, wenn passiert, was schon einmal geschehen ist? Was, wenn Simon verletzt wird, womöglich noch Schlimmeres passiert? Nicht allein die Angst um ihn macht sie verrückt. Immer deutlicher erkennt sie die Gefahr, in der sie selbst womöglich schwebt. Die hübsch geschmiedeten Gitterchen vor einigen Fenstern der Hütte, die Fensterläden und die solide Tür geben ein Gefühl von Sicherheit. Aber kann diese Sicherheit für sie nicht sogar zu einer Art »Lebendfalle« werden? Niemand weiß, wo sie sich aufhält. Sie hat hier keine Möglichkeit, Kontakt zur Außenwelt aufzunehmen. Ehe die Panik völlig Besitz von ihr ergreifen kann, beschließt Nina, etwas Nützliches zu tun, um sich abzulenken. Sie spült das Geschirr, beseitigt das bisschen Unordnung, legt Holz nach, füllt Bens Wassernapf auf. Dann ist nichts mehr zu tun. Der junge Hund lässt ein leises Schnarchen hören.

Plötzlich kommt ihr ein guter Einfall. Simon hatte doch heute früh nach einer Landkarte gesucht. Sie sieht sich um. Tatsächlich hat die ganze Hütte ein gewisses Flair von »Männerordnung«. Was macht beispielsweise ein Schraubenschlüssel auf dem Esstisch? Warum liegt ein ganzer Stapel Zeitschriften im Bad? Welcher Zusammenhang besteht zwischen den Kochlöffeln, die auf der winzigen Arbeitsfläche in der Küche in einem Tonkrug stehen und der kleinen Handaxt, die sich einträchtig den Platz mit ihnen teilt?

Bisher waren ihr diese Dinge gar nicht aufgefallen. Zu konzentriert war sie auf ihn gewesen. Nina muss lächeln. Es ist mehr als offensichtlich, dass die Hütte sein ganz persönliches Refugium ist und gewiss lange keine ordnende Frauenhand erlebt hat. Welches Suchsystem sollte sie also anwenden?

Am besten gar kein System!

Im Geist teilt Nina die Hütte in Bezirke ein und beginnt auf dem Garderobenbord neben dem Eingang. Fehlanzeige. Auch die Inspektion der Bücherregale führt nicht zum Erfolg. Bezirk Nummer drei betrifft den großen Holztisch vor dem Kamin. Zwei rustikale, unbearbeitete Holzscheiben bilden die Platte und den darunter angebrachten Regalboden, der zur Ablage von Zeitungen und Büchern dient.

Geschätzte fünfundzwanzig Jahrgänge von »Hund und Jagd« stapelt Nina neben dem Sofa auf dem Dielenboden.

Nichts! Nach und nach räumt sie alles sorgfältig wieder ein und sortiert ein paar Werbeblätter von anno dunnemals heraus, die sie für wert hält, direkt den knisternden Flammen im Kamin übergeben zu werden.

Ein paar uralte Tageszeitungen, vom einfallenden Licht bereits vergilbt, legt sie auch auf den Altpapierstapel. Es fällt ihr etwas auf. Alle stammen aus dem August von vor zweieinhalb Jahren. Alle Aufmacher beschäftigen sich mit der spurlos verschwundenen jungen Frau. Die ganze Stadt war damals in Aufruhr gewesen. Sie erinnert sich genau, wie viele der jüngeren Klassenkameradinnen von ihren Eltern lästige Ausgangssperren nach Einbruch der Dunkelheit verpasst bekommen hatten. Dabei war die Sache am helllichten Tage passiert. Monatelang war das so gegangen, bis die Eltern wieder etwas lockerer wurden. Das Mädchen aber blieb buchstäblich wie vom Erdboden verschluckt. Und irgendwann war die Sache dann endlich in Vergessenheit geraten. Gedankenverloren betrachtet sie die Titelblätter. Warum hat er sie aufbewahrt?

Es gibt mehrere Fotos der Vermissten.

Nina stutzt. Es ist dämmerig geworden in der Hütte. Sie macht Licht, hält die Zeitung unter die Gaslampe. Die blonde junge Frau auf dem farbigen Foto ist bekleidet mit einer Jacke, die jener so gleicht, die Simon ihr vorhin gegeben hat, dass sie genauer hinsehen will.

Diese Jacken gibt es zu Tausenden!

Aber es ist nicht nur diese Jacke. »Laura T.« trägt offenbar genau so einen Fleecepullover mit überdimensionalem Rollkragen, wie Nina ihn gerade anhat. Auch solche Pullover gibt es zu Tausenden, versucht sie, sich zu beruhigen.

Aber genau SO kombiniert? Niemals! Das ist kein Zufall! Warum sind diese Sachen hier in der Hütte? Hat er etwas mit ihrem Verschwinden zu tun? Nein, das kann nicht sein, nicht Simon!

Mit zitternden Händen hält sie die Seiten und beginnt, den dazugehörigen Leitartikel zu lesen. Zunächst überfliegt sie ihn nur. Sie weiß nicht genau, was sie sucht, aber sie wird in diesem Moment das Gefühl nicht los, dass es Zusammenhänge mit Simon geben muss.

Und Nina findet Zusammenhänge! Sie fühlt sich, als hätte ihr jemand mit der Faust in den Magen geschlagen.

Mein Gott, es ist seine Geschichte!

Die Buchstaben verschwimmen vor ihren Augen, als die Tränen aufzusteigen beginnen. Damals war die Sache eine viel diskutierte Sensation gewesen und ihr dennoch nicht wirklich nahegegangen. Ein klassisches »Problem anderer Leute« eben.

Nun erkennt sie, was hinter dem steckt, was er nicht mit ihr bereden will, was sicher verschlossen hinter der gut gehüteten Fassade schlummert. Fest eingemauert und ganz offenbar unverarbeitet.

Es ist kein Problem anderer Leute, es ist sein Problem! Und wenn es sein Problem ist, ist es jetzt auch meins.

Sie folgt ihrem ersten Impuls.

Raus aus diesen Klamotten! Es ist doch kein Wunder, dass alles wieder in ihm hochkommt, wenn er mich darin sieht. Sie ist ein ganz ähnlicher Typ wie ich. Wie schrecklich muss das für ihn sein.

Binnen Sekunden steht Nina nackt vor dem Kamin. Das kleine, bedeutungsvolle Häufchen Kleidungsstücke neben sich auf dem Fußboden. Mit fahrigen Bewegungen rafft sie es zusammen, öffnet den wuchtigen alten Kleiderschrank, stopft alles blindlings hinein und verschließt fest die Tür. Hilflos lehnt sie die Stirn gegen das blanke Holz. Ungeordnete Gedanken schießen ihr durch den Kopf.

Ich muss mit ihm reden. Sofort, wenn er wiederkommt!

Es klopft vernehmbar an der Tür. Nina schreckt zusammen.

Hastig stapelt sie die Zeitungen, steckt sie unter den Tisch, schiebt mit dem Fuß noch einmal nach, wischt mit dem Handrücken die Tränen von den Wangen. Das zweite Klopfen ist ungeduldig. Es bleibt ihr keine Zeit, sich anzuziehen.

»Simon?«

»Ja, verdammt! Mach auf!«

Eilig öffnet sie die Tür. Ben schießt an ihr vorbei und begrüßt schwanzwedelnd seinen Herrn. Nina ist zutiefst erleichtert, dass er unversehrt vor ihr steht. Gleichzeitig wird sie sich bewusst, welchen Anblick sie bietet.

Simon bringt nur ein irritiertes »Oh« heraus.

Nina schlingt sich die Arme um den Leib. Schon wieder hat es zu schneien begonnen und er hat eine Eiseskälte hereingebracht. Ohne ihn zu begrüßen, verschwindet sie im Schlafzimmer und holt sich den riesigen Bademantel. Es gelingt ihr, sich zumindest so weit zusammenzureißen, dass sie ihm gegenübertreten kann. Im Moment ist sie dankbar, dass er ganz offenbar gerade in einem völlig anderen Film unterwegs ist und sie gar nicht richtig ansieht. Ehe sie überhaupt etwas sagen kann, poltert er schon los.

»Vier von den Scheißdingern habe ich noch gefunden. Alle gar nicht weit entfernt von der Fütterungsstelle. Es war jetzt zu dunkel, noch im weiteren Umkreis zu suchen. Und du siehst ja, es schneit schon wieder. Seine Spuren werden jeden Tag hübsch wieder zugedeckt. Ich sollte mich unbedingt schleunigst mit der Kreisjägerschaft in Verbindung setzen. Diesem Arsch müssen wir endlich das Handwerk legen«, erklärt er wütend.

»Bist du ihm also Gott sei Dank nicht wieder begegnet!«

»Ich wüsste ehrlich gesagt nicht mehr sicher, ob ich mich noch richtig im Griff hätte, wenn ich jetzt auf ihn treffen würde«, bekennt er. »Ich kann nicht ewig hier oben sein und muss die Fütterung sowieso bald jemandem anderen übertragen. Und ich darf ganz sicher von niemandem erwarten, dass er den ganzen Tag damit zubringt, wieder wegzuräumen, was der Typ auslegt. Es muss eine Lösung her. So geht das nicht weiter!«

Nina fällt es schwer, nicht sofort mit dem herauszuplatzen, was sie mit ihm besprechen will. Simon ist derart in Rage, dass er nicht einmal ihre rot geweinten Augen bemerkt.

Nein, so geht das nicht weiter! Wenn er wüsste, wofür ich gerade eine Lösung suche ...

Die Hände in den großen Taschen des Bademantels krampfhaft zu Fäusten geballt, spürt sie, wie sich ihre Nägel schmerzhaft in die Handflächen drücken. Sie geht zum Herd, um Teewasser aufzusetzen, froh, ihm für einen Augenblick den Rücken zukehren zu können, und hofft, dass ihre Stimme halbwegs fest klingt, als sie ihm zustimmt. »Ich halte es für eine sehr gute Idee, nicht weiter zu versuchen, allein dagegen anzugehen. Es scheint, als wäre es doch sinnvoll, wenn du morgen mit runterkommst und alles Nötige anschiebst. Jetzt mache ich uns erst mal Tee.«

Simon tritt hinter sie, schiebt ihr den Bademantel auf und legt seine Hände auf ihren nackten Bauch. Mit einem Schrei entwindet sie sich.

»Menno, du hast ja eiskalte Hände!«

»Was hast du erwartet? Man kommt müde von des Tages Last heim, findet seine nackte Frau vor und darf sich nicht einmal die Hände wärmen?«

Nina kann nicht mehr an sich halten. Mit einem Ruck dreht sie sich zu ihm um. »Simon, ich muss etwas mit dir besprechen!«

»Oh, so ernst?«

»Ja, sehr ernst! Ehe ich ›deine Frau‹ sein kann, sofern du das überhaupt so meinst, wie du es sagst, muss ich ein paar Dinge zwischen uns eindeutig geklärt haben. Und es ist sogar so ernst, dass ich das nicht halb nackt im Stehen mit dir bereden will, sondern einigermaßen kultiviert bei einer Tasse Tee in bekleidetem Zustand. Ich habe inzwischen etwas gefunden, Simon! Es geht um Laura. Und es duldet keinen Aufschub mehr für mich. Sag mir bitte, ob du bereit bist, wirklich mit mir zu reden. Ich muss das jetzt wissen, sonst ziehe ich mich an und verschwinde. Egal, ob es stürmt oder schneit. Endgültig!«

Er sieht sie an und begreift. »Zieh dich an, ich mache den Tee fertig!«

Kapitel 9

Nina nutzt die wenigen Augenblicke allein, sich über ihre Lage klar zu werden. Sie hat ihm vor wenigen Stunden noch Geduld versprochen. Dieses Versprechen hätte sie auch gehalten, wenn sie nicht gerade zufällig diese entsetzliche Entdeckung gemacht hätte. Wie soll sie nun mit ihm umgehen, auf welch tönernen Füßen wird ihre zarte Liebe stehen, wenn das, was so unübersehbar zwischen ihnen schwebt, nicht thematisiert und, wenn irgend möglich, fortgeräumt wird? Unter gar keinen Umständen erträgt sie die Unsicherheit, die sich jetzt bleischwer auf ihre Schultern gesenkt hat.

Ich will ihn nicht verlieren, kaum dass ich ihn gewonnen habe! Habe ich ihn überhaupt ...? Was tue ich überhaupt noch hier, wenn es nicht so ist? Ich kann laufen, ich bin gesund. Ich kann weggehen. Ich will nur bleiben, wenn ich sicher sein kann, dass er mich wirklich will. Mich! Nicht eine Anziehpuppe, die ihn erinnert!

Nina strafft sich und tritt vor den Kamin. Simon hat sich im Ohrensessel niedergelassen. Ein sicheres Zeichen dafür, dass er sie nicht ganz nahe bei sich haben will. Gedankenverloren starrt er ins Feuer. Die Schultern hochgezogen, die Ellbogen auf den Knien, die Tasse mit dampfendem Tee in beiden Händen. Seine ganze Haltung ist eine einzige Ablehnung.

Als er sie bemerkt, weist er mit einer Kopfbewegung auf das Sofa. Nina setzt sich. Und sein Blick geht zwischen ihr und dem verräterisch unter dem Tisch hervorlugenden Zeitungsstapel hin und her. Es entgeht ihr nicht.

»Du weißt, was ich ahne?«

Er nickt. Seine Kiefermuskulatur ist angespannt. Zwischen seinen Brauen steht senkrecht eine tiefe Falte.

»Und? Habe ich recht?«

Wieder nickt er, scheint mit sich zu ringen, nach den richtigen ersten Worten zu suchen. Lähmende Minuten des Schweigens vergehen. Das flackernde Feuer beleuchtet seinen gequälten Gesichtsausdruck. Zwischen Hoffen und Bangen sieht sie seine Mühe, sich zu öffnen, ahnt, wie die Gedanken hinter seiner Stirn fliegen, nicht bereit, sich einfangen und formulieren zu lassen.

Es wird zu nichts führen, wenn ich weiter warte. Ich muss etwas tun, ich muss ihm signalisieren, dass es mir wichtig ist, dass ich es ehrlich meine, dass ER mir wichtig ist! Er kann nicht beginnen. Ich muss ihm eine Brücke zu mir bauen. Aber wie? Was ist das stärkste Material dafür? Wie weit darf ich gehen, jetzt schon? Herrgott, ich wage es!

»Simon! Ich liebe dich!«

Die Worte, in vollkommenem Ernst gesprochen, mit klarer, warmer Stimme ausgesandte Botschafter, nehmen ihren Weg. Sie scheinen Meere und Gebirge bezwingen, dunkle Tunnel und tiefe Wälder queren zu müssen. Und winden sich doch durch jeden Widerstand, jede Kruste, jede Mauer, die sich ihnen in den Weg stellen möchte.

Sie bemerkt, wie seine Schultern sich lockern, erkennt, wie er seine verkrampfte Haltung aufgibt, den Kopf wendet und sie schließlich direkt ansieht. Simon nickt und sein Lächeln nimmt ihr die Angst. Diese Angst, sich viel zu weit aus dem Fenster gelehnt, sich lächerlich gemacht, sich etwas vergeben zu haben.

Sie steht auf, kniet sich vor den Sessel, legt ihm den Kopf in den Schoß.

Ihr Bekenntnis und diese vertrauensvolle Geste lösen ihm die Zunge und machen den Weg frei.

Nina hat nicht erwartet, nun Liebesschwüre von ihm zu hören. Sie ist sich sehr bewusst, dass er zunächst sein Herz befreien muss. Und es ist nicht die leiseste Spur von Enttäuschung in ihr, als er endlich zu sprechen beginnt. Sie spürt nur unendliche Erleichterung. Und hat das Gefühl, ein schwach glimmender Docht habe mit fast vergangener Glut im letzten Moment gerade noch die Kraft gehabt, ein Licht zu entzünden, das nun mit kräftigem Fauchen aufblafft und den dunklen Raum erleuchtet.

»Es war im August vor zweieinhalb Jahren. Genau an dem Tag, als der Wilderer mich angeschossen hat. Ich hatte keine Ahnung, dass sie früher nach Hause gekommen war. Eigentlich dachte ich, sie hätte noch ein paar Tage lang an der Uni zu tun. Sie war jünger als ich, hatte später mit dem Studium begonnen. Ich war mit der Assistenzzeit fertig, hatte gerade die Praxis eröffnet. Mein Vater hat sie mir ausgestattet mit allem, was man sich als junger Veterinär wünschen kann. Es lief gut an. Wir wollten sie uns später als Gemeinschaftspraxis teilen. Und wir wollten heiraten. Sogar ganz altmodisch verlobt haben wir uns.«

Ein unangenehmer Schauer kriecht ihr über den Rücken. Es tut weh. Aber sie weiß, sie wird da jetzt durchmüssen, wenn sie eine Chance haben will. Und schon überhaupt dann, wenn sie eine gemeinsame Chance haben wollen, muss sie jetzt Stärke beweisen. Nina fühlt sich nicht wirklich stark.

Wie gut, dass ich mein Gesicht hier verbergen kann. Wie gut für mich und wie gut für ihn. Es soll ihn jetzt nichts stören.

»Ihre Eltern haben damals ausgesagt, dass sie angenommen haben, sie wollte zu mir. Das kann aber nicht stimmen, denn ihr Auto stand zu Hause vor der Tür. Wir sind oft zusammen hier oben gewesen. Laura hatte immer Klamotten in der Hütte. Eigentlich hatten wir einen ganzen Hausstand hier. Sie wohnte noch bei ihren Eltern, wenn sie in der Stadt war. Meine Wohnung war sehr unfertig eingerichtet. Die Praxis hatte erst mal Vorrang. Deshalb haben wir die Wochenenden meistens hier verbracht. Wir waren gern zusammen allein im Wald. Wir brauchten nur uns.«

Nina spürt, wie er stockt. Die Erinnerung, die die letzten Sätze heraufbeschworen haben, muss schmerzen. Er hat ihren Kopf in die Hände genommen, die Stirn auf ihren Scheitel gelegt. Und sie fühlt seine Tränen in ihrem Haar. Es dauert eine lange Weile, bis er sich gefasst hat und wieder sprechen kann.

»Es gab keine Spuren, Nina! Nicht den kleinsten Anhaltspunkt. Sie war und ist verschwunden. Ich weiß nicht, ob sie lebt oder ob sie tot ist. Ich konnte sie noch nicht einmal begraben, nicht betrauern. Immer zwischen Hoffnung und Verzweiflung, zwischen Abschließen-Müssen und Immer-noch-Warten. Vielleicht war das der Grund, warum ich mich auf Lizzy eingelassen habe. Sie ist das komplette Gegenteil von Laura. Alle haben mir zugeredet. Ich müsste aus meinem Schneckenhaus raus, müsste nach vorne sehen.«

Wieder macht er eine lange Pause. Sie fühlt, dass es noch mehr ist, was er ihr sagen will. Einen Moment lang hat sie sich beinahe entschlossen, sich aufzurichten. Da spricht er weiter.

»Und dann bist du gekommen! Nein, eigentlich bist du gar nicht gekommen. Du wolltest nicht zu mir und ich habe nicht nach dir gesucht. Du scheinst mir vom Schicksal geschickt zu sein. Und du bist ihr in vielem so ähnlich und doch ganz anders.«

Langsam hebt er ihr Gesicht zu sich, sieht ihr in die Augen, versucht ein kleines Lächeln.

»Eben ein Schnee-Engel! Aber ich hoffe, du bist nicht so vergänglich!«

Nina ist überwältigt von dem Augenblick. Seine Küsse schmecken salzig, sind voller Tränen.

Aber was, wenn sie wiederkommt? Will er mich dann überhaupt noch? Oder bin ich dann abgemeldet? O Gott, was soll ich bloß tun? Ich liebe ihn!

Nina findet sich auf den Fellen vor dem Kamin wieder. So fest ist sein Griff, dass es scheint, als würde sich ein schiffbrüchiger Ertrinkender an die Sicherheit vorspiegelnde Planke klammern.

Sie ist nicht da! Aber er ist da! Und ich bin da!

Und für den Augenblick: Nach mir die Sintflut!

Es hätte sowieso keine Aussicht auf Erfolg gehabt, sich der Macht der Welle zu widersetzen, die über sie hereinbricht. Keine Zeit für Vorbehalte, keine Gelegenheit, noch einmal nachzudenken. Sie lässt ihn, fühlt nur noch den Sturm, der sie fortreißt, lässt sich hilflos treiben wie ein Korken auf der See, ständig in Gefahr unterzugehen, und lässt sich selbst ertränken in seinen Küssen.

Es dauert ein Weilchen, bis er zurückkehrt aus seiner Raserei. Sie liegt ganz still unter ihm, gibt ihm Zeit, beobachtet nur, wie der Widerschein des heruntergebrannten Feuers sich auf seinen Schultern spiegelt. Es kommt ihr vor, als würde er den Moment fürchten, in dem er sich endlich von ihr lösen und ihr in die Augen sehen muss. Lange verbirgt er den Kopf an ihrer Halsbeuge, sagt kein Wort.

In ihren Blickwinkel schiebt sich langsam Bens erwartungsvolles Gesicht. Nina zwinkert ihm zu, was ihm zu seiner überschäumenden Freude offenbar klarmacht, dass er bemerkt worden ist. Jetzt ist Simon dran. Im Nu hat der Hund die feuchte Schnauze begeistert in sein Ohr gedrückt. Ausgiebig schlabbert Ben seinem Herrn über die Wange.

»Geh runter von mir! Du riechst ja wie dein Hund.« Nina will ihm die lahme Retourkutsche nicht ersparen und ist froh über die Auflösung der angespannten Situation, froh, dass ihr überhaupt etwas eingefallen ist. Hohle, leere Worte, im Augenblick überhaupt nicht witzig, dem wirklichen Ernst der Lage eigentlich völlig unangemessen. Aber besser als gar nichts.

Simon springt hoch, ein aufgesetztes Lachen im Gesicht, schimpft mit Ben, reicht Nina die Hand, hilft ihr, von den Fellen aufzustehen.

Sie sieht durch die offene Tür, wie er im Bad prustend den Kopf unter den plätschernden Wasserhahn hält, krault Ben, der neben ihr steht und auf seinen Spaziergang wartet, hinter den Ohren.

»Guter Hund«, flüstert sie ihm zu.

Schnell zieht sie sich an. Nina fröstelt. Es ist ein bisschen die Kühle des Raumes. Und ein bisschen die Unsicherheit über seinen Gefühlsausbruch. Genau genommen ein bisschen sehr viel mehr Letzteres. Sie möchte jetzt nicht nackt sein, sehnt sich nach wärmendem Schutz. Und nach Sichtschutz. Nichts ist mehr so klar, wie es heute Morgen war. Die Sintflut ist über sie geschwappt und nun ist »nach der Sintflut«. Sie fühlt sich wie der sprichwörtliche begossene Pudel, denn es bleibt die quälende Frage: Was, wenn sie wiederkommt?

Sie dreht sich in ihrem Kopf. Wieder und wieder. Jetzt, wo sie alles weiß und sich vollkommen der Tatsache bewusst ist, dass er ihr »Ich liebe dich« nicht erwidert hat, wird ihr grausam klar, wie sehr sie sich doch getäuscht haben könnte. Getäuscht mit der Einschätzung, ihn für sich gewonnen zu haben.

Was habe ich der Lebensplanung von Simon und Laura schon entgegenzusetzen? Kann ich glauben, dass eine Liebesnacht, anderthalb Liebesnächte mir eine unverrückbare Position in seinem Herzen bescheren könnten? Wie viele Frauen diesem Irrtum wohl schon aufgesessen sind?

Sie bräuchte jetzt Zeit für sich allein. Müsste in Ruhe nachdenken können. Und weiß, dass es nur Minuten sein werden, bis er mit Ben zurückkommen wird. Bis er den Raum wieder vollkommen mit seiner Präsenz gefüllt haben wird. All ihre Unbefangenheit ist zum Teufel.

Wie immer, wenn sie unter Druck ist, sucht sie sich etwas Praktisches zu tun. Nina legt Holz im Kamin nach, feuert den Kachelofen an, setzt Wasser auf, um neuen Tee zu brühen. Sie schüttet die Tassen mit der abgestandenen kalten Plörre von vorhin weg. Von vorhin, als sie noch gehofft hatte, bei einer heißen Tasse Tee in aller Ruhe Ordnung und Licht ins Chaos bringen zu können.

Jetzt ist alles schlimmer als vorher. Nichts ist klar. Gar nichts!

KAPITEL 10

Der Abend wird eine komplette Pleite.

Beide sind sich der Tatsache bewusst, dass diese eine Frage zwischen ihnen stehen geblieben ist.

Die Gespräche drehen sich um belanglose Dinge. Einzig, als Simon von ihr wissen will, was für Pläne sie nach dem Abitur hat, ergibt sich ein sehr persönlicher Anhaltspunkt.

Während sie ihm erläutert, warum sie sich für das Fach Pharmazie entschieden hat, wird ihr bewusst, dass sie eigentlich schon seit Stunden Kopfweh hat.

»Hast du vielleicht Aspirin im Haus? Ich habe einen Kopf wie ein Rathaus!«

»Wie viel brauchst du?«

»Na, eine! Ich nehme sehr selten Schmerzmittel«, erwidert sie.

»Ich habe sicher Novalgin im Auto, aber Aspirin? Warte, ich schau mal im Bad nach, ob da noch was von …«

… *Laura ist*, beendet Nina den Satz im Geiste und erinnert sich an die Schachtel, die ihr gestern Abend aus dem kleinen Schränkchen entgegengefallen ist.

Simon kommt wieder, hält ihr ein Glas Wasser hin und lässt die Pillen in ihre Hand rutschen.

»Das sind fünf! Ich brauche doch nur eine.«

»Das sind fünf Hunderter. Wenn du normalerweise eine nimmst, passt das so. Da sind dann nämlich fünfhundert Milligramm Acetylsalicylsäure drin, meine kleine Pharmazeutin«, beruhigt er sie spöttisch lächelnd.

Nina schluckt die winzigen Pillen und merkt schon eine Viertelstunde später, dass es ihrem Kopf besser geht. Wie immer, wenn sich eine Kopfschmerzattacke gelegt hat, bekommt sie Hunger und schlägt vor zu kochen. Eine gute Stunde lässt sich füllen mit unverfänglichem Geplänkel übers Essen. Schon als sie beide bei Tisch sitzen, ist die beklemmende Stille zwischen ihnen wieder da. Wie trüber Nebel hängt eine Wand zwischen ihnen, die nur Simon zerteilen könnte.

Er tut es nicht.

Mehr und mehr fühlt sich Nina wie ein drittes Rad am Wagen. Lauras Anwesenheit ist jetzt nicht mehr unsichtbar und nur geahnt. Sie scheint real und greifbar geworden zu sein. Ein Weilchen sitzen sie noch zusammen vor dem Feuer. Simon raucht seine Pfeife, Nina hat sich aus ihrem Overall eine Schachtel Zigaretten geholt. Sie raucht nur selten. Jetzt ist ihr danach. Ihre Hände, die sie viel lieber in Simons Haar vergraben hätte, brauchen Beschäftigung. Es ist noch nicht sehr spät, als er vorschlägt, ins Bett zu gehen. Und zu allem Übel fragt er, ob er sich heute doch besser aufs Sofa legen sollte.

»Nein! Bitte! Simon ...«, sagt Nina mit fast tonloser Stimme. Ihr wird bewusst, dass ihr alle Farbe aus den Wangen weicht. Sie fühlt sich, als würde sie gleich umkippen, lehnt den Kopf mit einem leisen Stöhnen an die Sofalehne und schließt die Augen.

Schnell ist er bei ihr, nimmt sie in die Arme. »Verzeih mir, Nina! Was tue ich hier mit dir? Ich habe dir meine ganze Last auf die Schultern geladen und dich damit alleine gelassen. Das hast du nicht verdient, mein süßer, tapferer Schnee-Engel!«

Sie lehnt sich an, schlingt ihm die Arme um den Hals, versteckt sich an seiner breiten Brust und kann nicht mehr aufhören zu schluchzen. Er hält sie, wiegt sie in den Armen wie ein Kind, wartet, bis sie sich beruhigt hat, reicht ihr ein Taschentuch.

»Es ist ein bisschen zu viel für mich, Simon! Ich kann das alles so schnell nicht für mich einordnen. Jetzt brauche ich Zeit! Und wir müssen diese Nacht vernünftig miteinander rumkriegen. Du kannst dich nicht einfach rausziehen. Bleib jetzt für mich da!« Bittend sieht sie ihn an.

Simon nickt. »Was auch passiert, ich bleibe für dich da. Aber was auch immer ich jetzt sonst noch sagen würde …«, er unterbricht sich, zuckt hilflos die Achseln und Nina beendet seinen Satz: »Wäre falsch, oder?«

»Nicht falsch, Nina. Aber auch nicht die reine Wahrheit. Ich hatte mir mit Lizzy einen so geeigneten Schutzwall um meine Seele gelegt. An Oberflächlichkeit kaum zu überbieten!«

»Und dann komme ich hier reingeschneit und bringe dir dein ganzes Konstrukt durcheinander«, sagt sie und merkt, wie nah sie damit der ganzen Wahrheit kommt.

»Ich bin nicht wieder hier gewesen, seit ich damals die Hütte ausgeräumt hatte. Als ich aus der Klinik entlassen wurde, bin ich hier rauf. Irgendwie hatte ich ständig das Gefühl, sie wäre ganz nah und müsste jeden Moment zur Tür hereinkommen. Also habe ich gewartet. Tagelang habe ich hier gesessen. Irgendwann war ich kurz vorm Durchdrehen und mein Vater hat mich weggeholt. Danach konnte ich es nicht mehr ertragen, Nina. Alles hier war Laura. Ich dachte, ich wäre jetzt stabil genug. Es wäre wohl kein Problem mit Lizzy gewesen. Wenn sie denn mitgekommen wäre. Aber mit dir ist es eins! Und ich habe dich absolut egoistisch mit hineingezogen, weil ich dich nicht lassen konnte.«

Sie sieht ein kleines Licht aufglimmen.

»Weil ich dich nicht lassen konnte«, hat er gesagt. Ich bin ihm nicht egal. Nicht so viel, wie »Ich liebe dich«, nein, längst nicht so viel. Nur viel besser als gar nichts. Aber selbst, wenn er es sagen würde. Was würde es ändern?

»Weißt du, wie ich mich vorhin gefühlt habe? Als würde ich versuchen, einen Ertrinkenden zu retten. Und du hast dich so an mir festgekrallt, dass ich jetzt selber absaufe. Ich kann dir bestenfalls noch den Kopf über Wasser halten. Aber du musst mich loslassen. Sonst gehen wir beide unter.«

Er hat den Kopf gesenkt, schüttelt ihn fast unmerklich. »Dich loslassen? Nein!«

Nina ist sehr ernst und entschlossen. »Doch, Simon! Wir haben keine Chance miteinander, solange Lauras Schatten zwischen uns steht. Und ich habe begriffen, dass er jedes Recht der Welt hat, da zu stehen. Ich kann nicht versuchen, mich dazwischenzudrängen, wenn du es nicht ausdrücklich willst. Wir haben den zweiten Schritt vor dem ersten gemacht.«

»Und weißt du, was das Schlimmste ist?«, fragt er und setzt sich sehr aufrecht hin.

Nina sieht ihn an. Auf alles gefasst.

»Ich habe das geplant! Ich wollte dich. Wollte dich so sehr. Vom ersten Moment an, als du hier auf diesem Sofa langsam zu dir gekommen bist.«

Ninas Augen weiten sich.

»Dass die Chemie zwischen uns stimmt, war unübersehbar. Erst wollte ich dich nur verführen, wollte dich besitzen. Dann wollte ich wissen, ob ich noch in der Lage bin, mich zu verlieben, ob ich zu mehr fähig bin als zur Jagd auf eine verführerische Trophäe. Es war mir verdammt bewusst, dass ich ein Spiel mit dem Feuer anfange. Und irgendwann habe ich den Überblick verloren, mich von dir einfangen lassen. Du hast mich wieder aufgeweckt, Nina, und von dem Moment an wollte ich dich zu meiner Frau machen.«

Scharf zieht sie die Luft ein. Eiskalt baut sich eine Mauer um sie auf. Sie muss sich jetzt schützen, um nicht endgültig unterzugehen.

Er hat es gesagt. Indirekt hat er es gesagt! Aber was ändert es wirklich? Die Frage bleibt: Was, wenn sie wiederkommt?

Es dauert, bis sie eine Antwort geben kann. Eine Antwort, die wie ein scharfes Schwert trifft, ihn sich krümmen lässt und ihr selbst die Kehle zuschnürt.

»Ich kann nicht deine Frau sein, Simon. Auch wenn es nichts gibt, was ich lieber wäre. Du hast eine Frau. Du bist nicht frei.«

Kapitel 11

Sie ist aufgestanden, hat ihn sitzen lassen und sich ins Bett gelegt.

Als er kurze Zeit später nachkommt, stellt sie sich schlafend. Mit brüchiger Stimme flüstert er leise: »Schlaf gut, Schnee-Engel.«

Ein kleines Wort hat er weggelassen, das ihr jedes Mal so sehr dieses warme, glückliche Gefühl verschafft hatte. Das kleine Wörtchen »mein«.

Sie hat ihm den Rücken zugedreht, kämpft mit den Tränen. Und kann doch nicht verhindern, dass sie sich heiß den Weg über ihre Wangen bahnen, nach und nach das Kopfkissen durchfeuchten. Bald bekommt sie kaum noch Luft, die Nase ist zu. Er soll es nicht mitbekommen.

An seinen Atemzügen merkt sie, dass auch er nicht einschlafen kann.

Es gibt wohl nichts, was sie beide lieber getan hätten, als sich einander zuzuwenden, sich aneinander festzuhalten und gemeinsam einen Weg zu suchen, sich nie wieder loslassen zu müssen.

Aber keiner von ihnen schafft es, über den Schatten zu springen, der trennend zwischen ihnen steht.

Nina sieht nur noch einen einzigen Ausweg. Sobald es hell wird, will sie gehen. Sie beginnt Schäfchen zu zählen, um sich abzulenken. Es nützt nichts. Sie sagt sich alle Hunderassen im Geist auf, die sie kennt, versucht es mit Blumenarten, dann mit alten Gedichten, mit Kinderreimen, die sie mal auswendig gelernt hat. Irgendwann fällt sie erschöpft in einen unruhigen Traum.

* * *

Nina schaut aus dem Fenster. Die Sonne scheint und lässt den frischen Schnee glitzern. Winterblau wölbt sich der Himmel über den beschneiten Tannen, die im Rund um die freie Fläche hinter dem Haus stehen. Simon spielt mit Ben. Das bunte Stoffbündel fliegt durch die Luft, fällt in eine tiefe Schneewehe. Ben gräbt es aus, trägt es zu seinem Herrn zurück, bekommt eine Belohnung. Der junge Hund sitzt mit erwartungsvollem Gesicht vor ihm, lässt die Zunge zwischen den Lefzen heraushängen. Ein paarmal täuscht Simon den nächsten Wurf nur an. Ben verharrt im halben Losspringen, schaut gespannt auf die Hand, wartet auf eine neue Herausforderung. Dieses Mal fliegt das Bündel in Richtung des Fensters, hinter dem Nina steht und ihnen zuwinkt.

Weder Ben noch Simon nehmen sie wahr.

Der Hund hat das Spielzeug gefunden, dreht sich um und beide fixieren jetzt gespannt die Hausecke, die Nina von hier aus nicht sehen kann. Mit einem fröhlichen Lachen im Gesicht läuft eine Frau auf Hund und Herrn zu. Ben springt begeistert an ihr hoch.

Simon nimmt sie strahlend in die Arme.

Laura!

* * *

97

Nina erwacht schweißgebadet. Schwer liegt Simons Arm über ihrer Brust. Der Schlaf hat ihm erlaubt zu tun, was er jetzt in wachem Zustand nicht gewagt hätte. Zwischen den Gardinen meint sie, erstes Morgenlicht zu erkennen, windet sich ganz vorsichtig aus seiner Umarmung und schlüpft aus dem Bett. Einmal noch dreht sie sich um, streicht ihm so sanft übers Haar, dass sie ihn beinahe gar nicht berührt. Dann geht sie ins Kaminzimmer, zieht sich eilig an und krault noch einmal dem verschlafenen Ben die Ohren. Sie legt den Zeigefinger an die Lippen, bedeutet ihm, still zu sein. Vorsichtig dreht sie den rostigen Schlüssel im Schloss. Es gibt nur ein sehr leises Knarren von sich. Fast geräuschlos huscht sie aus der Hütte, schließt sacht die schwere Tür hinter sich.

Fahles Dämmerlicht empfängt sie. Der Frühnebel hat sich noch lange nicht verzogen, macht die Luft schwer und trotz der beißenden Kälte feucht. Ihre ersten Schritte sind noch zögerlich. Aber als Nina den bekannten Weg bergab erreicht hat, kämpft sie sich immer schneller durch den tiefen Schnee. Atemlos und mit dem Gefühl, auf der Flucht zu sein, erreicht sie bald die Absturzstelle. Im Hellen fragt sie sich jetzt, wie das bloß passieren konnte. Der Weg ist schmal, ja, aber er ist weiß Gott breit genug, um ihn als einzelne Person gefahrlos begehen zu können. Es hätte ihr einiges erspart, wären ihre Sinne durch Sturm und Schneetreiben im Moment des Absturzes nicht so verwirrt gewesen. Nun glaubt sie, völlig klar zu sehen.

Es hätte mir einiges erspart? Schon, ja! Aber dann hätte ich auch niemals diese wundervollen Stunden mit ihm erlebt. Andererseits wäre ich auch nie so gnadenlos unglücklich geworden, wie ich es jetzt bin!

Der Abgrund, der sich nun ganz harmlos vor ihren Augen auftut, ist im zunehmenden Licht vollkommen klar zu erkennen. Aber der Blick in die eigene Seele ist undeutlich, verschwommen und nur geprägt von einem schlechten Berater.

Angst! Angst vor der atemberaubenden Geschwindigkeit, in der sich dies alles entwickelt und jeden keimenden vernünftigen Vorbehalt überrollt hat. Angst vor der eigenen Courage, Angst davor, das Herz zu verlieren, ohne ein anderes dafür geschenkt zu bekommen.

Muss eigentlich jede Rechnung immer aufgehen? Oh, Scheiße! Später ...!

Für ein paar Augenblicke bleibt sie noch stehen, hängt ihren Gedanken nach, bis sie bemerkt, dass ihr um die schmale Felsnase herum ein Wanderer entgegenkommt. Er scheint schwer beladen zu sein mit seinem Rucksack, stapft konzentriert und mühsam bergauf, hält den Kopf unter der grauen Schiebermütze tief gesenkt.

So früh im Wald? Wer mag das denn sein?

Sie möchte jetzt niemandem begegnen, mit niemandem reden müssen. Sie ist viel zu sehr mit sich selbst beschäftigt. Der Mann nimmt erst von ihr Notiz, als sie fast schon aufeinandergetroffen sind. Nina hat sich dicht an die steile Felswand gedrängt, um ihm, mit seiner offenbar schweren Last, Platz zum Vorbeigehen zu lassen. Sie wünscht ihm höflich einen Guten Morgen und findet seine Reaktion etwas erstaunlich. Der Mann zuckt richtig zusammen, als er sie bemerkt.

»So früh allein im Wald, junge Frau?«, fragt er sie mit einer seltsamen, atemlos schnarrenden Stimme und hebt den Kopf. Unter lichtgrauen buschigen Augenbrauen sehen sie forschend blutunterlaufene, wässrig blaue Augen an.

Ein Säufer!

Nina erstarrt. Ein gewaltiger Schnauzbart thront unter der knolligen, rot gefrorenen Nase.

Nicht nur ein Säufer! Das ist der Wilderer! Herrgott, wäre ich doch bei Simon geblieben!

Ehe sie antworten kann, ändert sich der Ausdruck des kleinen Mannes. Er stiert an ihr vorbei, den Hang hinauf. Nina dreht sich um, folgt seiner Blickrichtung und sieht nur wenige Meter entfernt Simon stehen, die Waffe im Anschlag, Ben mit gefletschten Zähnen neben sich. Ehe sie sich überhaupt über die Situation klar werden kann, hat der Wilderer sie von hinten gepackt. Er hält sie, den Arm unter ihre Kehle geschoben, vor sich wie einen Schutzschild.

»Waffe weg!«, schnarrt er dicht an Ninas Ohr.

Ihr wird übel. Die Mischung aus Tabakqualm, altem Schweiß und widerlich schlechtem Atem, gepaart mit dem Druck, den er auf ihren Hals ausübt, lässt ihr fast die Sinne schwinden. Angstschweiß erscheint in feinen Perlen auf ihrer Stirn. Nina versucht durchzuatmen und sich gleichzeitig nicht zu rühren, um den Mann nicht zu provozieren. Den tiefen Atemzug quittiert er mit einem noch festeren Druck auf ihren Hals. Sie sieht, wie Simon zögert.

Ein Rascheln aus einer Tanne, die dicht am Abgrund steht, eine Ladung Schnee, die zu Boden fällt, ein Greifvogel, der sich majestätisch in die Luft erhebt, bringen den Wilderer haarscharf an den Rand des Durchdrehens. Er zuckt zusammen. Ist extrem nervös, extrem gefährlich.

»Waffe weg, sonst kannst du das Mädel hier gleich aus der Schlucht kratzen!«, hört sie ihn wieder. Sie spürt, dieser Mann meint es durchaus ernst. Im Augenwinkel sieht sie den Abgrund neben sich, erinnert sich an ihren Sturz vor ein paar Tagen, fühlt wieder den Schmerz des Aufpralls und macht sich innerlich bereit, alle Sinne geschärft, die drohende Wiederholung zu überstehen. Noch fester fasst er zu. Immer näher fühlt sie sich einer Ohnmacht. Nina nimmt Augenkontakt zu Simon auf. Sie weiß, er kann nicht reagieren. Darf nicht dem Gegenüber, das ihn scharf fixiert, seine Absichten, ja, nicht einmal seinen Austausch mit ihr preisgeben.

Simon legt die Pistole in den Schnee, geht einen Schritt auf ihn zu.

»Stehen bleiben! Überleg dir gut, was du tust!«, schnarrt der Wilderer.

Ben kann sich nun nicht mehr beherrschen und macht einen wütenden Satz auf den kleinen Mann zu. Für den Bruchteil einer Sekunde ist er genügend abgelenkt, dass Nina ausholen und einen kräftigen Tritt auf seinem Schienbein platzieren kann. Die Last seines eigenen Rucksackes reißt ihn rückwärts, unter Schmerzgeschrei lässt er sie los. Nina rollt sich blitzschnell gegen die Steilwand. Ihr Puls rast. Ben steht dem Mann knurrend auf der Brust und Simon ist mit einem Hechtsprung bei ihm, dreht den Wilderer auf den Bauch, presst sein Gesicht in den Schnee, hält ihm die Hände zusammen.

»Habe ich dich endlich, du Sack! Jetzt darfst du dich auf was gefasst machen! Mit dir wollte ich mich schon immer mal ausgiebiger beschäftigen, ehe ich dich der Polizei übergebe.« Simon ist außer sich vor Wut.

Nina hat sich aufgerappelt, rennt los. Ihre Beine wollen nicht richtig gehorchen, sacken immer wieder unter ihr weg. Sie muss ihren ganzen Willen zusammennehmen, findet endlich die Waffe im tiefen Schnee, und richtet sie mit einer Hand auf den Wilderer, während sie mit der anderen fahrig den Gürtel aus ihrem Overall zieht und hinüberreicht. Schnell hat Simon dem Mann die Hände gefesselt, nimmt Nina die Pistole aus der zitternden Hand.

»Alles okay?«, flüstert er.

Sie nickt.

Simon schnauzt den reglos Liegenden an: »Aufstehen!«

Mit dem schweren Rucksack auf dem Rücken, die Hände knapp über dem Gesäß zusammengebunden, hat der Wilderer große Schwierigkeiten, sich zu erheben. Jedem anderen Menschen hätte Nina sofort aufgeholfen. Hier kann sie aber ein hämisches Grinsen einfach nicht unterdrücken.

»Los, vorwärts!«, treibt Simon den Mann bergan.

Nina zögert. Soll sie mit ihm gehen oder ihren Marsch nach unten fortsetzen? Es ist kaum eine halbe Stunde her, dass sie fest entschlossen war, ihn zu verlassen. Nun hat das Schicksal schon wieder ihrer beider Lebensfäden in die Hand genommen und zusammengeführt. Wäre Simon nicht aufgekreuzt, genau in diesem Moment, hätte sie den Wilderer passiert und wäre längst bei ihrem Auto angekommen. Es ist nicht anzunehmen, dass der Mann mehr getan hätte, als bestenfalls ihren Gruß zu erwidern.

Es ist gut, dass er dieses Arschloch endlich dingfest gemacht hat! Aber er hätte ihn genauso gut einfangen können, wenn ich an ihm vorbei gewesen wäre.

Hätte er?

Nein, hätte er nicht! Denn warum hätte Simon so früh aufstehen sollen, wenn ich nicht gegangen wäre und unser lieber Freund Ben ihn vermutlich dann doch auf mein Verschwinden aufmerksam gemacht und geweckt hätte?

Egal, wie man es dreht und wendet, so einfach kommen wir anscheinend nicht voneinander los. Kann ich ihn jetzt alleine gehen lassen?

»Denk nicht mal drüber nach!«

Nina sieht auf, als sie Simons Stimme hört. Und er ist ihr unheimlich in diesem Moment. Sein Blick beweist, dass er genau weiß, welche Gedanken ihr gerade im Kopf herumgegangen sind.

Sie erwidert seinen Blick. Ihr winziges, aber entschlossenes Nicken macht ihm deutlich, dass sie sich entschieden hat.

Die Sache müssen wir noch gemeinsam zu einem Ende bringen. Danach wird es mir freistehen zu gehen.

Der Weg zur Hütte dauert seine Zeit. Mühsam stapft der Wilderer voran. Getrieben von Simons wenig höflichen Worten und ganz offenbar in dem Bewusstsein, dass eine Waffe auf ihn gerichtet bleibt. Ein paarmal stolpert er, fällt beinahe, hat enorme Schwierigkeiten, das Gleichgewicht zu halten. Mitleid kann er nicht erwarten.

In der Hütte angekommen, wirft Simon Nina die Autoschlüssel zu. »Hol das Tape. Du weißt, wo es ist!«

Einen derartig harschen Befehlston ist sie nicht gewohnt. Dennoch tut sie jetzt, was er sagt, beeilt sich, ins Haus zurückzukommen. Zwei schnelle Schnitte mit dem Jagdmesser, und der Rucksack fällt dem kleinen Mann vom Rücken, kracht scheppernd zu Boden.

»Sieh nach, was drin ist«, weist Simon sie an.

»Fallen! Sieh mal, da hängen sogar noch die Preisschilder dran. Die muss er ganz frisch erstanden haben.« Nina ist empört. Der Wilderer lässt ein heiseres Lachen hören und darf sich umgehend fragen, ob er sich nicht besser zurückgehalten hätte. Eine schallende Ohrfeige trifft ihn und ein dünnes Rinnsal Blut läuft aus seiner Nase. Simon macht sich keine Umstände mit ihm, setzt ihn auf einen der Stühle und schnürt ihn kurzerhand mit dem Klebeband darauf fest.

»Könntest du vielleicht einen Kaffee aufsetzen, Nina?«

»Ja, könntest du bitte einen Kaffee aufsetzen, Nina? Reizende Einladung zum Frühstück«, ätzt der Alte.

»Pass mal auf, du Arschgesicht: Das Einzige, was du hier kriegen kannst, ist eine Tracht Prügel und nachher eine nette Fahrt direkt in den Knast!«, verspricht ihm Simon.

»So, so. Das denkt sich der feine Herr so! Du hast gar nichts gegen mich in der Hand. Einen harmlosen Wanderer mit der Waffe bedrohen, ha! Wollen wir doch mal sehen, wer hier heute noch einfährt!«

»Wilderei, Freiheitsberaubung, Nötigung, versuchter Mord. Du hast heute ganz schön gesammelt. Das dann zu entscheiden, werden wir hübsch der Kripo überlassen, Opa!«, antwortet Simon, nun sehr beherrscht. »Und wenn ich in Ruhe meinen Kaffee getrunken habe, werden wir genau die alarmieren.

Die werden ein Heidenvergnügen daran haben, dich endlich hoppzunehmen.«

Nina reicht Simon seinen Kaffee. Für einen Moment scheint es dem Wilderer die Sprache verschlagen zu haben. Er lässt den Kopf hängen und ein Sabberfaden hängt ihm vom Mundwinkel bis auf die Brust herab. Ben sitzt in etwa einem Meter Entfernung vor ihm und fletscht ab und zu mit einem warnenden Knurren die Zähne. Er nimmt den Job als Wachhund, den er sich gerade ausgesucht hat, sehr ernst und gibt sich alle Mühe, furchteinflößend zu wirken.

Ganz dicht steht sie neben Simon, lehnt sich an die kleine Küchenzeile. Weit genug entfernt von dem festgebundenen Kerl, dass ihr sein ekelhafter Körpergeruch nicht mehr in die Nase steigen kann. Nina hat zwei Zigaretten angezündet, reicht Simon eine. Schweigend stehen sie da und rauchen. Die Nerven sind zum Zerreißen gespannt. Nur einmal greift er ganz kurz nach ihrer Hand, drückt sie und Nina gibt ihm das einvernehmliche Zeichen zurück.

So weggetreten, wie es den Anschein hatte, ist der Gefesselte offenbar doch nicht gewesen, denn er hat diese kleine Geste bemerkt und lacht nun höhnisch. »Na, hast wohl Pech mit deinen Weibern, was, Junge? Was hast du denn wieder getrieben, dass die Hübsche dir so früh morgens stiften geht? Dir hauen gern die Fickstücke ab, was? Ist ja nicht das erste Mal!«

Simons Schlag trifft hart. Jammernd spuckt der Mann zwei Zähne aus dem blutenden Mund.

* * *

Nina ist es zu viel.

Zitternd hockt sie sich vor die Hütte, den Rücken an die Wand gelehnt, die Hände auf den Knien abgestützt. Tränen laufen über ihre Wangen, ihr ganzer Körper wird von einem

Weinkrampf geschüttelt. Simon kommt heraus, versucht, sie in die Arme zu nehmen. Sie wehrt sich, dreht sich von ihm weg. »Wärst du doch bloß nicht hinterhergekommen! Ich könnte längst zu Hause sein. Dann hätte ich wenigstens schöne Erinnerungen zum Schluss gehabt. Jetzt ist alles nur noch hässlich und gemein.«

Mit hängenden Schultern steht er ratlos hinter ihr. In der Hütte krakeelt der Wilderer wüste Beschimpfungen und scheußliche Verwünschungen. Simon reißt die Tür auf, brüllt hinein. »Wenn du jetzt nicht gleich dein dreckiges Maul hältst, hätte ich noch was für ausgetickte Eber im Kofferraum. Dann ist Ruhe! Kannst du mir glauben!«

Vorerst dringt kein Laut mehr aus dem Haus. Ein anderes Geräusch lässt Nina plötzlich aufhorchen. Es ist das durchdringende Kreischen einer Kettensäge. Nicht weit entfernt. »Woher kommt das?«, fragt sie zwischen zwei Schluchzern.

»Das muss unten am Weg sein.«

Die Szene, die sich wenig später abspielt, wäre eines effektvollen Auftrittes der US-Kavallerie mehr als würdig gewesen.

Mit reichlich Pferdestärken und ohrenbetäubendem Hupen schiebt sich ein schwarz glänzender Mercedes ML elegant durch den Tiefschnee bis vor das Haus, gefolgt von einem rostigen dunkelgrünen Mitsubishi Pick-up.

Langsam öffnet sich die Fahrertür des Daimlers und Nina hält die Luft an. Das Erste, was sie aus ihrer gebückten Position an der Hauswand sehen kann, sind endlos lange Beine in sandfarbenem, bis weit über das Knie reichendem Veloursleder auf bemerkenswerten Plateaus. Der zweite Eindruck erinnert sie an eine Vogue-Winterausgabe. In wollweißem Kaschmirmantel mit Oversize-Kragen, zum fransigen Bob geschnittenem blondem Haar und einem Make-up, das jeden Stylisten in Verzückung versetzt hätte, betritt Lizzy die Bühne.

Hat Nina etwa vermutet, dass sie mit ihren hohen Absätzen schleunigst einen Schwan auf dem glatten Untergrund machen würde, sieht sie sich nun klar getäuscht. Wie Steigeisen schlägt die cremeweiße Lichtgestalt ihre Heels in den Schnee, eilt auf Simon zu und Nina glaubt, ihren Ohren nicht mehr zu trauen. Das Gekreische der Kettensäge eben klang dagegen noch wirklich heimelig und durchaus melodisch.

»Simon, Liebster!«

Nina bleiben erst die Tränen weg, dann endgültig die Luft. *Nicht im Ernst! Bin ich hier im falschen Film? DAS ist seine Freundin? Jesus, was tue ich hier?*

Schon hängt die Erscheinung ihm am Hals und Nina will bloß noch weg. Sie hat nicht den Eindruck, dass Lizzy ihre Anwesenheit überhaupt wahrgenommen hat, und legt keinen Wert darauf, das zu ändern. Wortreich erklärt die Titelblattschönheit gerade ihrem »liebsten Simon«, dass sie ohne ihn nicht leben könne, schon gestern versucht habe, ihn aus dieser »entsetzlichen Notlage«, aus diesem »grauenvollen Schnee« zu retten, aber erst heute den Förster erwischt habe, um den »liebsten Simon« zu befreien.

Die Peinlichkeit muss sie sich nicht geben. Nina flieht an der klammernden Lizzy und dem sprachlosen Simon vorbei zu dem einzigen Menschen, der ihr momentan vernünftig erscheint.

Der Förster ist ausgestiegen und beobachtet schmunzelnd die Szenerie. Nina stellt sich dem alten Herrn vor, fasst in knappen Sätzen die Lage zusammen. Komplett, vom Moment ihres Absturzes bis zur gegenwärtigen Situation! Der Schlag, den Simon dem Alten versetzt hat, hat Nina so beeindruckt, dass sie betont, es müsse unbedingt ein Arzt herbeigerufen werden. Körperliche Gewalt hat sie schon immer furchtbar erschreckt.

Er nickt nur verstehend und hat bereits per Funk einen Notruf abgesetzt, ehe sich der »liebste Simon« überhaupt von

Lizzy lösen kann. Der Bitte Ninas, sie jetzt zu ihrem Auto hinunterzubringen, kann er aber nicht folgen. »Tue ich gern, Mädel. Aber erst werden wir die Ankunft der Polizei abwarten müssen. Die brauchen doch Ihre Aussage.«

Immerhin kann Nina die Wartezeit in seinem Wagen verbringen. Sie versucht, sich mit einer ihrer beiden übrig gebliebenen Zigaretten zu beruhigen. Der Förster sieht sie mitleidig an. Der väterliche Blick tut ihr gut, und obwohl er nicht viel spricht, genügt ihr schon allein seine pure Anwesenheit, sich aufgehoben zu fühlen. Angestrengt bemüht sie sich, den Blick von Lizzy und Simon abgewandt zu halten. Dass sich zwischen den beiden ein ausgewachsener Zoff abspielt, ist an Tonlage und Gestik leicht zu erkennen.

Hoffentlich ist die Polizei bald da!

Lange muss sie sich nicht gedulden. Fast gleichzeitig treffen Rettungswagen, Notarzt und Polizei ein. Der kleine Platz vor der Hütte ist so vollgeparkt, dass Lizzy, die sich mit wutverzerrtem Gesicht von Simon abgewandt hat und entschlossenen Schrittes auf ihren Mercedes zueilt, Schwierigkeiten haben wird, einen halbwegs würdevollen Abgang hinzulegen. Sie steigt ein, hupt ausdauernd und impertinent, will sich Platz verschaffen. Nina tauscht mit dem Förster einen bedeutungsvollen Blick. Beide können sich ein Grinsen nicht verkneifen.

»Ganz ehrlich, Mädchen: Was der junge Doktor Simon mit dieser Schnepfe wollte, konnte ich nie nachvollziehen. Sie ist ja das komplette Gegenteil zu seiner vorigen …«

Der Mann bricht ab, als er sieht, wie sich Ninas Gesicht schmerzhaft verzieht.

»Oh, bitte um Entschuldigung, ich wusste ja nicht …! Bloß nicht wieder weinen!«, murmelt er bedauernd. Nina schüttelt nur den Kopf, dreht das Gesicht weg, will nicht, dass er sieht, wie ihr schon wieder die Tränen kommen.

»Wird schon alles wieder gut«, versucht er zu trösten.

Sieht man mir das sofort an, was mit mir los ist? Ich muss mich verdammt zusammenreißen! Schnepfe! Genau! Wenn es nur die wäre, DEN Kampf hätte ich leicht aufnehmen können!

Der Rettungswagen fährt gerade etwas dichter an die Haustür heran und eine knappe Lücke tut sich zwischen den dicht gedrängt stehenden Autos auf. Lizzy gibt Gas, dass der Schnee fliegt, läuft beinahe Gefahr, sich festzufahren, und verschwindet in beachtlichem Tempo.

»Weg! Die zumindest wird Ihnen keinen Ärger mehr machen«, grinst der Förster.

Nina fühlt ein kleines Empören in sich aufsteigen, denkt kurz über eine Erwiderung nach und hält dann doch lieber den Mund.

KAPITEL 12

In welch unglücklichem Zustand sich das junge Mädchen gerade befindet, erkennt die erfahrene Polizeihauptmeisterin Peter sofort. Sie lässt Decken bringen, holt sie zu sich in den Einsatzwagen, bietet ihr Tee aus einer Thermoskanne an, den Nina gerne annimmt. Schlotternd lässt sie sich von dem freundlichen Notarzt untersuchen. »Körperlich ist alles okay mit ihr«, nickt er der Polizistin zu. »Sie braucht bloß dringend Ruhe. Dann wird sie auch aufhören zu klappern. Sind nur die Nerven. Sehen Sie zu, dass sie nach Hause kommt und möglichst nicht allein ist!«

* * *

Mehr als das Aufnehmen ihrer Personalien muss sie vorläufig nicht über sich ergehen lassen. Ein paarmal bittet sie sehr eindringlich darum, dass niemand erfahren soll, wie sie heißt und wo sie wohnt.

»Wir geben Ihre Daten sowieso nicht weiter! Das widerspräche jeder Dienstvorschrift. Machen Sie sich keine Sorgen, Nina«, beteuert die Beamtin. »Ich darf doch ›Nina‹ zu Ihnen sagen?«, bemüht sie sich, etwas mehr Nähe herzustellen, und bekommt ein Nicken als Antwort. Die junge Frau tut ihr leid. Sie scheint in eine Geschichte hineingeraten zu sein, die sie erheblich überfordert. Ihr jämmerlicher Zustand weckt mütterliche Beschützerinstinkte. »Nina, bleiben Sie hier sitzen. Ich organisiere schnell, dass Sie heimkommen.«

»Aber mein Auto steht unten auf dem Waldparkplatz. Das muss ich mitnehmen!«

»Lassen Sie mich nur machen«, antwortet sie und zwinkert Nina zu.

»Danke!«

Es ist ihr sehr recht, dass sie jetzt keine Entscheidungen treffen muss, nichts allein zu regeln hat.

Nach Hause! Nur noch nach Hause!

Der Förster und ein Beamter machen sich wenige Augenblicke später mit ihr auf den Weg hinunter zu ihrem Auto. Mit flatterigen Händen fischt sie ihren Schlüssel aus der Tasche, bleibt einfach im Polizeifahrzeug sitzen und sieht zu, wie die Männer ihren Golf aus dem Schnee schaufeln.

Hier hat alles begonnen! Mussten diese drei Tage wirklich sein? Kann nicht mal einer den Cache löschen? Zurück auf Anfang, Ski unterschnallen, loslaufen, bei Helligkeit wieder ankommen. Einfach eine schöne Runde drehen und wieder wegfahren. Mehr wollte ich doch gar nicht! So beschissen ist es mir noch nie gegangen!

Der Förster fährt ihren Wagen nach Hause. Nina sitzt im Fond des Polizeiautos und sieht die fünfzehn SMS an, die ihr Handy inzwischen gespeichert hat.

Zurück in der Zivilisation. Gott sei Dank!

Zwölf Nachrichten sind von ihrer besten Freundin Jenny, die sich Sorgen gemacht hat und genauso dringend um Rückruf bittet wie ihre Eltern. Zuerst ruft sie Jenny an, fragt, ob sie so schnell wie möglich zu ihr nach Hause kommen kann. Dann wählt sie die Nummer ihrer Eltern. Der junge Polizist am Steuer sieht sie verwundert im Rückspiegel an, als sie mit klarer, vernünftig klingender Stimme ihrem Vater erzählt, wie wunderbar und total toll das Wochenende gewesen sei.

Vor ihrem Elternhaus angekommen, wartet die Freundin schon. Der hilfsbereite Förster parkt ihren Wagen, gibt Nina die Schlüssel zurück. »Kopf hoch, Mädchen! Wird alles nicht so heiß gegessen, wie es gekocht ist. Pass mal auf, ehe du heiratest, ist das alles längst vergessen.«

Ein bisschen linkisch findet Nina diesen uralten Spruch ja und kann ihm gerade so gar nicht glauben. Aber der Blick aus den freundlichen Augen hat doch etwas Tröstliches. Die Dankbarkeit, die sie für diesen kleinen Lichtblick empfindet, reicht aus, um dem alten Herrn kurz die Arme um die Schultern zu legen und ein »Danke schön« zu murmeln. Er nickt ihr zu, klopft ihr aufmunternd auf die Schulter.

Der Polizist erklärt ihr nur noch, dass sie in den nächsten Tagen eine Aufforderung bekommen wird, eine Aussage im Präsidium zu machen. Der Vorwurf des versuchten Mordes würde das Einschalten der Kripo nach sich ziehen, erklärt er. Nina reißt sich sehr zusammen, bemüht sich, einen sachlichen, unaufgeregten Eindruck zu machen. Anscheinend gelingt das ganz ordentlich.

Die Männer haben offenbar den Eindruck, dass Nina recht stabil ist.

Dass dem durchaus nicht so ist, erkennt Jenny sofort.

»Liebe Güte, Nina! Wie siehst du denn aus?«, begrüßt sie sie und schlägt die Hände vors Gesicht.

»Lass uns reingehen Jenny. Ich erzähle dir gleich alles.«

Die erste Maßnahme ist, die Heizung im Wohnzimmer richtig aufzudrehen. Noch immer schlottert Nina.

»Pass mal auf, Süße, ich mache uns einen heißen Kakao und du gehst erst mal unter die heiße Dusche. Bis du fertig bist, haben wir es hier drin schön kuschelig. Hast du Hunger?«

Dass sie den ganzen Tag noch nichts gegessen hat, war Nina bisher überhaupt nicht aufgefallen. Sie nickt. »Appetit habe ich zwar keinen, aber ich glaube, es wäre sehr vernünftig, was zu essen. Vielleicht wird mir dann auch endlich warm. Genau genommen bin ich seit Sonnenaufgang eigentlich fast nur draußen gewesen.«

»Super! Ohne was im Bauch. Bei der Arschkälte. Tolle Wurst«, schimpft Jenny. »Los, ab ins Bad. Ich mache uns belegte Brote und ein paar Eier. Okay?«

»Gerne.« Zu irgendwelcher Widerrede wäre Nina jetzt sowieso nicht fähig. Sie ist heilfroh, dass Jenny, die ein paar Jahre älter ist, das Zepter übernimmt. Irgendwie hat sie zurzeit sowieso ständig den Eindruck, derart von den Ereignissen überfordert zu sein, dass sie sich kaum selbstbestimmte Handlungen zutraut.

Die heiße Dusche tut unendlich gut. Ausgiebig wäscht sie sich die Haare, verteilt eine halbe Handvoll Spülung in dem verfilzten Ansatz im Nacken, denkt ein bisschen wehmütig an ihr Bad in der Hütte zurück. Ein bisschen wehmütig? Nein! Mehr! Erheblich mehr als nur ein bisschen! Sie lässt sich Zeit, cremt sich sorgfältig ein, zieht einen bequemen Jogginganzug an. Nina steht vor dem großen Spiegel am Waschbecken und putzt sich gründlich die Zähne.

Wie großartig Zähneputzen sein kann!

Entsetzt fällt ihr Blick auf den Zahnputzbecher.

Scheiße!

Schleunigst nimmt Nina ihre Pille. Die Packung steckt immer im Becher. Sie vergisst sie eigentlich nie.

Das wär's jetzt auch noch!

Ihr wird heiß und kalt. Es ist Sonntagnachmittag. Ein kurzer Besuch bei der Frauenärztin? Ausgeschlossen! Sie wird abwarten müssen.

Als sie sauber und duftend die Badezimmertür öffnet, kommt ihr nun gemütliche Wärme entgegen.

Eins muss man ihm ja lassen: Er hat mich nie frieren lassen. Ach menno!

Jenny empfängt sie mit einem schön gedeckten Tisch vor der einladenden Sitzgarnitur im Wohnzimmer. Sie schiebt Nina in die Kuschelecke, deckt sie mit einer Wolldecke zu.

»Was soll ich dir drauf machen? Schinken, Käse, Wurst?«

Nina muss lachen. »Du bist wie eine Mutter zu mir. Gib mir Käse, Mama.«

»Iss und dann erzähl mir!«

Schnell beginnt sie, sich wohler zu fühlen. Das Zittern lässt langsam nach und sie kann sich etwas entspannen. Nina erzählt von Anfang an. Kein Detail, keine noch so nebensächlich erscheinende Kleinigkeit lässt sie aus. Und sie nimmt kein Blatt vor den Mund, als es um ihre Gefühle zu Simon geht. Jenny tut, was gute, wirklich gute Freundinnen tun. Sie hört zu. Nur ein paarmal ist sie zwischendurch aufgestanden, hat etwas zu trinken geholt, hat für beide Zigaretten besorgt. Es ist längst dunkel geworden, als Jenny Licht macht und Nina ihre Geschichte mit den Worten beendet: »Und nun ist alles vorbei!«

Die Reaktion der Freundin hatte sie ganz gewiss nicht erwartet. Jenny sieht sie an und beginnt, sie auszulachen.

»Es ist alles vorbei? So einen guten Witz habe ich lange nicht gehört!«

Nina ist beleidigt und sieht Jenny stinkig an, bis die langsam wieder ernst wird.

»Deine Geschichte, meine Süße, ist unglaublich. So was passiert eigentlich nur in Büchern. Oder im Fernsehen. Darüber gibt es gar nichts zu lachen. Höchstens zu staunen. Aber deine Schlussfolgerung, es wäre jetzt alles vorbei, die ist wirklich brüllend komisch. Hast du dich mal von ihm reden hören? Kannst du dir so ungefähr vorstellen, was du für einen Gesichtsausdruck bekommst? Wie deine Augen glänzen? Und DU willst mir was von ›vorbei‹ erzählen? Vergiss es doch! Da ist gar nichts vorbei! Das war nur der Anfang!«

»Bestenfalls der Anfang vom Ende!«, antwortet Nina mit düsterer Grabesstimme.

»Nö!«

»Wieso nö?« Nina ist nicht danach, Hoffnungen eingepflanzt zu bekommen. Nina ist danach, sich in Schmerz zu ergehen. Und irgendwie, irgendwo ist sie dann doch sehr geneigt, Argumente für ihre Liebe zu hören. Und sei es nur, um dann in noch tieferen Schmerz abrutschen zu können.

Jenny grinst. »Hör zu, Schnuckelhäschen: Ich kenne dich nun schon seit über zehn Jahren. Und ich habe jede deiner Lovestorys erlebt. Niemals zuvor habe ich dich so gesehen! Du bist unendlich verliebt. Du wirst umkommen, unrettbar untergehen, wenn du an dieser Stelle versuchst, einen Schlusspunkt zu setzen. Glaub's mir. Ich weiß, wovon ich rede!«

»Aber ich kann ihn nicht haben! Er ist besetzt! Laura ...«

Jenny denkt einen Augenblick nach. Sie scheint ihre Argumente zu ordnen.

»Hast du dir eigentlich schon mal Gedanken darüber gemacht, was du von ihm verlangt hast?«

»Wie, was ich von ihm verlangt habe? Gar nichts habe ich von ihm verlangt!« Nina ist empört.

»Doch, du hast nach drei Tagen von ihm verlangt, dass er sich für dich entscheiden soll.«

»Habe ich nicht!«

»Hast du doch! Du hast von ihm erwartet, dass er dir dasselbe sagen muss, was du ihm gesagt hast. Nämlich, dass er dich liebt. So was sagen Männer nicht mal eben so!«

»Ich hab's ihm doch auch gesagt!«

»Erstens hast du es ihm gesagt, um ihn aus der Reserve zu locken, die er ja wohl eigentlich durchaus nicht verlassen wollte, wenn ich dich richtig verstanden habe, nicht wahr?«

»Ja.«

»Und zweitens gibt es zwischen dir und ihm einen gravierenden Unterschied. Du bist frei. Er nicht wirklich. Richtig?«

»Ja.«

»Und wenn ich dich noch mal richtig verstanden habe, ist er mit dieser Laura sehr lange zusammen gewesen. Die hatten eine gemeinsame Planung. Er hat sie ganz sicher sehr gut gekannt. Was weiß er von dir, Nina? Mal abgesehen davon, dass du Nina bist und sehr niedlich?«

»Nichts!«

»Aha!« Jennys Ausdruck ist geradezu triumphierend. »Und worin, Nina, besteht nun bitte dein Problem, ihm eine Chance zu geben? Ihm mehr zu geben als drei Worte? Glaubst du vielleicht, die Rechnung geht immer sofort auf? Ich geb dir mein Herz, du gibst mir deins und alle sind happy? Schon mal was davon gehört, dass man für Liebe manchmal kämpfen muss?«

»Scheiße!«

»Ja, Scheiße, Süße! Ganz schön verbockt erst mal, was?«

»Hatte ich erzählt, dass ich mir diese Rechnungsfrage auch schon gestellt habe? Als ich heute Morgen gerade abgehauen war.«

»Nee, hast du nicht erzählt. Aber gut, dann sind wir ja auf einer Linie.« Jenny atmet auf. Für einige Augenblicke ist Nina bereit, sich Jennys Argumenten wirklich zu öffnen. Dann schießt ihr wieder die eine Frage durch den Kopf. Die Frage, unter der sie schon mehr als einmal innerlich in die Knie gegangen ist. »Und was, wenn sie wiederkommt?«

Mit dieser Frage hatte Jenny nicht gerechnet und sie muss sich Gedanken machen, die richtige Antwort zu finden. »Warte, gleich!«, sagt sie, zündet sich eine Zigarette an, raucht und starrt minutenlang auf einen unsichtbaren Punkt in der Ferne. Nina ist gespannt. Wenn es für diese eine Frage eine wirklich plausible Antwort gäbe, dann könnte sie Hoffnung haben. Dann würde sie sich öffnen, würde sogar zu kämpfen beginnen. Da ist sie sicher.

Jenny drückt die Zigarette im Aschenbecher aus.

»Wenn sie wiederkommen würde, wäre sie immerhin am Leben! Kann es sein, dass du dir geradezu wünschst, sie käme nie wieder?«

»O Gott …« Nina schlägt die Hände vors Gesicht und beginnt, hemmungslos zu schluchzen. »Was bin ich bloß für ein Arschloch, Jenny?«

»Allerdings! Ein ekliges egoistisches Arschloch. Aber weißt du was? Ich kann dich sogar verstehen.«

»Du kannst mich verstehen?« Nina sieht Jenny durch ihren Tränenschleier erstaunt an.

»Du willst ihn unbedingt und weißt, dass er dich eigentlich auch will. Und wie heißt es doch so schön: Love is a Battlefield? Hast du eine Gegnerin aus dem Feld zu schlagen, weißt du, womit du es zu tun hast. Aber wie geht man mit einem Geist um? Du hast nur eine Chance, Nina«, erklärt sie entschieden, »du musst eine echte Wahlmöglichkeit werden. Das bist du nach drei Tagen nicht. Zeig ihm, wer du bist. Wenn er dich wirklich kennengelernt hat, dann kann er wählen. Sogar, wenn sie wiederkommt. Und gerade dann!«

»Meinst du wirklich?« Zögerlich sieht Nina sie an.

»Ja! Das meine ich wirklich!«

»Ich weiß noch nicht mal, wie er heißt. Nur seinen Vornamen kenne ich. Wie soll ich ihn denn finden?«

»Manchmal bist du aber wirklich ein bisschen ab von der Welt, oder? Das kann jetzt nicht dein Ernst sein, Nina!«, schimpft Jenny kopfschüttelnd und reicht ihr ein Päckchen Taschentücher.

»Wieso?«

»Wieso, wieso! Du kennst seinen Vornamen, du hast eine Vermutung, mit welchem Buchstaben sein Nachname anfangen könnte, du weißt, dass er Tierarzt ist, eine neue Praxis hat, dass er aus der Gegend kommt und welchen Beruf sein Vater hat! Und ich hole jetzt euer Branchenbuch! Ich wette: Nichts ist einfacher, als das herauszufinden!«

Einen Moment später hält sie Nina schon das Telefonbuch unter die Nase. »Praxis am Wald. Simon Magnussen. Öffnungszeiten bla-bla und nach Vereinbarung. Noch Fragen? Du siehst, nix mit mysteriösem Waldschrat! Ein vollkommen realer Mann mit ganz realem Namen, einem vernünftigen Beruf und einer noch realeren Adresse!« Jenny sieht Nina herausfordernd an.

»Aber …«

»Noch nicht mal ›Aber‹, Mausi! Ein ganz schöner Schisshase bist du auch noch, oder?«

»Ich bin kein Schisshase! Ich bin unglücklich!«, jammert Nina, schon wieder sehr nah am Wasser.

»Dann werde ich dir in den nächsten Tagen mal ganz persönlich ganz kräftig in den Hintern treten, dass du denselben hochkriegst und eurem Glück auf die Sprünge hilfst.«

»Ich kann aber nicht.«

Jenny schnaubt langsam vor Ungeduld, sieht aber ein, dass mit ihrer Freundin an diesem Abend nichts Vernünftiges mehr anzufangen ist. »Pass mal auf«, versucht sie es auf die sanfte, verständnisvolle Art, »du gehst jetzt in die Falle. Ich bleibe heute Nacht hier. Wir müssen morgen beide früh raus. Ich wecke dich und du schläfst erst mal über die ganze Sache. Morgen reden wir weiter, okay?«

Nina ist erleichtert. Heute würde sie nichts, aber auch gar nichts mehr auf die Reihe bekommen.

Beim Einschlafen hat sie das Gefühl zu fallen. Sie zuckt kurz hoch, wird aber nicht wieder ganz wach. Passend schieben sich jene Bilder in den Vordergrund, die sie während des Absturzes gesehen hat. Ihr Körper kommt zur Ruhe und das Letzte, was sie sehen kann, ist Simons besorgtes Gesicht ganz dicht vor ihren Augen.

KAPITEL 13

Simon ist allein.

Der Polizeiwagen hat gerade den Weg hinunter zur Straße genommen. Die Einsatzleiterin hatte den Förster gebeten, den jungen Polizeianwärter in der Stadt an der Wache abzusetzen. Simon erwartet die versprochene Rückkehr des Försters. Die Wildfütterung für die kommenden Tage muss mit ihm noch abgesprochen werden. Ben steht neben ihm, sieht ihn an und macht denselben ratlosen Eindruck wie sein Herr. »Immerhin könnte ich dich armen Hund endlich mal füttern. Komm, gehen wir ins Haus.«

Eiskalt, düster und ungemütlich ist es in der Hütte. Den ganzen Tag hat niemand daran gedacht, Feuer anzumachen. Auf dem hölzernen Fußboden ist eine kleine Blutlache zu erkennen. Direkt vor dem Stuhl, an dem noch Reste des silberfarbenen Tapes kleben. Noch einmal lässt Simon die Vorgänge der letzten Stunden vor seinem geistigen Auge Revue passieren. Der randalierende Wilderer hatte, kaum losgeschnitten, versucht, sich unter gewaltigen Schimpfkanonaden der Verhaftung zu entziehen, bis der Notarzt zu einer Beruhigungsspritze griff. Er äußerte zwar vordergründig Bedenken um die Herzgesundheit des Alten, erweckte jedoch eher den Eindruck, seinem unflätigen Wortschwall endlich ein Ende bereiten zu wollen. Die beiden kräftigen Sanitäter hatten den Mann auf einer Trage in den Rettungswagen befördert. Der zweite Beamte wurde zu seiner Begleitung abgestellt.

Das Gespräch mit der Polizistin hatte Simon als angenehm empfunden. Nach der Erledigung der notwendigen Formalitäten galt ihr letzter Hinweis nur noch der Ankündigung, dass er in den nächsten Tagen zur Zeugenvernehmung geladen werden würde. Mit aufmunternden Worten ließ sie ihn stehen, um ihrem Kollegen ins örtliche Klinikum zu folgen. Nach der ärztlichen Versorgung wird sie den Alten hinter Schloss und Riegel bringen.

»Wir sind wieder allein, Hund!«

Mit schief gelegtem Kopf steht Ben vor ihm und leckt sich über die Schnauze. Wenigstens ist sein Bauch jetzt voll. Simon beginnt zusammenzupacken, den Wagen zu beladen. Er will sofort nach der Wildfütterung heimfahren. Was soll er jetzt auch noch hier? Die Auseinandersetzung mit Lizzy hätte er sich stilvoller gewünscht. Ihr Auftritt war für beide nichts als peinlich gewesen.

Das Schlimmste aber, was in diesem Zusammenhang passieren konnte, war das sang- und klanglose Verschwinden von Nina. Während des Packens suchen seine Augen nach Spuren von ihr. Das Kissen im Bett lässt den Abdruck ihres Kopfes erahnen. Es ist noch ein leichter Duft ihres Haares darin gefangen. Simon fühlt sich wie ein Fetischist in dem Moment, als er versucht, ihr Bild heraufzubeschwören, indem er die Nase in dem dämlichen Bezug versenkt. Er steckt ihn in ein Extrafach seines Koffers. Die Kaffeetasse, der letzte Gegenstand, den sie hier berührt hat, wird zum Kleinod. Er wäscht sie nicht ab, stellt sie benutzt in den kleinen Küchenschrank.

Der Wagen ist fertig gepackt und vom Förster keine Spur zu sehen. Simon hinterlässt ihm einen Zettel an der

Windschutzscheibe mit der Bitte, so lange auf ihn zu warten, bis er von der Fütterung zurück ist. Mit dem schweren Rucksack auf dem Rücken und frischem Heu macht er sich auf den Weg. Es hat nicht mehr so viel geschneit und die Spuren, die Ninas kleine Füße hinterlassen haben, sind noch zu erkennen. Der Nebel hat sich den ganzen Tag über nicht gelichtet. Wo gestern die pralle Sonne auf die Lichtung geschienen hat, ist jetzt alles grau und trüb. Es passt zu seiner Stimmung.

Ben ist außergewöhnlich brav heute. Er macht nicht den kleinsten Ansatz, sich als Spurensucher und Jäger zu betätigen, bleibt die ganze Zeit dicht bei Fuß. Er hat offenbar ein gutes Gespür für Simons elenden Zustand.

Was habe ich falsch gemacht? Habe ich sie überfordert? Hätte ich von vornherein gar nichts mit ihr anfangen dürfen?

Es wird ihm bewusst, dass aus seiner anfänglichen Souveränität, die ihm das Gefühl vollkommener Überlegenheit gegeben hatte, sehr schnell ein Strudel geworden ist, in dem es keinen Halt mehr gab. Aus dem spielerischen beherrschten Geplänkel war tiefster Ernst geworden. Was zweieinhalb Jahre lang für ihn undenkbar gewesen war, hat ihn mit voller Wucht erwischt. Und er wird die Angst nicht los, seine Chance ein für alle Mal vertan und alles verloren zu haben.

Der Förster wartet, an seinen Pick-up gelehnt. Simons Gesicht erhellt sich. Hubert ist ihm schon ein väterlicher Freund gewesen, als er noch ein kleiner Junge war. Alles, was der Wald an Geheimnissen verbirgt, hat er ihm nicht nur zu entdecken geholfen, sondern hat ihn auch gelehrt, sorgsam damit umzugehen. Selten bedarf es vieler Worte zwischen den beiden Männern. Jetzt aber vermittelt Hubert den Eindruck, ihm »ein paar Takte« sagen zu müssen. »Simon, was hat es mit dem Mädchen auf sich?«

Der müde Ansatz, die Absturzgeschichte und die Vorgänge bezüglich des Wilderers zu schildern und dabei möglichst sachlich zu bleiben, wird jäh von Hubert unterbrochen. »Erzähl mir keinen Kokolores. Das kenne ich schon alles. Ich will von dir wissen, was du mit ihr angestellt hast, dass es sie in einen so jämmerlichen Zustand versetzt hat!« Hubert sieht Simon forschend an. Der hält seinem Blick nicht stand, dreht sich weg, stützt sich am Wagen ab, bemüht sich mit gesenktem Kopf um halb wahre Ausflüchte. »Es ist anscheinend so, dass sie sich in mich verliebt hat«, sagt er sehr leise.

»Es ist anscheinend so, mein lieber Junge, dass nicht nur sie sich in dich verliebt hat. Ich kenne dich, seit du aus dem Ei geschlüpft bist. Und es wäre ausgesprochen sinnvoll, wenn du weder mir noch dir selbst jetzt etwas vormachen würdest!«

»Ich mache mir nichts vor, Hubert! Du hast recht und unrecht zugleich.« Simon dreht sich um und sieht dem alten Freund entschlossen ins Gesicht. »Ich darf mich nicht verlieben, darf auch keiner Frau Hoffnung machen, denn ich warte auf Laura.«

Schon lange hat Hubert auf den Moment gehofft, ihm endlich zu sagen, was er über die Sache denkt. Er nimmt Simon bei den Schultern und sieht ihn fest an. »Simon, du spinnst! Es gibt zu ihrem Verschwinden nur zwei sachlich richtige Überlegungen. Die erste ist: Sie ist verschwunden, weil sie ihr Leben hinter sich lassen wollte. Und zu ihrem Leben gehörtest auch du. Diese Variante halte ich für die unwahrscheinlichere. Die zweite, und der wirst du einfach endlich ins Auge sehen müssen, ist die endgültige. Laura lebt nicht mehr, Simon. Und das wird nicht unwahr dadurch, dass sie bisher nicht gefunden worden ist. Du bist jung, du hast dein ganzes Leben noch vor dir. Glaubst du wirklich, sie hätte gewollt, was du tust? Wie auch immer sie umgekommen sein mag, ich bin sicher, ihre letzten Gedanken galten dir und deiner Zukunft. Es wird Zeit, dass du sie endlich loslässt und wieder zu leben beginnst!«

»Loslassen kann ich nicht, Hubert! Und sag nicht, ich hätte es nicht wirklich versucht! Lizzy …«

Der Förster unterbricht ihn sofort. »Komm, dieses aufgetakelte Geschöpf, das dir dein Vater als Trostpreis an den Hals gehängt hat, hat dein Herz doch nicht für einen einzigen Moment erreicht! Die Kleine, die ich da vorhin heimgebracht habe, die hat den Simon, den ich kenne, den Mann, den ich kenne, endlich wieder aufgeweckt! Ich bin nicht blind, Mensch!«

»Du hast recht! Anfangs war es ein Spiel mit dem Feuer. Ich wollte rausfinden, ob sie sich in mich verliebt. Und sie ist mir völlig arglos auf den Leim gegangen. Was soll auch sonst dabei herauskommen, wenn du einen Mann und eine Frau zusammen drei Tage lang in eine eingeschneite Hütte sperrst, nicht? Nur mal vorausgesetzt, sie sind sich nicht völlig zuwider.«

»Na ja, dass sich da körperliche Gelüste bemerkbar machen, ist vielleicht nicht ganz ausgeschlossen«, nickt Hubert mit einem Grinsen, »aber da ist doch noch mehr passiert. An welcher Stelle hast du denn den Überblick verloren?«

»Das kann ich dir nicht so konkret sagen! Aber wenn ich es genau betrachte, ist mir das spätestens richtig klar geworden, als sie plötzlich weg war.«

»Beim ersten Verschwinden heute früh oder erst, als du dich mit diesem Affentheater vorhin von deiner Dulcinea getrennt hattest und dir bewusst war, dass du gerade wieder solo bist?«

Simon lacht bitter. »Was glaubst du, wie schnell ich hinter ihr her war, als ich gemerkt habe, dass sie heute Morgen weg war? Lass sie zehn Minuten Vorsprung gehabt haben! Mehr bestimmt nicht.«

»Tja, mein Lieber, anscheinend hast du nichts bei mir gelernt, was?«, lacht Hubert. »Auf Pfeifen und Frauen muss man achtgeben, sonst gehen sie aus.«

Simon kann das gerade gar nicht witzig finden. Mit gequältem Gesicht sucht er nach einer Lösung.

»Du weißt, wo sie wohnt! Natürlich, du hast sie ja nach Hause gefahren. Sag mir, wo ich sie finden kann!«

Hubert sieht ihn an und schüttelt den Kopf. »Das, mein Freund, verrate ich dir, wenn du dir darüber klar geworden bist, was du wirklich willst. Das Mädel hat es nicht verdient, sich von dir verschaukeln zu lassen. Und ich werde den Teufel tun, sie dir vor die Füße zu werfen, solange du mit dir selbst nicht im Reinen bist. Schlaf erst mal drüber, denk drüber nach, was ich dir gesagt habe. Und wenn ich das Gefühl habe, du weißt endlich wieder, was du tust, sage ich dir auch, wo du sie findest.«

Es war nicht das, was er gern gehört hätte. Aber Simon weiß, dass der väterliche Freund recht hat. »Ich sollte mich besaufen«, sagt er mit einem schiefen Grinsen.

»Gute Idee. Es gibt Situationen, in denen man das Hirn ruhig mal kurz auslöschen darf. Wenn man dann wieder zu sich kommt, sieht mal bisweilen durchaus klarer«, sagt Hubert. »Komm, pack den Hund ein und lass uns in den ›Hirschen‹ runterfahren.«

Simon schließt die Hütte ab, zögert noch einen Augenblick, kann sich schwer lösen von den Bildern, die ihm vor Augen stehen. Dann dreht er sich abrupt um, steigt in seinen Cherokee und folgt dem alten Pick-up auf dem Weg in die Stadt.

Kapitel 14

»Nina? Sind Sie eigentlich heute ganz bei uns?«

Nina reagiert nicht, starrt weiter gedankenverloren aus dem Fenster des Chemiesaales.

»Frau Tewes, darf ich vielleicht auch um Ihre geschätzte Aufmerksamkeit bitten?«

Sie schreckt hoch und sieht die Chemielehrerin verdattert an.

»Oh … bitte … Entschuldigung!«, stammelt sie abwesend.

»Schön, dass ich Sie doch noch erreichen kann! Es geht um die Lernziele, die wir bis zu den Abiturklausuren noch zu erreichen haben! Auch, wenn Sie derzeit die Jahrgangsbeste sind, würde ich Sie doch sehr bitten, mir konzentriert Ihr Ohr zu leihen. Lässt sich das einrichten?«

»Natürlich!«

Alle Augen des Leistungskurses fühlt sie auf sich gerichtet. Es ist wirklich nicht der Moment, in dem sie diese gesteigerte Aufmerksamkeit gebrauchen kann. Die Gedanken und Bilder werden warten müssen, die sie gerade in die wundervolle glitzernde Schneewelt und just in Simons Arme befördert hatten. Mit einem leisen Seufzer bemüht sie sich, den Ausführungen der Lehrerin nun konzentriert zu folgen.

Und ersehnt das Pausenläuten!

»Was ist denn mit dir los? Du machst den Eindruck, als wäre dir übers Wochenende ein Geist begegnet!«, möchte Ninas Banknachbarin Nadine während der Pause neugierig wissen.

»Ich hatte einen kleinen Unfall beim Skilaufen und eine leichte Gehirnerschütterung«, erklärt sie eilig. Nadine ist die größte Quatschtasse der ganzen Schule. Ihr wird sie ganz sicher nichts auf die Nase binden.

Die Erklärung hat allerdings ausgereicht, die Sensationslust Nadines nun richtig anzustacheln. Sie will es genauer wissen und Nina ist sicher, spätestens nach der letzten Stunde wird aus der kleinen Geschichte, die sie preiszugeben bereit ist, eine Sensation geworden sein, die die ganze Schule kennen wird. Mit Einzelheiten, die sie so nie gesagt hat, die Nadines Erfindungstalent und dem Stille-Post-Effekt geschuldet sein werden.

Besser ein Skiunfall, der die Runde macht, als eine unglückliche Liebesgeschichte!

Nina lässt also die nächtliche Rettung durch Ben und Simon weg und beschränkt sich auf eine Story, die dramatisch auf ihre Selbsterrettung aus dem Steilhang abhebt. Und richtig: Als sie nach dem Ende der letzten Stunde ihrer freundlich gesonnenen Chemielehrerin auf dem Weg zu den Parkplätzen begegnet, entschuldigt die sich schon unter größten Belobigungen bei ihr. Nina erfährt nun, wie unglaublich und wahnsinnig tapfer es doch wirklich von ihr gewesen sei, dass sie sich dreißig Meter über dem Hang hängend an ihrem selbstverständlich mitgeführten Sicherungsseil aus der Wand hatte retten können.

»Sie sind ein sehr umsichtiges Mädchen, Nina«, strahlt die Lehrerin. »Und toll, dass sie trotz Ihrer schweren Gehirnerschütterung und der sicher sehr schmerzhaften Kopfverletzung heute dennoch zum Unterricht erschienen sind.« Etwas fragend weist sie allerdings auf die kleine zerschrammte Beule an Ninas Stirn. »Das da?«

»Oh, nein, nein!«, reagiert Nina blitzschnell und greift sich an den Hinterkopf, der wenigstens unter der Mütze verborgen ist, was unbedingt die Vermutung zulässt, es könne sich eine weit schwerwiegendere Wunde dort verbergen.

»Oh, mein Gott, Mädchen! Gute Besserung wünsche ich Ihnen. Wenn es noch nicht geht, bleiben Sie doch ruhig noch ein paar Tage zu Hause!«, bekommt sie noch in warmem, mitleidigem Ton zu hören.

»Ach, es wird schon gehen!«, bleibt sie ihrer Heldenrolle lächelnd treu und erntet einen weiteren wohltuenden Mitleidsblick.

Nur ein paar Schritte entfernt stehen Dennis und Marc. Die beiden gehen Nina mit ihrer klettenhaften Art schon seit Wochen auf den Wecker. Eigentlich sind sie Freunde. Aber kurz vor Weihnachten hatte sie Marcs Drängen einmal nachgegeben und sich von ihm zu einem Kaffee einladen lassen. Seither scheint ein Konkurrenzkampf zwischen den beiden Mitschülern zu toben, den Nina geradezu lächerlich findet. Keinem von ihnen hat sie jemals Hoffnungen gemacht. Aber sie benehmen sich, als hätte jeder irgendein verbrieftes Anrecht auf sie. Entsprechend stänkern sie sich dermaßen an, kaum dass Nina in ihre Nähe kommt, dass sie an kämpfende Hähnchen erinnern. »Nina, du musst dich jetzt mal entscheiden«, sagt Marc in einem Tonfall, der wohl besonders dominant rüberkommen soll.

»Ich muss bitte WAS?«

Ich fasse es nicht, hat der sie noch alle?

»Du musst dich jetzt entscheiden, mit wem von uns du heute Abend ins ›Paco's‹ gehst!«

»Klingeln bei dir noch alle Glocken, Marc?« Nina ist perplex.

»Siehste, wusste ich doch, du Sackgesicht!«, höhnt Dennis. »Sie hat nicht das geringste Interesse an dir!« Betont langsam und siegessicher wendet er sich Nina zu und legt ihr einen Arm um die Schulter. »Wenn sie geht, geht die süße Nina nämlich nur mit mir! Alter, du hast verschissen, ey!«

Nina entwindet sich der besitzergreifenden Geste, schiebt Dennis sanft, aber deutlich beiseite und sagt lächelnd: »Passt mal auf, Jungs! Findet ihr es eigentlich angemessen, Bärenfelle zu verteilen, wenn ihr den Bären noch nicht mal gejagt, geschweige denn erlegt habt? Wir sind hier auf dem Parkplatz und nicht auf dem Marktplatz! Hier wird gar nichts verhandelt. Und nur dass ihr es beide wisst: SO, wie ihr das hier anstellt, kriegt man keine Frau! Und schon gar nicht rum. Und schon gar nicht mich! Da müsst ihr schon noch mal ein bisschen üben. Geht und spielt mit was Giftigem!«

Betreten schauen die Freunde sich an. Die ganze demonstrativ zur Schau getragene Männlichkeit fällt in sich zusammen, als hätte Nina ihnen gerade die Luft abgelassen. Sie steigt in ihr Auto und lässt die beiden stehen. Als sie ihnen beim Wegfahren noch einmal lässig zuwinkt, haben sie den Mund immer noch nicht wieder zugekriegt.

Jetzt einen Mittagskaffee mit Jenny! Die wird sich kräuseln vor Lachen, wenn ich ihr die Story erzähle.

Seit dem Gespräch mit Jenny hat Nina das Gefühl, die ganze Geschichte müsste doch irgendwie noch zu einem glücklichen Ende kommen können. Schon den ganzen Morgen über hat sie es sich erlaubt, in jedem kleinen Detail die schönen Momente mit Simon wieder heraufzubeschwören. Sie schwebt auf Wolke sieben, ertappt sich ständig beim Träumen und seligem Lächeln. So auch jetzt, als sie einfach übersieht, dass die Ampel längst auf Grün geschaltet hat und erst das ungeduldige Hupen ihres Hintermannes sie aus ihren Fantasien und Erinnerungen weckt.

Der Auftritt von Marc und Dennis eben hat ihr noch einmal so richtig klargemacht, was der Unterschied zwischen einem Jüngling und einem Mann ist. Umso mehr Flugzeuge schwirren jetzt in ihrem Bauch, wenn sie an Simon denkt. Und sie kann gar nicht mehr genug davon bekommen, sich in ihre Gedanken zu kuscheln wie in einen warmen, weichen Pelz.

Mittags ist es meist schwierig, in der Stadt einen Parkplatz zu finden. Heute hat sie Glück und kann ihren Golf in eine breite Lücke fahren, die ein fetter SUV frei gemacht hat. Jenny hat gerade ihren steifen weißen PTA-Kittel ausgezogen, als Nina die Apotheke ihres Vaters betritt.

»Fertig zur Mittagspause! Wir haben eine ganze Stunde«, sagt sie strahlend.

»Wo wollen wir hin? Zu Giuseppe?«

»Der beste Vorschlag überhaupt!«, stimmt Jenny begeistert zu. »Da kann ich mir zum Mittagessen gleich eine kleine ›Quattro Stagioni‹ gönnen. WENN wir einen Platz ergattern. Beim einzigen Italiener, der den Winter nicht im sonnigen Süden verbringt, ist es mittags ja immer proppenvoll.«

»Lass mich mal machen«, beschwichtigt Nina, »er mag mich, in irgendein Eckchen wird er uns schon noch quetschen können.«

»Bei der Ausstrahlung, die du momentan hast, wird dir vermutlich sowieso niemand etwas abschlagen können. Und schon gar nicht der Sizilianer«, stimmt Jenny zu. Sie hakt Nina unter, die ihr die von Nadine so dramatisch aufgeblasene Unfallstory in schillernden Farben erzählt, und gut gelaunt stürzen sich die beiden ins städtische Getümmel.

Tatsächlich ist die Pizzeria brechend voll. Das Gesicht des schwer beschäftigten Wirts erhellt sich aber sofort, als er die beiden Freundinnen zur Tür hereinkommen sieht. »Ciao, bella Signorina Nina, ciao, Signorina Jenny!«, strahlt er, kommt hinter seiner Theke hervor und begrüßt sie überschwänglich. Die ganz persönliche Pflege seiner Gäste liegt ihm sehr am Herzen. Jeder, der hier hereinkommt, soll so gastfreundlich empfangen werden, als gehöre er zur Familie, die selbstverständlich in Küche und Service voll eingespannt ist. »La Mamma«, die Namensgeberin des Lokals, hat die Oberherrschaft in der Küche. Seine Frau Francesca, die Schwester Lucia und ihr Mann sind im Wechsel mit ihren beiden Töchtern für den Service zuständig und »Papà« kümmert sich um Buchhaltung und Einkäufe.

Antonio, Giuseppes Sohn, ist in Ninas Jahrgang und wird nur zu Hochdruckzeiten im ausgeklügelten System des Familienbetriebes eingesetzt. Seine Eltern setzen große Hoffnungen in ihn und sind stolz auf »Wichtigstes überhaupt«: Bildung.

Für die Weiblichkeit hat Giuseppe ein besonderes Faible. Zumal für hübsche junge Vertreterinnen des Geschlechts. Über Nina hat er vorhin, als die ersten Abiturienten zum Cappuccino eingeflogen waren, allerdings eine entsetzliche Horrorgeschichte gehört. Zu ihrem Erstaunen macht er eine sehr erleichtert wirkende Bemerkung, sie so wohlbehalten sehen zu können.

Nina hat er speziell ins Herz geschlossen, seit sie einmal ganz unkompliziert eingesprungen ist, als ihm plötzlich der Schwager wegen einer schlimmen Grippe ausgefallen war. Es hatte ihr Spaß gemacht, sich in dem quirligen Getümmel des Restaurants für einen Abend als Bedienung nützlich zu machen. Seither hat sie bei ihm einen Stein im Brett.

So macht er dann auch »pronto« einen kleinen Tisch frei, indem er charmant und geschickt abräumt, natürlich ebenso »pronto« die Rechnung reicht, kassiert und überaus höflich Mäntel und Jacken der Gäste bereithält. Sie können gar nicht anders, als zu gehen. Allerdings mit dem zufriedenen Gefühl, besonders zuvorkommend verabschiedet worden zu sein. Sie werden wiederkommen. Ganz sicher! Und versuchen sich sogar an einem wenig italienisch klingenden »Ciao« beim Hinausgehen.

Als Giuseppe ihre Bestellung aufnimmt, möchte er von Nina wissen, wie es ihr denn nun genau gelungen sei, sechsunddreißig Stunden bei der Eiseskälte in der Schlucht zu überleben. Er habe gar nicht gewusst, dass es schon wieder Wölfe in der Gegend gäbe, und sei voller Bewunderung, dass sie sich gegen das angreifende Rudel zur Wehr setzen konnte.

Nina und Jenny liegen beinahe vor Lachen unterm Tisch.

»Gerüchte, Signorine, Gerüchte!«, ruft er in einer Mischung aus Erleichterung und Empören aus. »Ich bin hier die Nachrichtenzentrale. Und ständig binden mir die Leute Bären auf. Immerzu muss ich filtern. Was ist wahr und was erfunden?«, schimpft er. »Dann wüsste ich natürlich auch gerne, was an dem Gerücht mit dem Wilderer dran ist, den mein guter Freund Simon gefangen haben soll!«

Nina zuckt bei der Nennung des Namens zusammen. Ein so entlarvendes Strahlen geht über ihr Gesicht, dass der Italiener aufmerkt. »Signorina Nina, was weißt du denn davon?«

»Wovon? Von dem eingefangenen Wilderer oder von deinem Freund Simon?«, fragt Nina mit einem kecken Augenaufschlag.

Giuseppe kann auf ihre Frage nicht mehr eingehen, denn ein Gast ruft ihn. Er dreht sich nur noch sehr langsam um, wirft Nina einen vielsagenden Blick zu und singt leise grinsend, aber genau *so* gut verständlich, dass sie es auch gewiss noch hören kann: »Amore, Amore … si!«

»Na, der hat dich aber schnell durchschaut!«, neckt Jenny und Nina verbirgt kurz ihr Gesicht unter dem hochgezogenen Riesenrollkragen ihres Pullovers.

»Also ehrlich: Ist diese Stadt nicht ein Dorf? Wer weiß, was Giuseppe jetzt den nächsten Gästen über Simon und mich erzählt!«

»Na, du weißt doch, bei ›Amore‹ kennen die Italiener kein Halten mehr. Diese Geschichten und alles, was sich um ›Bambini‹ dreht, lassen sie doch völlig ausflippen. Jetzt bist du doppelt im Visier. Oh, oh, ob ich gerade in deiner Haut stecken möchte?« Jenny amüsiert sich königlich.

Nina rührt nachdenklich in ihrem Cappuccino, den der Wirt ihr mit einem bedeutungsvollen Lächeln hingestellt hat, und sieht der Freundin beim Essen zu. »Ich muss ihn nachher noch einmal fragen, ob er News zu der Wilderersache hat. Also, ich meine natürlich, wirklich verbürgte Neuigkeiten. Keine blöden Gerüchte«, sagt sie.

»Ich fände es viel interessanter zu erfahren, wie gut freund er mit deinem Simon wirklich ist«, erwidert Jenny. »Und wo wir nun schon mal dabei sind: Hast du ihn schon angerufen?«

»Nein, habe ich nicht und werde ich auch nicht!«

Mit einem Klirren legt Jenny das Besteck weg und sieht Nina knatschig an. »So, wirst du nicht? Hatten wir da gestern nicht etwas geklärt? Ich dachte, du bist zur Vernunft gekommen!«

»Ich BIN zur Vernunft gekommen, Jenny. Und meine ganz nagelneue, von dir dankenswerterweise in Betrieb gesetzte Vernunft sagt mir etwas zu dem Thema. Etwas sehr Vernünftiges!«

»Na, da bin ich aber mal gespannt! Kriege ich das vielleicht auch erläutert?«

»Kriegst du. Ich habe nachgedacht und bin zu dem Schluss gekommen, dass ich gar nichts unternehmen werde. Ich habe ihm nämlich, wenn ich es ganz genau bedenke, gesagt, wie ich über ihn und mich denke. Er weiß das. Und wenn er es will, wird er mich finden.«

Nina muss ein bisschen lachen über Jennys enttäuschtes Gesicht. Keine Frage, sie hätte nur allzu gern sehr schnell dafür gesorgt, dass die Liebesgeschichte ein Happy End bekommt.

»Weißt du, darüber werde ich mir noch mal Gedanken machen. Ich muss jetzt los. Sehen wir uns heute Abend?«

»Sehr gerne! Kommst du zu mir rüber? Ich habe ja noch ein paar Tage sturmfreie Bude«, schlägt Nina vor. Sie ist erleichtert, dass Jenny nicht stocksauer ist.

»Okay, gegen sieben Uhr bin ich dann da«, stimmt sie zu, zahlt beim Wirt und wirft Nina im Hinausgehen noch einen Luftkuss zu.

Langsam leert sich das Lokal. Der größte Mittagsansturm ist vorbei. Giuseppe hat jetzt etwas Zeit, bringt ihr einen zweiten Cappuccino mit und setzt sich für ein Päuschen zu ihr. Das gibt Nina die Gelegenheit, sich nach Informationen zu der Wilderergeschichte zu erkundigen. »Aber bitte, Giuseppe, keine wilden Gerüchte! Erzähl mir nicht, man hätte den Mann bei der Löwenjagd in unseren Wäldern erwischt!«, sagt sie zwinkernd.

Dass er durchaus auch ernst sein kann, beweist der Italiener nun. »Ich kann dir sagen, was ich heute Vormittag aus einem Gespräch zwischen zwei Kriminalbeamten herausgehört habe, die hier gefrühstückt haben. Gestern früh haben sie den Mann oben an der Jagdhütte vom Tierarzt festgenommen. Der hat ihn wohl gestellt. Und heute wollten sie eine Hausdurchsuchung bei dem Wilderer vornehmen. Der Kerl soll versucht haben, irgendeine Frau als Geisel zu nehmen, als Simon ihn schnappen wollte, und hat mit Mord gedroht. Also ist die Kripo an dem Fall dran.«

Nina verkneift es sich, den Sizilianer über ihre Rolle in der Geschichte aufzuklären. Sie fragt ihn nur, ob diese Beamten öfter zu ihm kommen.

»Die kommen oft zum Frühstück. Und den Doktor bekomme ich auch häufig zum Essen zu sehen«, bestätigt Giuseppe und setzt lächelnd hinzu: »Aber das interessiert dich ja sicher gar nicht.«

Mit dem vieldeutigsten Ausdruck, den sie fertigbringen kann, schüttelt Nina langsam den Kopf.

Beim Verlassen des Restaurants stößt sie beinahe mit Antonio zusammen, der schwungvoll zur Tür hereinkommt. Lachend nimmt er sie in den Arm, hält sie dann kurz eine Armeslänge von sich weg, um sich wortreich und sehr typisch »sizilianischer Mann« darüber auszulassen, wie wunderschön und umwerfend er sie heute wieder findet. Er entdeckt ihre Stirnbeule. Was in der Schule erzählt wurde, ist ihm nicht entgangen.

»Oh, bella Nina, war ich das gerade? Oder stammt das von deinem Absturz? Man hört ja die wüstesten Geschichten!«

»Ach je, Antonio! Nadine hat das Ganze so aufgeblasen. Nicht mal die Hälfte davon ist wahr. Du siehst, es geht mir gut.«

»Gut genug, um heute Abend ein bisschen mit mir tanzen zu gehen?«

Er ist wirklich der charmanteste Junge der ganzen Schule und normalerweise hätte Nina ihm diese Bitte gewiss nicht abgeschlagen. Heute hat er sie aber definitiv auf dem falschen Fuß erwischt für seine allererste Einladung, die er sich wahrscheinlich schon lange vorgenommen hatte.

»Du, ich bin mit Jenny verabredet«, sagt sie ausweichend. »Ich weiß noch nicht.«

»Wenn du es dir doch noch überlegen solltest: Ich werde da sein und warte auf dich, Nina!«

Sein Lächeln ist umwerfend.

»Ich überleg's mir noch«, sagt sie, umarmt ihn kurz und geht.

KAPITEL 15

Es ist fast Mittag, als Simon zu sich kommt.

Ben springt ihm auf die volle Blase. Eine äußerst wirkungsvolle Methode, Herrchen klarzumachen, welches Problem ihn selbst quält.

»Oh, Hund, mein Schädel! Warte, ich lasse dich in den Garten.«

Die Treppe nach unten ist ihm noch nie so steil vorgekommen, der Weg zur Terrassentür noch nie so verschlungen. Irgendwie kommen die Wände immer näher und scheinen wieder weit weg zu weichen. Der Boden schwankt wie auf einem Schiff bei enormem Seegang. Mühsam versucht er, sich aufrecht zu halten.

Absoluter Filmriss! Er hat keine Ahnung, wie er in sein eigenes Bett gekommen ist.

Nur ein paar Erinnerungsfetzen vom Vorabend sind noch übrig. Fakt ist wohl, dass Hubert ihn bis Oberkante Unterlippe abgefüllt hat.

Ein Alka Seltzer muss her.

Während Simon tut, was der Hund im Garten erledigt, und sich fragt, wie viele Fass Bier es wohl gewesen sein mögen, die der Freund ihm eingetrichtert hat, läuft der Kaffee in der Maschine durch.

Ein Blick in den Spiegel lässt ihn den Kopf schütteln. »Ich kenn dich nicht, aber ich wasch dich trotzdem«, sagt er sehr undeutlich und kopfschüttelnd zu dem Bild des Unbekannten, der seine Zahnbürste im Mund hat. Ein paar Minuten lang lässt er sich kaltes Wasser über den Kopf laufen. Es stellt sich als nützlich heraus, sich bei der Gelegenheit möglichst wenig zu bewegen und solide am Waschbecken festzuklammern. So ist der Schwindel halbwegs in Grenzen zu halten.

Eine halbe Flasche Mineralwasser und ein paar Zink- und Magnesiumtabletten lindern die scheußlichsten Symptome des alkoholbedingten Flüssigkeitsentzuges. Der Kaffee mit der ganzen, ausgepressten Zitrone tut ein Übriges, schmeckt allerdings widerlich. Die Kopfschmerztablette stellt nach einer halben Stunde ein ungefähr fünfzigprozentiges Gleichgewicht wieder her.

Nach dem Frühstück und einer ausgiebigen Dusche ist Simon so weit klar, dass er über die vergangenen Tage nachdenken kann. Den Abend im »Gasthaus zum Hirschen«, so scheint es ihm, sollte er wohl besser zu den Akten packen. Vielleicht wäre es gut, Hubert zu fragen, ob er sich da überhaupt noch jemals wieder blicken lassen kann.

Was ihm aber deutlich im Gedächtnis geblieben ist, sind seine Ausführungen zu Lauras Verschwinden. Er hat recht mit der Überlegung, dass es höchst unwahrscheinlich ist, sie lebend wiederzufinden. Eine Entführung, so viel ist logisch, hätte höchstwahrscheinlich zu Lösegeldforderungen geführt. Es hat keine gegeben. Sehr wohlhabend ist ihre Familie sowieso nicht. Ziemlich gut situiert, ja, aber eben nicht reich. Dass diese Überlegung also im Grunde auszuschließen ist, hat Hubert ganz eingängig dargelegt.

Die Idee, sie hätte sich, ohne ein Wort zu sagen und ohne Nachricht, davongemacht, ist dummes Zeug. Es hatte nicht den winzigsten Anlass, keine Streitereien, keine Missstimmungen gegeben.

Simon tut sich nach wie vor schwer damit, den einzig wirklich wahrscheinlichen Schluss zuzulassen. Allerdings hat Hubert etwas sehr Bedenkenswertes gesagt. Und darauf, daran kann er sich bestens erinnern, ist er den ganzen Abend in der Dorfkneipe herumgeritten.

»Was hätte Laura dir für die Zukunft gewünscht? Was hätte sie dir geraten?«

Simon ist sich im Klaren darüber, dass es genau die Fragen sind, die er sich selbst beantworten muss. Lange genug hat er jeden Gedanken daran wegschieben dürfen. Während des ersten Jahres nach Lauras Verschwinden hatte ihn niemand gedrängt. Er sich selbst am allerwenigsten.

Auch Lizzy hat nie konkrete Forderungen an ihn gestellt. Es reichte ihr vollkommen aus, sich seiner körperlichen Präsenz sicher sein zu können. So sehr Simon sie auch nur als ansehnliche Staffage neben sich empfunden hat, schlicht als vorhandene Möglichkeit, die wieder aufkeimenden sexuellen Bedürfnisse befriedigen zu können, so wenig hatte sie ihm an Oberflächlichkeit nachgestanden.

Er kann sich nicht erinnern, dass sie sich jemals gegenseitig tiefe Gefühle eingestanden hätten. Es hat keine Zukunftspläne gegeben, keine Liebesschwüre, keine Momente, in denen er sie vermisst hätte, wenn sie ein paar Tage lang nicht da war. Kein Sehnen, keine große Wiedersehensfreude. Sie waren nicht einmal auf die Idee gekommen zusammenzuziehen. Beide wollten unabhängig bleiben, nie den Alltag des anderen teilen. Der Sex war okay gewesen. Technisch einwandfrei. Er hatte den Körper befriedigt. Die Seele hatte er kalt gelassen.

Bei diesen Überlegungen entsteht Ninas Bild vor seinem geistigen Auge und Simon bemerkt ein seltsames Ziehen in der Leistengegend. Wie lange ist es her, dass er dieses eindeutige Verlangen zum letzten Mal gespürt hat? Es ist ein Verlangen, das geradezu körperlichen Entzugserscheinungen gleicht. Und ist es wirklich nur ein Gefühl rein körperlichen Entbehrens?

Nein, die Frage kann er sich problemlos sofort beantworten. Dazu gehört nicht das, was er just als »verblödetes Grinsen« an sich bemerkt, dazu gehört nicht der Griff an die Brust und diese elende Sehnsucht, die ihm ihr zauberhaftes Bild gerade beschert.

Simon denkt an die Zeit mit Laura zurück. Wie ist es da gewesen vor ihrem Verschwinden? Eine absolute, wortlose, manchmal wortreiche Übereinstimmung hatte zwischen ihnen bestanden. Sie hatten schlecht ohneeinander gekonnt, hatten sich schon vermisst, wenn sie nur kurz getrennt gewesen waren. Die Jahre hatten sie zusammengeschweißt, einig gemacht im Denken, Fühlen und Handeln. Einig gemacht in den Plänen für die Zukunft. Bis auf den einen Punkt. Schmerzhaft erinnert er sich an die immer wieder geführten Diskussionen über seine Wünsche, mit ihr Kinder haben zu wollen. Zuerst hatte sie immer nur abgewiegelt, das Thema gewechselt, wenn die Rede darauf kam. Später hatte sie ihre Weigerung mit einer ganzen Reihe gut und vernünftig klingender Argumente zu stützen begonnen. Und irgendwann war sie einmal völlig ausgerastet. Er sollte sie damit endlich in Ruhe lassen. Seither hatte Simon das Thema vorsichtshalber nicht mehr angeschnitten und diesen Wunsch unter der »Man kann eben nicht alles haben«-Rubrik in seinem Herzen vergraben.

Was würde wohl Nina zu diesem Thema sagen?

Er weiß es nicht und wird sich dessen sehr bewusst, dass er eigentlich gar nichts von ihr weiß.

Das ganze Scheißgefühl, das er gerade hat, beruht auf nichts als … ja, worauf eigentlich?

Chemie? Hormone? Pure romantische Stimmung, die in der eingeschneiten Hütte quasi unvermeidbar war?

Wäre Nina ihm in einer Menschenmenge überhaupt aufgefallen? Hätte er sich über eine kleine, süße Abiturientin auch nur ansatzweise Gedanken gemacht, wenn sie ihm in einer Kneipe über den Weg gelaufen wäre? Vielleicht ist diese Frage ja vollkommen irrelevant, überlegt er. Denn sie ist ihm weder in einer Kneipe noch sonst wo über den Weg gelaufen. Und hätte Ben nicht das Bedürfnis nach einem Abendspaziergang gehabt, hätte es keinen Grund gegeben, bei dem Sauwetter überhaupt die Hütte zu verlassen. Es ist nicht ausgeschlossen, dass sie dann in dieser Nacht am Hang erfroren wäre.

SOLLTE das einfach so sein? Ist es das, was man Schicksal nennt, dem man sich nicht entziehen kann? Und heißt es nicht auch, man müsse sein Schicksal »annehmen«? Hat es dann überhaupt Sinn, sich darüber Gedanken zu machen, was Laura ihm nun an dieser Stelle raten würde?

Ein Leben als Eremit wäre es ganz sicher nicht gewesen. Dafür war sie viel zu lebensbejahend.

Es gelingt Simon nicht mehr, sich ein eindeutiges Bild von ihr vorzustellen. Wieder und wieder schiebt sich Ninas Gesicht dazwischen, mischt sich erst mit Lauras, bleibt dann im Vordergrund.

Es ist zu eindeutig, dass die Realität ihn eingeholt hat, als dass er sich noch länger verschließen könnte. Simon fasst einen Entschluss. Er wird sie suchen, wird sie finden und alles tun, um sie wirklich kennenzulernen. Und er wird sich trauen, ihr sein Herz öffnen und der Zukunft eine Chance geben.

Huberts Handy klingelt, bis der Anrufbeantworter rangeht. Die etwas steife, stockende Ansage lässt Simon lächeln. Der alte Herr ist eben nicht sehr vertraut mit moderner Technik. Er hinterlässt eine Rückrufbitte und ist gar nicht ganz sicher, ob sein Text überhaupt abgerufen werden wird. Zumindest kann er die Nummer erkennen und sich zurückmelden. Wann er das tun wird, steht allerdings in den Sternen. Es kann Tage dauern. Simon nimmt sich also vor, es in halbstündlichem Rhythmus wieder zu versuchen.

Die Anhaltspunkte, die er selbst hat, was Nina angeht, sind zu gering, als dass sich daraus sofort eine sinnvolle Aktion machen ließe. Es gibt drei Gymnasien in der Stadt. Mittlerweile ist es Nachmittag geworden. Da wird dort sowieso kein Schüler mehr zu finden sein. Geduld ist also angesagt. Und die fällt ihm gerade sehr schwer.

Als es an der Haustür klingelt, ist er also gar nicht ärgerlich über eine Ablenkung.

Eine sehr aufgeregte alte Dame steht vor der Tür. Auf dem Arm hält sie ihren kleinen Spitz, dessen weißes Fell im Genick blutverschmiert ist. Deutlich ist eine klaffende Wunde zu erkennen.

»Herr Doktor, Gott sei Dank, Sie sind da! Ich weiß ja, dass Sie Urlaub haben, aber ich habe Ihr Auto im Hof stehen sehen und gehofft, Sie würden uns helfen können. Ich wohne direkt gegenüber und wusste mir gerade nicht anders zu helfen. Es gab eine Beißerei mit einem Schäferhund«, sagt sie entschuldigend. Ihre große Erleichterung ist unübersehbar.

Es hätte keinen Sinn, den kleinen Patienten zu einem Kollegen zu schicken. Er braucht dringend sofortige Hilfe. Simon bittet die Dame herein und führt sie in die Praxisräume. »Sie werden mir ein bisschen assistieren müssen. Ich habe keine Helferin hier. Wird das gehen?«

»Na hören Sie mal, Herr Doktor, ich habe den Zweiten Weltkrieg miterlebt. Da habe ich schon ganz andere Sachen gesehen«, antwortet sie entschlossen, legt den Hund auf dem

Untersuchungstisch ab, zieht sich den Mantel aus und krempelt die Ärmel ihres Pullovers hoch.

Es dauert eine gute Stunde, bis Simon den Spitz zusammengeflickt hat.

»Wenn mir demnächst eine Helferin ausfällt, darf ich Sie anrufen, ja? Sie haben das großartig gemacht«, sagt er mit einem gewinnenden Lächeln. Dass auch sehr alte Damen seinem Charme erliegen könnten, ist ihm in den letzten zweieinhalb Jahren eigentlich nicht aufgefallen. Möglicherweise hatte diese Eigenschaft sogar einige Zeit lang brachgelegen. Diese Dame strahlt jedenfalls ob des Lobes über beide Wangen und wird sogar ein bisschen rot dabei. Während Simon ihr den Medikationsplan für den Hund schreibt, Antibiotika heraussucht und genaue Anweisungen zur Pflege der Nähte gibt, klingelt leise sein Handy im Wohnzimmer. Er muss es jetzt ignorieren, auch wenn er hofft, es könne Hubert sein.

Der Dank der alten Dame ist ihm spätestens jetzt sicher, als er ihr noch hilft, den kleinen Spitz heimzubringen. Sie merkt, dass er es eilig hat, und entlässt ihn schnell mit einem Strahlen im Gesicht.

Hubert geht wieder nicht ans Handy, obwohl es sich herausstellt, dass er es tatsächlich war, der gerade probiert hat, ihn zu erreichen. Simon versucht, ihn zu Hause zu erwischen. Fehlanzeige!

Wie den Abend herumbringen? Die Idee, einen Freund anzurufen, verwirft er schnell. Hubert ist im Augenblick der Einzige, der seine Seelenlage verstehen kann. Jemand anderem möchte er sich jetzt nicht erklären müssen. Seit dem späten Katerfrühstück hat er nichts mehr zu sich genommen. Er schnappt sich seine Jacke und macht sich auf den Weg in die Stadt zu seinem Lieblingsitaliener.

Kapitel 16

Jenny klingelt pünktlich um sieben Uhr.

»Gibt es was Neues, hat er sich gemeldet?« Erwartungsvoll sieht sie die Freundin an.

»Nichts!« Nina schüttelt traurig den Kopf. Von ihrer guten Laune ist nicht mehr allzu viel übrig geblieben. Jenny nimmt sie in den Arm und drückt sie sehr fest. »Das wird noch!«, sagt sie, bemüht, ihrer Stimme einen festen, zuversichtlichen Klang zu geben. »Wer weiß, was ihn hindert? Bestimmt gibt es einen guten Grund.«

»Keine Ahnung. Meine Stimmung ist jedenfalls auf dem Tiefpunkt. Das wirst du dir denken können«, seufzt Nina. »Dafür, dass ich heute schon genau genommen drei Einladungen fürs Paco's bekommen habe, sehe ich ganz schön trübe aus, oder?«

»Drei? Wieso denn drei? Ich weiß nur von den beiden Knäblein. Aber die dürftest du doch sowieso nicht besonders ernst nehmen, denke ich. Wer ist der Dritte gewesen?«

»Antonio!«

»Ach guck, der Obersuper-Mädchenschwarm«, sagt Jenny grinsend. »Der also auch! Du hast heute Mittag mit deinem Simon-Glanz aber auch alles in den Schatten gestellt. Komm, den frischen wir jetzt wieder auf und gehen uns amüsieren! Du musst erst mal auf andere Gedanken kommen. Sonst gehst du mir ja ein wie ein Primelpott.«

»Ach nö, ich hab gar keine Lust.«

»Nöl hier nicht rum, Nina, lass lieber deinen Kleiderschrank sehen. In deinem schlabberigen Jogginganzug nehme ich dich nämlich nicht mit.«

Nina wirft sich bäuchlings auf ihr Bett und sieht zu, wie die Freundin den Schrank durchstöbert. Besonderes Interesse, das Haus heute zu verlassen, hat sie nicht. Je weiter der Tag ereignislos fortgeschritten war, desto schlechter ist ihre Stimmung geworden. Mehr und mehr war sie ins Grübeln gekommen, hatte überlegt, ob sie sich nicht doch hoffnungslos verrannt hat. Der Förster kennt ihn, so viel ist sicher. Und der hat sie nach Hause gebracht. Wenn Simon also ein Interesse an ihr hätte, IRGENDEIN Interesse an ihr hätte, wäre es ja ein Leichtes für ihn gewesen, sich ihre Adresse zu besorgen. Und wenn er ihre Adresse hat, hätte er kommen können. Oder wenigstens anrufen müssen. Seit sie zu Hause ist, hat sie das Telefon keine Sekunde lang aus den Augen gelassen. Doch außer einem Anruf ihrer Eltern hatte sich nichts, absolut nichts getan.

Jenny sieht sie etwas besorgt von der Seite an. Sie hat sich mit einem Stapel herausgesuchter Klamotten zu ihr aufs Bett gesetzt und streicht ihr die Haare aus dem Gesicht. »So schlimm?«

»Ja, so schlimm! Und noch schlimmer!«, seufzt Nina tief.

»Pass auf, Süße! Wir gehen heute Abend aus und versuchen, ob wir dich nicht doch noch aus dem tiefen Tal der Tränen herausbekommen. Wenn er sich morgen immer noch nicht gemeldet hat, bleibt immer noch die Möglichkeit, ihm auf die Bude zu rücken.«

»Vergiss es! Das will ich ganz bestimmt nicht. Entweder er findet mich oder es war eben ein Satz mit X. Wenn er wollte, könnte er. Wenn er es nicht tut, will er mich nicht. Dann laufe ich ihm bestimmt nicht hinterher.«

»Was hast du doch vorhin gleich erzählt? Antonio wartet auf dich im Paco's?«, ergreift Jenny die Chance, Ninas Entschlossenheit eine neue Wendung abzugewinnen. »Andere Mütter haben schließlich auch noch schöne Söhne.«

»Du bist unmöglich!«, schimpft Nina. »Verdammt, ich bin verliebt! In Simon! Da soll ich mich dann deiner Meinung nach einfach so mir nichts, dir nichts mal eben umentscheiden?«

»So habe ich das doch nicht gemeint! Ach komm, du weißt doch: Wenn man eigentlich gar keine Lust hat, wird der Abend besonders gut. Los, ich lade dich ein.«

»Na schön«, stöhnt Nina und erhebt sich langsam. »Was soll ich anziehen, Mama?«

»Na siehste! So gefällst du mir schon viel besser.«

Einen Einwand hat Nina noch. »Hat der Laden heute überhaupt auf? Es ist Montag.«

»Er hat auf. Weißt du doch. In der Touristensaison gibt es keine Ruhetage«, sagt Jenny zwinkernd. Sie reicht ihr ein tiefschwarzes kurzes Schlauchkleid aus weichem Stretch. »Dieses!«

»Du legst es aber wirklich drauf an«, gibt Nina nach und schmunzelt schon. »Muss es ausgerechnet heute so sexy sein?«

»Gerade heute!«

In dem Kleid kommen Ninas lange Beine in der blickdichten hauchdünnen Strumpfhose besonders gut zur Geltung. Es ist vollkommen schlicht, langärmelig, liegt eng an und umschmeichelt ihre Rundungen mit ein paar figurbetonend angeordneten Raffungen. Von vorne betrachtet wirkt das Kleid mit seinem kleinen Stehkragen beinahe zugeknöpft. Allerdings hat es einen überraschend tiefen Rückenausschnitt.

Dazu reicht ihr Jenny ein Paar hochhackige Wildlederstiefeletten.

»Los, komm, Haare machen und Farbe ins bleiche Antlitz«, kommandiert sie grinsend. »Ab ins Bad.«

Eine halbe Stunde später schiebt Jenny sie vor den großen Spiegel im Flur.

»Wow! Gut, du bist eingestellt. Ich nehm dich als Zofe«, klingt Nina jetzt schon deutlich lockerer. Sie kreischt albern, als Jenny sie noch mit einem kräftigen Schwapp ihres geliebten Miss Dior übergießt.

Die Tapas- und Tequilabar ist leicht zu Fuß zu erreichen. Seit das Paco's vor einem halben Jahr aufgemacht hat, ist es zum beliebtesten Treffpunkt aller Twens in der Stadt geworden. Die Mischung aus Snackbar und Diskothek ist ausgesprochen gut angekommen.

In der unteren Etage gibt es sowohl gemütliche Quatschecken mit tiefen, breiten Ledersofas als auch eine lange Theke, die gern als Treffpunkt genutzt wird, und die große Tanzfläche. Eine rundum laufende Empore ist über eine stählerne Treppe zu erreichen. Hier oben kann man den Tanzenden von den Stehtischen aus zusehen, sich aber auch in kuschelige Sitzecken zurückziehen.

In jeder Faser ist dem Lokal die Handschrift der Betreiber, eines mexikanischen Brüderpaares, anzusehen. Das Angebot verschiedenster Tapas ist riesig. Jedes leckere Häppchen, ob warm oder kalt, ob mit Fisch oder Fleisch, Gemüse oder Käse, wird für die Gäste frisch zubereitet.

Der Tequila wird hier weder mit Limetten und Salz noch mit Orangen und Zimt serviert, wie es zum Erstaunen der beiden Mexikaner in Europa seltsamerweise üblich ist. Viele verschiedene Sorten des Agavenbrandes, alles Direktimporte aus vertrauenswürdigen Destillerien ihres Heimatlandes, werden hier pur gereicht. In dieser Hinsicht hatten sie nicht mit sich reden lassen. Und die Gäste haben es letzten Endes akzeptiert.

Nur die Sache mit der typischen Musik hat ihnen das einheimische Publikum übel genommen. Anfangs war die Tanzfläche allzu oft leer geblieben. Zähneknirschend haben sie sich also dazu entschlossen, dem Geschmack letztlich nachzugeben, und einen sehr angesagten DJ engagiert. Seither brummt der Laden.

»We're in Heaven« dröhnt den beiden entgegen, als sie das Paco's betreten.

»Kann ich gerade gar nicht finden«, brüllt Nina Jenny ins Ohr. Die verdreht nur die Augen und brüllt zurück: »Lass uns erst mal an die Bar gehen und eine Kleinigkeit essen. Der kommt schon wieder runter von seinen Charts.«

Nina nickt.

Ein paar kleine Köstlichkeiten könnte ich mir jetzt wirklich gönnen. Kauen beruhigt die Nerven.

Sie bahnen sich den Weg durch den rammelvollen Laden und finden tatsächlich noch ein Plätzchen auf den Barhockern am hintersten Ende der langen Theke. Hier ist die Musik wenigstens nicht so laut, dass man sich ständig anschreien muss. Mit etwas Mühe sind durchaus die Worte des Gegenübers zu verstehen.

Nina bestellt sich Nudelschnecken mit Pesto und drei kleine, aufgespießte Tomaten mit Mozzarella und frischem Basilikum. Jenny ist mehr nach etwas Warmem. Die Thymian-Hackbällchen in Tomatensoße und Pflaumen im Speckmantel duften verführerisch.

Während Nina sich lieber an Mineralwasser hält, nimmt sich Jenny einen Reposado dazu.

»Du solltest in deinem Zustand vielleicht auch ein Schlückchen trinken. Das würde dich etwas auflockern«, schlägt sie vor.

»Oh nein, danke. Sicher nicht! Als ich das letzte Mal von Alkohol ›etwas aufgelockert‹ war, habe ich mir ja das Ganze eingebrockt. Ich bleibe lieber bei klarem Verstand.«

»Du willst mir jetzt nicht erzählen, du hättest dich sittsam geweigert, wenn du nicht besoffen gewesen wärest, gell?«, foppt Jenny sie und schiebt Nina ihr Glas zu. »Los komm, einen Schluck darfst du. Du bist ja nüchtern momentan total unerträglich!«

Mit säuerlichem Gesicht nippt sie vorsichtig. Sie hat keine Lust, sich mit Jenny zu streiten, obwohl sie die Wirkung jeder Art von Alkohol auf ihre Gemütslage sehr gut kennt, und ihr eigentlich nach allem anderen zumute ist als nach Lockerheit.

Es passiert, was immer passiert, und Jenny ist begeistert.

»Meine Güte, das nach einem einzigen Schluck?! Du bist wirklich nichts gewöhnt. Auf jeden Fall bist du ein billiger Gast.«

Der kleine Schluck hat Ninas Laune derart gehoben, dass sie unruhig auf ihrem Barhocker herumzuzappeln beginnt, als der DJ die erklärte Hymne des Paco's auflegt. Im Nu ist die Tanzfläche voll, denn bei »Entre dos tierras« hält es die Gäste nie lange auf den Stühlen.

»Komm, lass uns!«, sagt sie und zieht Jenny mit sich ins Gedränge.

Nina lässt all ihren Frust beim Tanzen richtig raus, tobt sich völlig abgehoben aus und realisiert gar nicht, dass die zwei »Unvermeidlichen«, Marc und Dennis, sich immer dichter an sie herantanzen. Jenny muss sie dreimal anstupsen, bis sie überhaupt reagiert. »Guck mal, wer da schon wieder was von dir will!«, schreit sie ihr ins Ohr.

Nina schüttelt nur den Kopf, schließt die Augen wieder, dreht den beiden einfach den Rücken zu und lässt sich nicht stören, bis die letzten Töne des Titels verklungen sind. Langsam kommt sie aus ihrer Trance wieder zu sich.

Was jetzt passiert, wissen die Stammgäste im Paco's genau. Wenn der DJ die Tanzfläche erst mal richtig voll hat, legt er immer etwas Langsames auf. Allzu gern greift er dann in seine ganz persönliche Oldie-Trickkiste. Heute greift er ganz besonders tief. Bei den ersten Klängen von »Nights in White Satin« möchte Nina schleunigst von der Tanzfläche fliehen, sieht sich aber plötzlich dem gegenüber, dem sie ein Date für heute Abend abgeschlagen hat.

Antonio breitet mit einem strahlenden Lächeln die Arme vor ihr aus.

Kapitel 17

Die Sonne steht schon sehr tief, als die drei Beamten die Laubenkolonie am Rand der Stadt erreichen. Der Frost zieht jetzt wieder an und die Schneereste auf den gestreuten Straßen frieren zu knirschendem Eis zusammen. Still und verlassen liegen die kahlen Gärten der Anlage mit ihren kleinen Sommerhäuschen hinter solider Maschendraht-Einzäunung. »Das auch noch auf meine alten Tage«, stöhnt Hauptmeisterin Peter, »an Schlüssel für das Haupttor hat natürlich keiner gedacht. Jungs, zeigt mal, wie fit ihr seid. Wir werden klettern müssen.«

»Alle Achtung, Chefin!« Jens, der junge Anwärter, hält mit seiner Bewunderung nicht hinterm Berg, als er jenseits des Zaunes mit einem Satz neben ihr im Schnee landet. Grinsend stößt er sie an und weist auf den älteren Kollegen, der noch immer wie ein nasser Sack im Drahtgeflecht hängt.

»Schmidtchen, ich werde dir extra Sportstunden in den Dienstplan schreiben«, sagt sie mit einem süffisanten Grinsen. »Stell dir vor, es wäre nicht nur eine Hausdurchsuchung, sondern eine Verfolgung. Ganz nebenbei wärst du jetzt eine super Zielscheibe, wie du da so hängst. Sieh zu, dass du an Land kommst. Es wird gleich dunkel und wir müssen die Laube unseres stinkenden Spezialfreundes noch suchen.«

Keuchend steht Schmidt endlich bei ihnen. Es ist ihm sichtlich peinlich.

Die Dämmerung ist bereits deutlich fortgeschritten, als sie die Laube gefunden haben, zu der die Schlüssel passen, die der Wilderer unter wüsten Flüchen hatte abgeben müssen. Der Anblick, der sich den drei Polizisten beim Öffnen der knarrenden Tür bietet, ist trostlos, und beißender Gestank schlägt ihnen entgegen.

»Scheiße!«, entfährt es Schmidt. »Seht mal, da bewegt sich was unter der Eckbank.«

»Warum hat uns der Drecksack nichts davon gesagt, dass er einen Hund hier hat?«, flucht Jens und versucht, den alten mageren Jagdhund hervorzulocken. Zitternd vor Kälte und leise knurrend versucht der Hund, sich in der hintersten Ecke zu verkriechen. Erst als sie die morsche Bank zur Seite schieben, gelingt es, ihn zu erwischen.

»Auch das noch, verdammt! Ich versuche es gleich mal beim Tierschutz. Die sollen den armen Kerl abholen«, sagt die Beamtin und zieht ihr Diensthandy aus der Tasche. Sie hat Glück und bekommt die Zusage, dass das örtliche Tierheim sofort einen Wagen schicken wird.

Die Laube ist in völlig verwahrlostem Zustand. Der kleine Bollerofen, die einzige Heizquelle, ist seit mindestens vierundzwanzig Stunden erloschen. Die dünnen Holzwände halten die Wärme nicht lange, und die Raumtemperatur liegt bei mindestens acht Grad unter dem Gefrierpunkt. Ein Sofa in Sperrmüllqualität ist anscheinend das Nachtlager des Wilderers gewesen. Alte, fleckige Wolldecken, unordentlich zusammengeschoben, und ein Kissen in verblichenem Gelsenkirchener Barockstil zeugen von ungemütlichem Schlaf. Der niedrige Tisch davor ist vollgestellt mit mehreren übervollen Aschenbechern, leeren Branntweinflaschen und Konservendosen. Mit spitzen Fingern hebt Jens eine an.

»Mhm, lecker! Pichelsteiner Topf in Schimmel! Hier kannste ja kaum treten vor Müll. So ein Leben kann man wohl wirklich nur im Vollsuff ertragen. Apropos treten: Guck mal, Schmidtchen, in was du da gerade stehst. Scheint so, der Hund musste mal, was?«

Schmidts Gesichtsausdruck ist sehenswert. Mit angeekeltem Gesicht verlässt er die Laube. Durch die offen stehende Tür sehen die Kollegen, wie er sich im tiefen Schnee bemüht, den Kot von seinen Schuhen zu scheuern.

»Jens, auch wenn es uns im wahrsten Sinne des Wortes stinkt, lass uns anfangen. Mach mal Licht.«

»Und was mache ich mit dem Hund so lange, Chefin?«

»Den gibst du Schmidtchen. Der soll ihn in eins von den schicken Plaids einwickeln, bis die ihn holen kommen. Ich fürchte, es ist sowieso nicht der beste Tag für unseren Kollegen. Wir sollten ihn heute nicht überfordern«, entscheidet sie augenzwinkernd.

Während Schmidt mit dem Hund am Halsband dicht an der Tür stehen bleibt, die er immer mal wieder um Frischluft heischend kurz öffnet, durchsuchen die beiden das Häuschen. In kürzester Zeit ist ein Berg an Beweismitteln zusammengetragen, der sich sehen lassen kann. Neben einer ganzen Reihe verschiedener Fallen finden sich zwei Schrotflinten, eine beachtliche Anzahl verschiedener Jagdmesser und zwei Handfeuerwaffen.

»Ich wette, keine davon ist registriert! Weiß der Teufel, aus welchen Kanälen die kommen. Einen Waffenschein konnte der Vogel ja auch nicht vorweisen. Pack alles ein, Jens, ich will mir die Laube noch mal von hinten ansehen«, ordnet Frau Peter an und schiebt sich an Schmidtchen vorbei durch die enge Eingangstür. Draußen holt sie tief Luft. Der Gestank in der Hütte ist unerträglich und passt hervorragend zu dem Alten. Sie hatte sich geweigert, ihn zu vernehmen, bis ein paar Kollegen ihn unter die Dusche gescheucht hatten.

Die Leute vom Tierheim sind gerade eingetroffen. Sie schütteln die Köpfe, als sie den elend abgemagerten alten Hund übernehmen.

»Kriegt ihr den noch mal hin?«, fragt Jens.

»Ach, klar. Lass den ein bisschen warm werden und eine Woche anständiges Futter gekriegt haben. Dann sieht der schon ganz anders aus«, beruhigt ihn die junge Frau, die Schmidtchen endlich von seiner Hüteaufgabe befreit.

Der Schuppen hinter der Laube ist noch einmal eine ganz besondere Fundgrube.

An den Wänden sind Regale aus rohem Holz angebracht, in denen Tierfelle verschiedener Arten lagern. Von der Decke baumeln Hasen in unterschiedlichen Stadien des »Abhängens«.

»Pfui Deibel«, flucht Schmidt, »da ist mir ein sauberer Mord im Einfamilienhaus wirklich lieber!«

»Tja, Schmidtchen, das Leben ist kein Ponyhof«, frotzelt seine Vorgesetzte. »Lieber demnächst Innendienst? Aber komm, da musst du jetzt durch. Mach mal Fotos und kleb ein Siegel, wenn du fertig bist. Ich sehe mal nach, wie weit Jens mit dem Zusammenpacken in der Bude ist.«

Schmidt muss sich zusammenreißen. Ihn ekelt die ganze Sache hier nur noch an.

»Chefin, ich habe alles. Können Sie mir die Tür aufhalten? Ist ein ganz schön dicker Sack geworden«, ruft Jens von drinnen.

Frau Peter leuchtet dem Anwärter, hält ihm die schmale Tür auf, als er sich mit dem Beutel über der Schulter durch die Öffnung quetscht. Von einem dicken Nagel in der Wand reißt er dabei eine speckige Wachsjacke zu Boden. Seine Chefin bückt sich, um sie aufzuheben.

»Soll uns ja keiner den Vorwurf machen, wir würden in diesem überaus ordentlichen Haushalt Chaos hinterlassen«, sagt sie und stutzt im nächsten Moment. Aus der Jackentasche baumelt ein Stückchen einer Schmuckkette. Sie zieht sie vollends heraus. Im Kegel der starken Taschenlampe glänzt ein goldenes Amulett. Es passt in diese Umgebung wie ein Fisch aufs Fahrrad.

»Woher hat der die denn?« Jens sieht sie ungläubig an.

»Das würde ich ihn gerne mal fragen. Sehr gerne sogar! Aber ich fürchte, das werde ich der Sängerin überlassen müssen. Kommissarin Sänger hat den Fall heute übertragen bekommen.«

»Na, auf DIE Antwort bin ich gespannt! Sie wird ja wohl bisschen singen, die Sängerin, schätze ich.«

Jacke und Schmuckstück landen in Extratüten und die drei Beamten machen sich hochzufrieden auf den Weg zum Revier. Schmidt ist jetzt erstaunlich schnell auf der anderen Seite des Zaunes. Er will nichts als weg.

Hauptmeisterin Peter gibt die fette Beute in der Kriminaltechnik ab, ehe sie ihren Bericht schreibt. Cornelia Sänger wird ihn am nächsten Morgen in ihren Dienstmails finden. Es ist spät, als sie sich auf den Weg in den wohlverdienten Feierabend macht. Sie freut sich auf eine heiße Badewanne.

Kapitel 18

Auf der kurzen Autofahrt in die Stadt hat Simon noch dreimal erfolglos versucht, Hubert zu erreichen. Er ist einigermaßen frustriert, als er das »La Mamma« erreicht.

»Ciao, mein Freund Simon«, begrüßt ihn Giuseppe herzlich und bietet ihm einen Tisch an, der gerade frei geworden ist. »Du gefällst mir heute gar nicht. Was kann ich dir bringen, um dich aufzuheitern? Ich habe frischen Seeteufel bekommen. Ist köstlich. Gut essen und trinken erfreut die Seele. Was sagst du?«

»Gut, mach mir den Fisch. Ich verlasse mich da ganz auf deine Empfehlung, wie immer«, stimmt er zu. Der forschende Blick des Wirtes entgeht ihm nicht. Der Mann hat einen sehr feinen Draht für die Stimmungen seiner Gäste und ist immer wieder in der Lage, ihnen mit seiner offenen, herzlichen Art ein paar schöne Stunden zu bereiten. Er weiß, dass er nie aufdringlich werden würde, aber ein untrügliches Gespür dafür hat, wenn jemand gerne ein paar persönliche Worte wechseln möchte. Giuseppes Lokal ist weit mehr als ein Platz, um sich satt zu essen. Wenn man hier geht, fühlt man sich in jedem Falle wohler als beim Hereinkommen.

* * *

Ungefragt bringt er Simon einen sehr trockenen Martini als Aperitif mit einem kleinen Körbchen voll frisch gebackenen weißen Brotes dazu. Die Gewohnheiten seiner Stammgäste kennt Giuseppe sehr genau. Es entgeht ihm auch nicht, dass dieser Stammgast mehrfach, offenbar erfolglos, zu telefonieren versucht und sein Gesichtsausdruck von Mal zu Mal frustrierter und verschlossener wirkt. Selbst der großartig gelungene Seeteufel scheint ihm nicht richtig zu schmecken, und als Giuseppe den nur halb geleerten Teller abgeräumt hat, setzt er sich mit zwei Gläsern Averna zu ihm und prostet ihm zu. »Was ist los, mein Freund? Ich habe von der Sache mit dem Wilderer oben im Wald gehört. Geht dir das so nahe?«

»Ach was!«, winkt Simon ab. »Ich bin froh, dass ich den Kerl endlich erwischt habe, aber …«

»Aber du warst nicht allein, als du dir den gekrallt hast!«

»Woher weißt du das denn schon wieder?« Simon ist ernsthaft überrascht.

»Bei mir laufen alle Nachrichten der Stadt zusammen. Das weißt du doch. Und ich brauche für nichts eine Brille. Ich sehe nämlich nicht nur mit den Augen, sondern auch mit dem Herzen gut«, schmunzelt der Wirt und fährt schnell fort, denn ihm scheinen nun gewisse Zusammenhänge sehr klar und er will sein Gegenüber durchaus nicht lange schmoren lassen. »Heute Mittag hatte ich schon jemanden hier sitzen, der mir so vorkam, als sei etwas sehr anders als sonst. Und dieser Jemand scheint mit dir zu tun zu haben. Oder vielleicht auch zu tun gehabt zu haben. Das weiß ich natürlich nicht«, erklärt er, und Simon ist ganz Ohr. »Sagt dir der Name Nina etwas?«

Giuseppe genießt die Reaktion, die er heute schon einmal beobachten konnte. Dieses Leuchten, nur ob der Erwähnung eines Namens, macht ihm ungeheuren Spaß. Er will aber vorsichtshalber noch einen kleinen Test machen und fragt nach:

»Oder hast du etwa Liebeskummer wegen deiner schönen Lizzy?«

Eindeutiger hätte der Effekt nicht ausfallen können, denn Simons Gesicht verdunkelt sich schnell. Er braucht keine Antwort zu geben. Giuseppe weiß Bescheid. »Verstehe, verstehe! Heute Mittag hatte ich bella Nina mit ihrer Freundin hier sitzen und es ging um den Wilderer. Du hättest mal ihr Gesicht sehen sollen, als ich ihr zu verstehen gegeben habe, dass du mein guter Freund bist!«

»Wenn du wirklich mein guter Freund bist, dann sag mir bitte, wo ich sie finden kann«, kommt Simon unumwunden zur Sache. Er ist elektrisiert ob der sich auftuenden Möglichkeit, auch ohne Huberts Hilfe herauszubekommen, wie er sie finden kann.

»Mamma mia!«, ruft der Wirt aus. »Es kann dir nicht schnell genug gehen, ja? Habe ich es doch gewusst ... Amore ist im Spiel. Ich kann dir zwar nicht sagen, wo sie wohnt, aber zumindest ist es ziemlich sicher, dass sie mittags mit Signorina Jenny in der Pause herkommt, um Cappuccino zu trinken. Versuch es dann doch einfach mal.«

»Das dauert mir zu lange! Morgen Mittag! Giuseppe, wie soll ich die Nacht überstehen?«

Nachdenklich wiegt der Italiener den Kopf. Da war doch noch etwas, was er mitbekommen hat, als Signorina Nina gegangen ist. Plötzlich erhellt sich sein Gesicht.

»Si! Mein Sohn Antonio hat versucht, sie zum Tanzen ins Paco's einzuladen. Sie hat zwar nicht gewollt und warum sie meinem Filius abgesagt hat, verstehe ich jetzt natürlich ... aber einen Versuch könntest du doch machen. Vielleicht hat sie es sich ja anders überlegt?«

Sofort ist Simon auf den Füßen. »Bitte, die Rechnung, schnell!«

»Pronto, Signore, es scheint ja um Leben und Tod zu gehen«, lacht der Sizilianer. »Wenn du meinen Antonio siehst, sag ihm, er soll beizeiten heimkommen. Schließlich hat er morgen Schule!«

Die Niederlage des verletzten Stolzes möchte er seinem Sohn gern ersparen. Giuseppe sieht, dass der Junge hier keine Chance im Kampf um das Mädchen haben wird. Als sein Gast die Tür schon in der Hand hat, ruft er ihm noch hinterher, er solle »piano machen« beim Fahren.

Simon macht durchaus nicht »piano«.

Die Aussicht darauf, Nina möglicherweise heute noch, jetzt sofort, wiederzusehen, setzt eine Flut von Gefühlen in Bewegung, die sich mit dem Inhalt des Wortes »piano« schlicht nicht synchronisieren lässt. Es ist ihm jetzt auch egal, dass es Hubert anscheinend erstaunlicherweise fertigbekommen hat, ihm eine SMS auf sein Handy zu schicken, in der er mitteilt, er würde sich »in den nächsten Tagen« wieder melden. Simon wirft das Handy auf den Beifahrersitz.

Was denkt der alte Mann sich? In den nächsten Tagen! Ist der irre?

Die letzte Ampel, die er passieren muss, ist schon dunkelorange, als er sie quert. Es ist ihm im Moment egal. Der Parkplatz vor dem Paco's ist voll. Er muss also ein Stückchen weiterfahren, findet einen viel zu kleinen Platz für den Cherokee in einer Nebenstraße. Er stellt ihn halb in einer Einfahrt, natürlich mit Verbotsschild, ab.

Simon bemerkt, dass er fast läuft, und mahnt sich, es ein bisschen gelassener anzugehen. Nur mal angenommen, sie wäre wirklich da: Was für einen Eindruck sollte sie wohl bekommen, wenn er völlig abgehetzt und aus der Puste ankäme? Nein, wie auch immer, bei allem Irrsinn muss er sich unbedingt ein Stück seiner Souveränität zurückholen. Solch eine Frau erobert man nicht als hechelnder Dackel. Bewusst bemüht er sich runterzukommen, atmet tief die frische Winterluft ein und hat tatsächlich beim Eintreffen im Paco's ein gewisses Maß seines inneren Gleichgewichtes wiedergefunden.

Wie kann das an einem Montagabend hier bloß so voll sein, fragt er sich, als er in der Menschenmenge nur sehr langsam bis an die Theke vordringt. *Klar, Winterurlaubszeit! Die ganze Stadt ist voller Touristen. Und wie soll ich hier die sprichwörtliche Nadel im Heuhaufen finden – wenn sie denn überhaupt da ist?* Simons Mut sinkt ein bisschen, als er sich den Anejo bestellt.

Er beschließt, sich die Sache von oben zu besehen, und geht die Treppe zur Empore hinauf. Auch hier stehen die Gäste dicht gedrängt. Mit etwas Mühe gelingt es ihm aber, sich Ellbogen an Ellbogen mit einer sehr jungen Schönheit auf der einen und einem hemdsärmeligen Mann auf der anderen Seite einen Platz am Geländer freizukämpfen.

Die Musik ist nicht ganz nach seinem Geschmack. Simon kann die synthetisch wirkenden, treibenden House-Rhythmen nicht leiden. Sie wecken ein gewisses Aggressionspotenzial in ihm.

Insofern ist er erleichtert, dass der Discjockey jetzt offenbar zur Vernunft gekommen ist und mit dem alten Neunziger-Hit der Gruppe »Héroes del Silencio« anscheinend genau den Nerv des Publikums getroffen hat. Das plötzliche Gedränge auf der Tanzfläche spricht jedenfalls klar dafür.

Alles, was er von hier oben aus erkennen kann, ist ein Meer von zuckenden Körpern. Wonach sucht er? Nach einem Mädchen im Skianzug? Nach einer ungewöhnlichen Haarfarbe, die sich nur die Natur ausgedacht haben kann und die sicher nicht aus einer Tube beim Friseur gekommen ist?

Unmöglich, selbst nach diesem kleinen Detail zu fahnden, denn das bunte Stroboskoplicht macht alle Farben gleich.

Er lässt den Blick schweifen und bleibt immer wieder an einer Gestalt hängen, deren Bewegungen sich abheben vom allgemein nicht vorhanden scheinenden Rhythmusgefühl, das der Titel erfordert.

Wenn er Nina schon nicht finden kann, will er sich wenigstens an diesem Anblick erfreuen, der seine eigenen Bewegungen spiegelt. Nur auf der Stelle, ohne Platz zu haben, geht ihm die Musik einfach so in den Körper, dass er sich leise im Rhythmus mitbewegt. Das Mädchen da unten scheint völlig weggetreten zu sein. In einem tiefschwarzen engen Kleid mit einem bemerkenswerten Rückenausschnitt tanzt sie mit geschlossenen Augen völlig selbstvergessen und mit einer Anmut, die ihn tief berührt. Er beschließt, ihr einfach weiter zuzusehen, und wendet seinen Blick nicht mehr ab.

Er beobachtet, wie zwei junge Männer versuchen, sich ihr zu nähern, ihre Nachbarin ihr anscheinend etwas mitteilen will und sie sich einfach nur wegdreht, sich weiter versunken der Musik hingibt. Simon ist fasziniert und vergisst völlig, warum er gekommen ist. Der Anblick hat eine magische Wirkung, der er sich nicht entziehen kann. Als die letzten Töne verklungen sind, das zuckende Licht für einen Moment Ruhe gibt, erkennt er, wie ein junger Mann sich dem Mädchen nähert und mit ausgebreiteten Armen auf sie zugeht. DIESEN Mann kennt er und endlich ist er sich im Bruchteil einer Sekunde klar darüber, wem er die ganze Zeit zugesehen hat.

Simon nimmt wenig Rücksicht darauf, wen er alles anrempelt, als er die Treppe hinuntereilt. Alles in ihm schreit nach ihr und die ersten Töne des alten Moody-Blues-Titels lassen sein Herz springen.

Diesen Tanz wird ER mit ihr tanzen!

* * *

Antonio breitet mit einem strahlenden Lächeln die Arme vor ihr aus.

Und seine Freude kennt keine Grenzen, als in ihrem Gesicht die Sonne aufzugehen scheint. So glänzende Augen, so einen überglücklichen Ausdruck hätte er sich nie zu erträumen gewagt.

Ihn überkommt nur ein befremdetes Gefühl, als er bemerkt, dass sie irgendwie an ihm vorbeizuschauen scheint. Irritiert sieht er sich halb um, als ihm jemand freundlich die Hand auf die Schulter legt und ins Ohr sagt: »Antonio, dein Vater lässt dich grüßen und lässt dir ausrichten, du sollst nicht zu spät heimkommen.«

Es ist der Moment seiner fürchterlichsten Niederlage, als er erkennt, wer ihn so sanft und freundlich ins Bett schickt. Geschlagen dreht er sich um und geht.

* * *

Für Simon scheint sich eine Furt im Fluss der Menschenmenge aufgetan zu haben. Niemand hindert ihn, die letzten Schritte auf Nina zuzumachen. Alle weichen einen Schritt zurück, vergessen, das alte Liebeslied zu tanzen. Als er sie erreicht hat, sind viele Augen auf sie beide gerichtet.

»Schnee-Engel, mein Schnee-Engel!« Mehr bringt er nicht heraus, als er sie in die Arme nimmt.

»Simon, halt mich fest und lass mich nie wieder los!«

* * *

Jenny muss sich ein paar Tränchen der Rührung verkneifen und Marc und Dennis sind in ihrem Verstehen der absoluten Aussichtslosigkeit plötzlich wieder sehr gute Freunde.

* * *

Nina will sich am liebsten in ihm auflösen, schmiegt die Wange dicht an seiner Brust unter seine Lederjacke.

Zärtlich sucht er die nackte Haut auf ihrem Rücken, streichelt sie sacht, um sie im nächsten Augenblick wieder so dicht an sich zu pressen, dass sie fast keine Luft mehr bekommt.

»'cause I love you, yes, I love you«, hört Nina die warme Stimme des Moody-Blues-Sängers und nickt heftig an seiner Brust.

»Ich liebe dich, Nina«, flüstert Simon an ihrem Ohr.

Ihre Antwort geht im Applaus der Umstehenden unter, den Jenny initiiert hat, als der Song zu Ende ist. Nina und Simon stehen in der Mitte der Tanzfläche und küssen sich. Was um sie herum vorgeht, scheinen sie nicht mehr wahrzunehmen.

* * *

Die Szene, die sich dort unten abspielt, ist dem DJ in seinem Glaskasten nicht entgangen. Mit Harry Nilssons schwer angestaubtem One-Hit-Wonder »Without You« setzt er noch einmal musikalisch kräftig einen drauf und lässt die Nebelmaschine einen zauberhaften Schleier verbreiten, den er in rosiges Licht taucht. Solche Situationen liebt er und hat einen Heidenspaß daran, die Stimmung möglichst lange zu erhalten. Selten genug passiert so etwas Wunderbares.

* * *

»Nimmst du auch karierte Baumwolle oder muss es weißer Satin sein?«, fragt Simon sie leise.

»Ist mir scheißegal, Hauptsache, du liegst drin«, lacht Nina. »Lass uns gehen!«

Gehen kann man es kaum nennen! Nina schwebt an seiner Hand auf rosaroten Wolken aus dem Paco's.

KAPITEL 19

Kommissarin Sänger flucht, als sie an diesem frühen Dienstagmorgen ihren Passat Diesel starten will. Sie hätte es sich denken können, denn es war schon ein schlechtes Zeichen gewesen, wie langsam sich die Knöpfchen der Türen beim Aufschließen nach oben bewegt hatten. Seufzend gibt sie ihre Versuche auf, steigt aus und sieht sich auf der Straße nach einem Autofahrer um, der ihr Starthilfe geben könnte. Sie öffnet die Motorhaube, nimmt die Startkabel aus dem Kofferraum und bemüht sich, Unterstützung herbeizuwinken. Der morgendliche Berufsverkehr fließt an ihr vorbei. Alle Welt scheint es furchtbar eilig zu haben. Schulkinder winken ihr aus einem voll besetzten Bus vergnügt zu, Autofahrer sehen angestrengt weg, scheuen den Blickkontakt, um nicht in die Verlegenheit zu kommen, anhalten zu müssen und Zeit zu verlieren. Cornelia Sänger schaut auf ihre Uhr und überlegt gerade, sich doch lieber ein Taxi zu rufen, als endlich jemand anhält.

»Kann ich helfen?«, ruft ein junger Mann ihr aus seiner rostigen Ente zu.

»Oh bitte, gern!« Sie ist erleichtert.

»Warten Sie, das haben wir gleich«, sagt er zuversichtlich, klemmt die Startkabel an, setzt sich in seinen Wagen und gibt etwas Gas.

»Versuch mal!«, ruft er ihr zu.

Cornelia probiert, ihren Wagen anzulassen. Der Diesel gibt ein erstes Lebenszeichen von sich und beschließt gemeinsam mit der Ente, dass sich nun beide zur Ruhe begeben werden. Cornelia sieht den jungen Mann entgeistert an.

»Tja, Madame, das tut mir nun wirklich leid, aber anscheinend saugt dein Diesel mein Entchen leer. Jetzt haben wir den Salat und keine Eier. Vielleicht sollten wir doch den ADAC rufen und inzwischen zusammen ein Käffchen trinken gehen? Sieh mal, da drüben ist doch ein Bäcker. Da gibt's welchen. Passt mir eigentlich ganz gut, ist 'ne nette Gelegenheit, die erste Vorlesung zu verpassen. Hatte sowieso keinen Bock aufs Paradox der amerikanischen Macht«, grinst er.

Cornelia kocht innerlich. Ihr rennt die Zeit weg und dem Knaben scheinen davon reichliche Mengen zur Verfügung zu stehen. Diese Gelassenheit möchte sie gerne haben! Trotzdem muss sie lächeln, denn schließlich war er der einzige Mensch, der sich ganz selbstverständlich ihres Problems angenommen hat. »Politikstudent?«, fragt sie.

»Jau, Politik, Geschichte und Medien. Achtes Semester. Kannst mich übrigens Kalle nennen. Und du bist?«

»Cornelia. Und verdammt unter Druck heute Morgen! Kalle, es war ja wirklich ganz zauberhaft von dir anzuhalten, aber ich darf mir leider keine Kaffeepause genehmigen. Ich muss zusehen, dass ich ins Büro komme.«

Weitere Erklärungen kann sie sich zu ihrer Erleichterung sparen, denn ein Dodge Ram hält neben ihnen an. Das dunkle Blubbern des Achtzylinders schluckt weitere höfliche Worte. Die gewaltige Maschine scheint den Boden unter Cornelias Füßen zum Beben zu bringen. Sie ist froh, dass der Asphaltcowboy, der dem Wagen entsteigt, sich genau hier und heute nicht irgendwo im Mittleren Westen befindet.

»Na, Leute, kriegt ihr eure Nuckelpinnen nicht an?«, fragt er und schiebt seinen Hut ins Genick. »Lasst da mal den Vadder ran!«

Der Vadder hat binnen weniger Minuten beiden Autos neuen Atem eingehaucht und kreuzt noch einmal an Cornelias heruntergelassener Scheibe auf. Sie befindet, dass er vermutlich jedes normal große Auto mit seinen Maßen sprengen würde. Die Sonne verdunkelt sich, als der Mann seine muskulösen Unterarme in der Fensteröffnung abstützt. Trotz der bitteren Kälte ist er im T-Shirt unterwegs. Dicht an dicht zieren eine Reihe außergewöhnlicher bunter Kunstwerke seine Arme und Cornelia nimmt einen extrem männlichen Duft wahr.

»Kauf dir 'ne neue Batterie«, empfiehlt er und drückt ihr eine Visitenkarte in die Hand. »Michaels Store! Gleich da vorn um die Ecke. Ich mach dir 'nen guten Preis.«

Ihren Dank nimmt er jovial lächelnd entgegen, tippt zwinkernd mit dem Zeigefinger an seinen Hut und wünscht ihr gute Fahrt. Kalle winkt ihr noch einmal zu. Endlich kann sie sich auf den Weg ins Präsidium machen.

Cornelia hängt die dicke Daunenjacke an die Garderobe und sieht sich den etwas muffigen Gesichtern der Kollegen gegenüber. Allerdings traut sich niemand, ihr Vorhaltungen zu machen. Sie ist die Chefin der Abteilung.

»Mit dem Wagen liegen geblieben … Batterie …«, murmelt sie nur, gießt sich den ersten Morgenkaffee ein und verschwindet in ihrem Büro. Im Mailkonto findet sie den Bericht von Hauptmeisterin Peter zur Hausdurchsuchung im Fall »Reinhard Westphal«. Die Liste der beschlagnahmten Gegenstände liest sich wie zu erwarten. Nichts Besonderes. Lediglich ein Asservat erregt ihre Aufmerksamkeit. Frau Peter beschreibt einen runden goldenen Anhänger an einer Halskette und hat das Fundstück mit dem Wort »ungewöhnlich« und mehreren Ausrufungszeichen markiert.

Cornelia greift zum Telefon und ruft die Kriminaltechniker an. Was sie erfährt, lässt einen Verdacht in ihr aufkeimen. Sie ist elektrisiert. Grußlos verlässt sie die Abteilung, eilt die Treppen zur KT hinunter und hat eine Viertelstunde später Gewissheit. Das Schmuckstück, das im Plastikbeutel vor ihr liegt, hat mit einem alten Fall zu tun. Mit einem Fall, der sie vor zweieinhalb Jahren beschäftigt hat und den sie nicht hatte aufklären können.

Mit einem ausgedruckten Foto der Kette kommt sie in ihre Abteilung zurück und lässt sich zum Erstaunen der Kollegen die Akten des Falles »Laura Turm« bringen. Mit einer ungeduldigen Handbewegung wehrt sie alle Fragen ab, schließt die Tür ihres Büros und will zunächst alleine ihrem Verdacht nachgehen.

Cornelia findet, wonach sie gesucht hat. Tatsächlich hatten die Eltern der jungen Frau angegeben, sie habe die Halskette mit dem ungewöhnlichen Anhänger von ihrem Freund zur Verlobung geschenkt bekommen, nie abgelegt und ganz sicher auch am Tag ihres Verschwindens getragen. Auf einem Foto der Vermissten ist das Schmuckstück eindeutig zu erkennen. Die Schwünge des Ying-Yang-Symbols sind in Form zweier fein ziselierter Kraniche dargestellt. Funkelnde Brillanten bilden die Augen der Vögel.

»Frederic, komm, hilf mir mal beim Denken!«, ruft Cornelia in die Runde der Kollegen. Mit gerunzelter Stirn steht sie in der geöffneten Tür ihres Büros.

»Was ist los?«, fragt ihr Partner, als er vor ihrem Schreibtisch Platz nimmt.

»Wir haben doch gestern diese Wilderergeschichte bekommen. Westphal. Der Fall scheint mehrere Verknüpfungen zu der Sache mit der verschwundenen jungen Frau von vor zweieinhalb Jahren zu haben. Du bist außer mir der Einzige, der damals schon hier war.«

»Zeig her, was hast du?«

»Erstens habe ich dieses Schmuckstück hier. Und zweitens ein Foto aus der alten Akte, auf dem diese Laura es um den Hals trägt. Das Ding ist so ungewöhnlich. Kann das ein Zufall sein? Schau!«

Aufmerksam vergleicht Frederic die Bilder und nickt. Er sieht sie fragend an. »Und was noch?«

»Du, ich kriege da gerade nicht die Kurve. Der Freund der Vermissten ist ein gewisser Simon Magnussen. Ein Tierarzt. Und genau dem gehört die Hütte da oben im Wald. Und genau der hat den Wilderer vorgestern festgesetzt. Eine junge Frau war bei ihm. Von beiden fehlen uns noch die Protokolle.«

»Na, dann soll doch die Peter zusehen, dass sie die schleunigst lädt! Oder willst du sie selbst vernehmen?«

»Ich glaube, ja! Kontaktdaten sind da, ich werde sie mir nachher herbestellen. Aber wie zum Teufel kommt das Verlobungsgeschenk vom Magnussen in die Jackentasche dieses Westphal?«

»Wir sollten ihn fragen! Ich lasse ihn ins Verhörzimmer holen. Machen wir es zusammen? Guter Bulle, böser Bulle, wie immer?«, fragt er grinsend.

Cornelia nickt.

Kapitel 20

Die Nacht ist kalt.

Es hat wieder leicht zu schneien begonnen. Die Bürgersteige sehen aus wie frisch gezuckert. Eine unberührte Schneeschicht verbirgt den vereisten Boden darunter. Nina friert trotz des dick wattierten langen Mantels erbärmlich in ihrem dünnen Kleid und müsste achtgeben, sich auf ihren hohen Absätzen mit den glatten Ledersohlen nicht auf die Nase zu legen, wenn Simon sie nicht fest und sicher im Arm hielte. Wüsste man es nicht selbstverständlich viel besser, könnte man annehmen, er hätte es ausgesprochen eilig, sie nach Hause zu bringen. Sie hat Schwierigkeiten, mit seinen langen Schritten mitzuhalten. »Simon, ich kann nicht so schnell! Versuch du mal, auf diesen Absätzen über das blanke Eis zu kommen«, klagt sie.

Er bleibt stehen, zieht sie an sich. »Herrgott, entschuldige! Bisher kenne ich dich doch nur in dicken Stiefeln. Da hattest du keine Probleme«, sagt er mit entschuldigendem Lächeln. »Aber übrigens: ziemlich umwerfend, du in High Heels!«

»Nur ziemlich?«, fragt sie und sieht ihn herausfordernd von unten an.

»Pass bloß auf, dass du nicht schon wieder das Raubtier weckst! Es könnte sonst nämlich passieren, dass ich dich gleich hier, unter der Laterne ...« Er küsst sie so, dass ihr plötzlich überhaupt nicht mehr kalt ist. Schmetterlinge flattern in ihrem Bauch, eine unglaubliche Hitze macht sich in ihrem Becken breit und ein süßes Gefühl hilflosen Überwältigtseins flutet jede Faser ihres Körpers. Mit weichen Knien lässt sie sich halten und genießt. Nichts könnte sie entgegensetzen. Und nichts will sie entgegensetzen.

»Habt ihr kein Zuhause? Mensch, Mann, bring das Mädchen ins Warme!«

Lachend müssen sie sich von dem älteren Herrn unterbrechen lassen, der kopfschüttelnd ein paar Schritte neben ihnen steht, einen kleinen Hund an der Leine.

»Aye, Sir«, salutiert Simon, »beinahe hätte ich's vergessen. Danke, dass Sie mich erinnern!«

»Na, dann noch viel Spaß euch beiden«, wünscht der alte Herr mit einem Seufzen und einem Lächeln, dem man entnehmen kann, dass er nur allzu gern tauschen würde.

Es sind nur noch ein paar Schritte bis zum Jeep und Nina ist begeistert über die schnell anspringende Sitzheizung. Auf der kurzen Fahrt sprechen sie nicht viel. Nur ein paarmal tauschen sie Blicke, die keinen Zweifel darüber zulassen, wie sie sich den weiteren Verlauf der Nacht wünschen. Seine Hand liegt auf ihrem Knie. Sie hat ihre darübergelegt.

Als der Wagen in die Einfahrt rollt, schließt Simon per Fernbedienung das hohe schmiedeeiserne Tor hinter ihnen. »Nicht, dass du wieder auf dumme Gedanken kommst! Vielleicht sollte ich auch gleich das Haus von innen abschließen und den Schlüssel aus dem Fenster werfen.«

»Du glaubst jetzt nicht wirklich, dass ich dir noch mal stiften gehe, oder?«

»Nein. Aber selbst, wenn ich das glauben würde: Du könntest gar nicht«, grinst er zufrieden.

»Ein ganz schön beeindruckendes Haus hast du«, staunt Nina, als sie über die breite Treppe die hohe Eingangshalle betreten.

»Ich zeig's dir morgen in Ruhe. Genau genommen stehst du gerade im Wartezimmer. Ich habe Privaträume und Praxis so geteilt, dass man von hier aus beides erreichen kann.« Simon schließt die Tür zu seiner Wohnung auf und sie stehen in der riesigen Wohnküche, als Ben hereinstürmt und sich begeistert auf Nina stürzt.

»Warte mal, ich lasse ihn schnell raus. Er war zu lange allein«, sagt Simon und öffnet die schmale Tür zum Garten.

Nina hat nur einen kurzen Moment, um sich zu orientieren. Die Decken sind hoch und getragen von gewaltigen dunklen Eichenbalken. Rauer weißer Putz an den Wänden vermittelt einen rustikalen Eindruck. Inmitten des Raumes thront ein riesiger Herd, über dem eine ausladende Abzugshaube aus Messing hängt. Offenes Fachwerk gibt dem angrenzenden Essbereich einen besonderen Reiz. Alles wirkt sehr großzügig. Der schöne Dielenboden scheint sich in die nächsten Räume fortzusetzen. Nina fühlt sich sofort wohl und lässt gerade ihren dicken Mantel von den Schultern rutschen, als Simon zurückkommt. Mit Mühe kann er Ben davon abhalten, sie mit seinem Ungestüm von den Füßen zu holen, und schickt ihn in seinen Korb.

»Ihm geht es genau wie mir. Er hat sich schwer in dich verliebt.«

»Ohne Ben stünde ich jetzt nicht hier in deiner Küche. Vergiss das nicht. Allerdings ziehe ich bei aller Dankbarkeit seinen Herrn definitiv vor. Der sabbert wenigstens nicht so!«

»Hast du 'ne Ahnung! Wie du da so stehst, muss einem ja das Wasser im Mund zusammenlaufen. Hattest du eigentlich schon immer so unwiderstehliche Rundungen? Ich kann mich gar nicht erinnern, muss schon zu lange her sein.«

Er kommt ihr ganz nahe, schiebt sie rückwärts gegen den monströsen Herd, klemmt sie mit den Hüften fest und lässt seine Hände über ihren Körper gleiten. Nina lehnt sich zurück, stützt sich an dem kleinen, umlaufenden Messinggeländer ab, legt den Kopf in den Nacken und schließt genießerisch die Augen. Deutlich spürt sie seine Erregung ganz nah an ihrer Scham.

»Machst du schon wieder die Augen zu? Sieh mich gefälligst an, wenn ich dich verführe!«, schimpft er mit dieser tiefen, warmen Stimme, der sie nun schon gar nicht mehr widerstehen kann.

Nina öffnet langsam die Augen, sieht, wie er sie beobachtet.

»Nee, du, mit diesem Schlafzimmerblick gehörst du nicht in die Küche! Komm, Weib!«, grinst er, tritt einen Schritt zurück, greift sich ihre Hand und zieht sie durch einen schwach erleuchteten großen Wohnraum eine steile Wendeltreppe hinauf in sein Schlafzimmer.

Nina traut ob der Einrichtung des Raumes ihren Augen nicht. Sie hatte etwas Praktisches erwartet, aber nicht das! Ein Baldachin-Bett aus dunklem Mahagoni in Ausmaßen, die durchaus geeignet wären, eine ganze Familie darin schlafen zu lassen, dominiert das Zimmer. Erstaunt sieht sie ihn an.

»Tja, in dem Ding ist schon mein Vater gezeugt worden. Ich kann immer so schlecht was wegschmeißen«, sagt Simon fast entschuldigend, um im nächsten Augenblick seiner Stimme einen ganz anderen Unterton zu geben. »Außerdem ist es verdammt bequem und hat so schöne solide Pfosten. Solltest du also doch mal wieder flüchtig werden wollen ...«

»Holla! Drohst du mir mit Freiheitsberaubung?«, fragt Nina schelmisch lachend.

»Das ist keine Drohung, mein Engel, das ist ein Versprechen«, sagt er mit so düsterer Stimme, dass Nina zweimal hinhören muss, um den amüsierten Klang erkennen zu können.

»Manchmal weiß ich wirklich nicht, wann du es ernst meinst und wann du bloß fiese Späßchen mit mir machst«, seufzt Nina irritiert.

»Wirst du mit der Zeit schon noch rausfinden«, sagt er mit einer wegwerfenden Handbewegung und einem Grinsen, das ihr die Rückkehr aller Ameisenbataillone der ersten Nacht beschert.

Meine Güte, was hat der Mann für eine Wirkung? Direkt unheimlich! Er kann einen Meter entfernt stehen und schon könnte ich … Aber nix ist, Nina, lass dich nicht so schnell umhauen. Ein bisschen darf er ruhig noch zappeln. Vorfreude ist schließlich die schönste Freude! Los, lass dir was einfallen.

»Und was war doch gleich mit karierter Baumwolle?«, fragt sie mit Blick auf die burgunderrote seidig glänzende Bettwäsche.

»Du passt eben nicht in karierte Baumwolle. Hast du gar nicht mitbekommen, wie ich meine Haushälterin angewiesen habe, schnell neu zu beziehen, was?«, lacht Simon.

»Verklapsen kann ich mich alleine«, schmollt sie.

»Ich will dich gar nicht verklapsen. Im Ernst. Ich habe wirklich jemanden, der mir den ganzen Haushaltskram abnimmt. Ich nenne sie meinen ›guten Geist‹. Meine Mutter lässt es sich nicht nehmen, sie zu bezahlen. Sie nennt sie ›Zugehfrau‹. Ich bin ein Chaot, Nina. Ohne sie hätte ich nie mehr als ein paar Flaschen Bier im Kühlschrank und vermutlich nie auch nur ein einziges Paar sauberer Socken.«

»Wenigstens bist du ehrlich«, schmunzelt sie.

»Wenn du das zu schätzen weißt, mein Schnee-Engel, dann kann ich dir ja auch ganz ehrlich sagen, dass ich jetzt nicht mehr warten kann. Mich gelüstet nämlich verdammt nach deinem süßen, wonnigen Leib.«

»Wow«, schnurrt sie lächelnd, »so hat mir das noch niemand gesagt.«

Nina breitet die Arme aus, legt mit geschlossenen Augen den Kopf in den Nacken und flüstert lasziv: »Nimm dir, was du willst.«

Er greift ihr ins Haar, zieht ihren Kopf an seine Schulter. Schnell hat er den kleinen Knopf gefunden, der den Stehkragen verschlossen hat. Simon bedeckt ihren verletzlichen Hals mit Küssen und zärtlichen Bissen. Das Kleid rutscht ihr von den Schultern, fällt bis auf die Hüften hinunter. Drei Handgriffe noch und sie ist nackt. Das warme Licht der kleinen Lampen schimmert auf ihrer zarten Haut.

Nina zieht ihm den Pullover über den Kopf, lehnt sich an seine glatte, nackte Brust, atmet seinen Duft und fühlt sich berauscht. Er hebt sie auf die Arme und legt sie sanft zwischen die dunkelroten Laken. Wohlig rekelt sie sich in den Kissen, hebt sich ihm entgegen. Nicht nur er will nicht mehr warten. Sie will ihn endlich wieder in sich spüren, will die Träume der letzten zwei Tage wahr werden lassen. Kurz und heftig fegt der Sturm über sie hinweg, hebt sie in schwindelerregende Höhen, wirbelt ihr den Kopf durcheinander, schaltet alle Realität aus, lässt sie nur noch fühlen und in einem markerschütternden Schrei explodieren.

Danach ist alles warm und weich. Vollkommen entspannt liegt sie in seinen Armen, seinen Kopf in ihrer Halsbeuge, schnurrend und zufrieden. Es irritiert sie ein wenig, dass er leise an ihrem Ohr lacht.

»Was brüllst du denn so?«

»Ich habe gebrüllt?«

»Allerdings! Ich musste mal eine verletzte Löwin im Zoo behandeln, die klang ungefähr genauso.«

»Dann sieh dich vor, Herr Doktor! Vielleicht bin ich der ja gar nicht so unähnlich. Verletzt war ich nämlich auch. Könnte sein, dass ich mir im Nachhinein noch überlege, doch noch zuzubeißen.«

Sanft entwindet sie sich seiner Umarmung, dreht ihn auf den Rücken und setzt sich ihm auf die Hüften. Mit erwartungsvollem Erstaunen sieht er sie von unten an. Nina beginnt ein neues Spiel.

Sie lässt ihr langes Haar über seine Brust streichen, die Zunge vom Hals an abwärts über seine Haut fahren. Eine leichte Gänsehaut zeigt ihr, dass es die Wirkung nicht verfehlt, was sie tut. Langsam rutscht sie immer tiefer, widmet sich ausdauernd den empfindlichen Partien seiner Lenden, landet endlich zwischen seinen Beinen und erweckt zu neuem Leben, was eben noch im verdienten Schlaf der Gerechten gelegen hat. Mit der Zunge und winzigen Bissen ihrer Zähne richtet sie ihn wieder zu samtig gespannter Größe auf. Ihr sitzt der Schalk im Nacken, als sie sacht, aber deutlich zubeißt.

Simon schreit auf.

Nina schaut ihn hinterhältig grinsend an.

»Na, Löwe, was brüllst du denn so?«

»Grrr ...«

Sie will ihn foppen, ein bisschen auflaufen lassen, ihn mit seiner frisch aufgeweckten Männlichkeit sitzen lassen, ihre Macht über seine Lust demonstrieren und huscht aus dem Bett. Sie hat die Rechnung ohne den Wirt gemacht!

»Wie bitte? Abzwitschern willst du? Na warte!«

Mit einem Satz ist er bei ihr, hat sie gepackt, aufs Bett zurückbefördert und sehr schnell begreift sie, wozu die äußerst soliden Bettpfosten wirklich gut sind. Simon sitzt auf ihrer Brust und hat blitzschnell ihre Hände festgebunden.

»Ich habe dich gewarnt«, sagt er mit einem spöttischen Ton, der vielleicht bedrohlich klingen soll, aber in ihren Ohren einfach nur sexy ankommt. Nina schließt die Augen und versucht, sich auf ihre neue Lage einzulassen. Sie ruckelt ein bisschen an ihrer Fesselung, stellt fest, dass sie nicht würde entkommen können, und dass urplötzlich ein allzu bekannter Film in ihrem Kopf anläuft. Wie oft hat sie sich so eine Situation schon vorgestellt? Wie passt diese Vorstellung nun mit dem zusammen, was gerade passiert? Ist es wirklich so aufregend, wie sie es sich immer erhofft hat?

Es ist genau SO aufregend!

Mit dieser Erkenntnis fällt es ihr leicht, die Augen wieder zu öffnen und ihn lächelnd anzusehen.

»Und nun?«, fragt sie ihn herausfordernd.

»Und nun könnte ich dich hier einfach verschimmeln lassen, oder mir einen fiesen Spaß mit dir machen, oder …«

»Oder was?«

»Oder das tun, wonach mir gerade am meisten ist!«

»Und wonach ist dir gerade am meisten?«, murmelt sie ziemlich undeutlich, denn die Antwort hat er ihr längst geliefert. Simon hat ihre Beine weit gespreizt und sie erkennt nur noch seinen dunklen Schopf, der sich in ihren Schoß gesenkt hat. Sie lässt den Kopf in die Kissen zurücksinken, schmiegt ihre Wange an den festgebundenen Oberarm und genießt den Tanz seiner warmen Zunge auf ihrer Scham. Was er tut, ist betörend. Der Wechsel zwischen zartem Saugen, mal festem, dann wieder ganz sachtem Lecken, kleinen Bissen und dem intensiven Stimulieren ihrer freigelegten schwellenden Perle lässt sie wieder und wieder laut aufstöhnen, heisere Schreie ausstoßen. Mit beiden Händen hat er fest ihre Pobacken umfasst, knetet sie, streichelt, lässt sie ab und zu seine Nägel spüren. Nina ist im siebten Himmel.

Bis sie kurz davor ist zu kommen und er sich genau in diesem Moment von ihr löst, sich aufrichtet und sie triumphierend ansieht.

»Weitermachen, nicht aufhören!«, keucht sie.

»Sag Bitte!«

»Bitte!«, jammert Nina.

»Nicht so nölig! Noch mal! Lauter!«

»BITTE!«, schreit sie heraus.

»Na schön, ich will mal nicht so sein«, grinst er und verschwindet wieder zwischen ihren Beinen.

Weit hebt sie ihm den Po entgegen, drängt sich seinem Mund entgegen, ist nur noch Fühlen, nur noch Frau, festgebunden und doch frei fliegend. Er erkennt den richtigen Augenblick, bevor sie sich allein dem Höhepunkt gefährlich nähert, und will ihn jetzt mit ihr teilen.

Nina schlingt die Beine um ihn, als er in sie eindringt, hält ihn fest umklammert, die Hände in die Fesselung gekrallt, um sich ihm entgegenstemmen zu können. Eine lange rote Welle der Seligkeit rollt über sie hinweg, lässt sie atemlos, erschöpft und unendlich glücklich am Strand jenes Meeres liegen, das sie in ihren Träumen so lange gesucht hat.

Wortlos knüpft er sie los, hält sie im Arm und lässt ihr eine lange Weile Zeit, bis er sagt: »Ich liebe dich, Schnee-Engel!«

»Und ich liebe dich, Simon.«

»Weißt du was? Ich kann mich nicht erinnern …«, beginnt er nach einer langen, erschöpften Pause, und Nina hört wieder einmal diesen provozierend albernen Unterton in seiner Stimme. Genau das hat jetzt gerade noch gefehlt. Diese feierliche Stimmung ist ja kaum auszuhalten. Sie will darauf eingehen.

»Woran kannst du dich nicht erinnern?«

»Na ja, also …«

»Du kannst dich nicht erinnern, jemals so außerordentlich intensiven, heftigen, erfüllenden und wunderbaren Sex gehabt zu haben?«, giggelt sie.

»Ja!«

»Na, dann sag das doch!«

»Liebe Nina ...«, fängt Simon an und muss furchtbar lachen, denn es ist ihm nicht entgangen, wie sie gerade den Spieß der allerersten Nacht umgedreht hat.

»Liebe Nina, du bist nicht nur ein Schnee-Engel, du bist auch ein Elefant.«

»Danke! Ich bin also dick und grau?«

»Nö, du hast bloß offenbar genau so ein gutes Gedächtnis!«, grinst er. »Und darauf trinken wir jetzt einen. Warte, ich hole uns was.«

»Wo ist das Bad?«, möchte sie wissen.

Simon deutet mit einer lässigen Handbewegung auf die gegenüberliegende Wand. »Siebte Tür links, dann den Gang entlang, durch die große Halle, die Treppe rauf, zweimal rechts abbiegen und den vierten Eingang links nehmen.«

»Du bist doof«, lacht Nina und trommelt ihm mit den Fäusten auf die Brust.

»Nein, bin ich nicht. Ich habe Abitur!«

»Ich auch bald, also protz hier nicht so rum. Die Tür da?«

Sie springt aus dem Bett und Simon sieht ihr mit Vergnügen nach.

»Bloß gut, dass ich das Burgtor verrammelt habe«, ruft er. »Du kommst mir hier nicht mehr weg!«

Der letzte Punkt im albernen Schlagabtausch geht an ihn, denn Nina kommt nicht mehr zum Antworten. Sie hat gerade den ersten Fuß in die Badezimmertür gesetzt, als sie auch schon im gleißenden Licht steht, das der Bewegungsmelder geschaltet hat.

»Donnerwetter! DAS ist ein Bad?«

»Alles zu deiner Verfügung, mein Schatz.«

»Wer so ein Bad hat, ist stinkreich!« Nina steht fast ehrfurchtsvoll im Eingang der Wellnessoase. »Bist du stinkreich?«

»Nein, meine Süße, ich bin nicht mal ein bisschen reich. Es genügt zwar ganz gut zum Leben, aber für dieses Bad hätte ich sicher nie mein sauer erarbeitetes Geld ausgegeben. Mir reicht notfalls auch ein Holzzuber. Allerdings muss ich gestehen, mich schon ziemlich an den Luxus gewöhnt zu haben«, erklärt er.

»Und wie kommt das dann in dein Haus?«

»Ziemlich einfache Erklärung. Ich habe das Haus von meinen Großeltern geerbt. Solange ich studiert und meine Assistentenzeit erledigt habe, war ich natürlich nicht hier. Damals hatten wir es komplett vermietet. An ein Ehepaar, das wirklich stinkreich war. Die wollten umbauen, obwohl sie wussten, dass es nur einen befristeten Vertrag gab. Ich hatte nichts dagegen. Und wie man sieht, kann man ja Damenbekanntschaften ziemlich damit beeindrucken. Also werde ich's nicht rausreißen lassen«, grinst er anzüglich.

»Hey, ich werd dir gleich helfen! Damenbekanntschaften! Du spinnst wohl!?«

»Herrlich, wie schnell man dich aus der Reserve locken kann«, sagt Simon lachend, schwingt sich aus dem Bett, versetzt der maulig guckenden Nina einen Klaps auf den Po und schiebt sie vollends ins Bad.

»Jetzt wunder nicht rum. Geh Pipi machen, du musst nämlich. Ich hole endlich was zu trinken.«

Was für ein arrogantes Arschloch! Aber ein einfach unwiderstehliches arrogantes Arschloch. Mannomann, ich werde noch ganz schön üben müssen, um ihm richtig Paroli bieten zu können.

Nina sieht sich in dem Badetempel um. Der Boden ist im Schachbrettmuster mit riesigen Fliesen gekachelt. Die schwarzen sind aus mattem Granit, die weißen scheinen auf Hochglanz polierter Marmor zu sein. Offenbar gibt es eine Fußbodenheizung. Alle schneeweißen sanitären Elemente sind mit dem schwarzen Stein eingefasst. Noch nie hat sie eine derartig riesige Badewanne gesehen. Sie überlegt, ob man darin wohl schwimmen kann. Im Duschbereich ragen mehrere verschiedene Brauseköpfe aus der Wand. Die ringsum laufenden hohen Spiegelflächen werfen ihr Bild vielfach zurück. Nina betrachtet sich mit einem zufriedenen Gesichtsausdruck.

Ich sollte mich nicht immer so schnell von ihm ins Bockshorn jagen lassen. Schließlich kriegt man so was wie mich nicht an jeder Ecke! Ich finde, er hat einen Hauptgewinn gezogen. Und: Nein, Herr Doktor, ich bin NICHT eingebildet!

Die blanken Spiegel zeigen Nina ihr trotziges Triumphgesicht und sie muss furchtbar über sich lachen. Als sie ins Schlafzimmer zurückkommt, steht er in einem langen schwarzen Kimono da und lässt gerade den Korken aus der Champagnerflasche rutschen.

»Och Mensch, du bist ja immer noch nackt! Sehe ich ja gerne, aber bestimmt wird dir zu kühl. Warte mal, ich habe da was.«

»Um Himmels willen, nein Simon, bitte nicht schon wieder was aus dem Kleiderfundus deiner …!«, sagt sie entsetzt.

Lächelnd schüttelt er den Kopf. Er versteht ihre Angst sehr gut. »Keine Sorge! Ich habe mal vor ein paar Jahren eine Reise nach Japan gemacht. Und dabei festgestellt, wie praktisch Kimonos sind. Da die dort unglaublich günstig zu bekommen waren, habe ich gleich einen ganzen Satz mitgebracht. Ein paar habe ich bei passenden Gelegenheiten schon an die weibliche Verwandtschaft verschenkt. Sind immer gut angekommen.

Aber ich habe noch einen besonders hübschen. Ich glaube, der hat auf genau diesen Moment gewartet. Und den bekommst du jetzt.«

Simon nimmt ein Päckchen aus seinem Kleiderschrank. Eingewickelt in rotes Seidenpapier mit einem fremdartigen Siegel über zwei feinen Goldkordeln, besteht kein Zweifel daran, dass es sich nicht um ein Recyclingmodell aus alten Beziehungen handelt, das er ihr überreicht. Nina liebt Geschenke und öffnet vorsichtig voller Spannung die Verpackung. Sie nimmt eine lange weiße Seidenschönheit aus dem Papier. Auf den Rücken ist kunstvoll ein rot-goldener Paradiesvogel gestickt. Sie strahlt, als sie den Kimono überstreift, läuft ins Bad und betrachtet sich in den Spiegeln, dreht sich davor, läuft zu ihm zurück und fällt ihm um den Hals.

»Oh, ist der wunderschön! Danke, danke, danke!«

»Einer Königin würdig«, raunt er und küsst sie zärtlich.

Simon schenkt den Champagner ein und reicht ihr ein Glas.

»Worauf stoßen wir an?«, fragt Nina.

»Auf die Liebe. Auf unsere Liebe!«, antwortet er und sieht sie dabei sehr ernst an.

Leise klirren die Gläser aneinander. Und es braucht nur drei Schlucke und ein paar Augenblicke, bis Nina sich schon wieder in den unvermeidlichen leichtsinnigen Zustand versetzt sieht, den Alkohol bei ihr auslöst. Dabei hat sie noch so viele Fragen, die sie ihm stellen will. Und sie will das mit der Ernsthaftigkeit tun, die sie für angemessen hält.

»Oh, oh, ich sehe schon, meine Schneekönigin ist mal wieder angeschickert«, erkennt er amüsiert. »Dann hör einfach zu! Ich muss dir nämlich ein paar Dinge sagen, die wichtig sind.«

Nina setzt sich im Schneidersitz auf das breite Bett. Die Ellbogen stützt sie auf die Knie und den Kopf in die Hände.

Erwartungsvoll sieht sie zu ihm auf. »Ja, sag du erst mal. Aber willst du dich nicht zu mir setzen?«

»Später! Ich habe jetzt nicht die nötige Ruhe, mich gemütlich ins Bett zu lümmeln. Seit du gestern verschwunden bist, haben Gedanken in meinem Kopf gewühlt, die ich erst für mich ordnen musste. Bisher habe ich noch nie mit irgendjemandem richtig darüber gesprochen. Ich fange mal an der Stelle an, als du mir abhandengekommen bist. Irgendwann waren alle weg und mir wurde klar, dass ich weder genau wusste, wer du bist, noch, wie ich dich wiederfinden kann. Es ging mir unglaublich dreckig. Hubert hatte dich zwar nach Hause gebracht und wusste, wo du wohnst, wollte mir aber partout nicht sagen, wie ich dich finden kann. Er meinte, dass ich zuerst mit mir ganz im Reinen sein muss.«

»Siehst du, das habe ich doch vorgestern Abend auch gemeint«, nickt Nina. »Ich hatte das Gefühl, es steht eine dicke Wand zwischen uns, die ich mit aller Kraft und Liebe nicht wegschieben konnte. Deshalb musste ich gehen. Es war so schrecklich. Und tat wahnsinnig weh. Aber es ging nicht anders. Nachdem du mir von ihr erzählt hattest, war sie so gegenwärtig, dass ich dachte, ich komme gar nicht mehr zu dir durch. Ich habe sogar geträumt von euch beiden. Und als ich dann aufgewacht bin, wollte ich nur noch weg.«

Simon steht vor ihr, an den gedrechselten Bettpfosten gelehnt, und schüttelt langsam mit gequältem Gesichtsausdruck den Kopf. »Hubert ist ein alter Freund meines Vaters und irgendwie immer für mich da gewesen. Ich habe viel von ihm gelernt und weiß, dass er oft recht hat, wenn er mir Ratschläge gibt. Er hat mir den Marsch geblasen, weil er schnell erkannt hat, dass ich dich schlecht behandelt habe. Und ich habe dich verdammt schlecht behandelt! Wirst du mir das verzeihen können?«

Diesen zermarterten Gesichtsausdruck kennt sie mittlerweile nur zu gut und sie möchte ihn nicht mehr so sehen müssen. Nina möchte ihn glücklich sehen. Mit schief gelegtem Kopf lächelt sie ihn an und streckt ihm eine Hand hin. »Das fragst du noch? Das habe ich doch längst! Wäre ich sonst hier?«

Er nimmt ihre Hand und lässt sich zu ihr auf das breite Bett ziehen. »Du hast am Samstagabend gesagt, wir hätten den zweiten Schritt vor dem ersten gemacht.«

Nina sagt nichts, nickt nur und lässt ihn reden.

»Weißt du, was ich glaube?«

Sie schüttelt den Kopf. Endlich ist er offenbar in der Lage, all seine Gedanken zu formulieren, will es jetzt loswerden – und sie möchte ihn nicht mehr unterbrechen.

»Ich glaube, wir hätten gar nicht anders gekonnt! Du kannst es eine ›schicksalhafte Begegnung‹ nennen oder ›die Macht der Liebe‹. Eigentlich ist es wurscht, wie man es bezeichnet. Aber es sollte einfach so sein, dass wir uns begegnen. Wo lernt man denn normalerweise seinen Partner kennen? Doch nicht in so einer abgefahrenen Situation! Man lernt ihn beim Sport, im Job, weiß der Geier, in irgendwelchen ganz alltäglichen Situationen kennen. Was uns da aber passiert ist, das ist so ungewöhnlich, das gibt's doch eigentlich gar nicht. Und wir hatten keine andere Chance, als uns entweder aufeinander einzulassen oder eben nicht. Bevor du kamst, Nina, hätte mich keine Frau von Laura trennen können. Ob sie nun da ist oder nicht. Ob sie nun lebt und wiederkommt oder irgendwo tot liegt. Aber als ich dich im Schnee gefunden habe, waren doch schon alle Weichen gestellt! Es brauchte nur seine Zeit, bis ich das begriffen habe. Mein Muster war so eingefahren, dass ich wirklich zuerst dachte, ich müsste dich ›richtig kennenlernen‹ und mich zwischen dir und ihr nach einer irgendwie gearteten Testzeit X entscheiden.

Hubert hat auch versucht, mir das einzubläuen. So geht das aber nicht. Wir MUSSTEN den zweiten Schritt vor dem ersten machen. Ich wäre nie wieder an der Oberfläche des Lebens aufgetaucht, wenn ich mir so ganz ›normal‹ eine Frau hätte suchen sollen. Irgendwer oder irgendwas hat unsere Schicksale in die Hand genommen und sie zusammengefügt. Und es ist gut so und was auch immer passieren wird …«

Simon bricht ab, greift ihre Hände und sieht ihr fest in die Augen, als er seinen Satz beendet. »Ich will nichts anderes mehr und ich will keine andere mehr. Auch nicht Laura!«

Fast atemlos hat er ihr seine Gedanken vorgetragen. Nina legt ihre Stirn auf seine Hände und lässt die Worte wirken. In ihr weicht die letzte Angst. Ein irres Glücksgefühl enthebt sie jeden zaghaften Vorbehaltes. Sie will es jetzt ganz genau wissen.

»Wann ist dir das klar geworden?«

»Hubert hat mich an dem Abend in den Hirschen geschleppt und mich abgefüllt. Er meinte wohl, nach einem anständigen Vollrausch würde ich klarer denken können.«

»Und du konntest klarer denken?« Sie hebt den Kopf und sieht ihn direkt an.

»Ja. Ich habe mich mit logischen Erklärungen zum Thema Laura auseinandergesetzt. Zweieinhalb Jahre, Nina! So lange Zeit. Verdammt, ich bin damals sechsundzwanzig gewesen und habe gedacht, mein Leben ist zu Ende! Laura hat für immer ihren Platz in meinem Herzen, aber ich kann auch nicht ewig nur von der Erinnerung leben. Da verhungert man doch. Und ganz ehrlich: Leben konnte man das ja schon fast gar nicht mehr nennen. So ganz ohne Liebe …«

Er sieht sie an, als würde er eine Art Absolution von ihr erwarten, als er fortfährt. »Zuerst habe ich mir nur vorgenommen, uns eine Chance zu geben, dich besser kennenzulernen, damit ich mich ›vernünftig‹ entscheiden kann. So ganz klassisch mit Verstand und Blabla. Das war's aber nicht. Die Idee war fürn Arsch. Weißt du, was wirklich wichtig war? Ich konnte auf einmal wieder fühlen! Und dann haben mich meine Gefühle letztlich doch wieder um den Verstand gebracht. Wenn du also von mir hören willst, dass ich mich mit Bedacht und ganz kühl und vernünftig entschieden habe, dann muss ich dich enttäuschen. Wenn dir aber mein Herz und mein Bauch ausreichen, dann …«

Nina unterbricht ihn, kniet sich auf das Bett und nimmt ihn in die Arme.

»Nicht nur ausreichen, Simon! Nach vernünftigen, sachlichen Überlegungen kauft man Waschmaschinen. Ich glaube, die Liebe hat's nicht so mit der Vernunft. Und wir wären bescheuert, wenn wir sie nicht einfach mal machen lassen würden«, sagt sie lächelnd. »Ich hatte übrigens genau so eine wunderbare, klar denkende Beraterin. Jenny. Erst hat sie mich übrigens als ›egoistisches Arschloch‹ bezeichnet.«

»Warum das denn?« Simon ist geplättet.

»Sie hat mir vorgeworfen, ich würde ja froh sein, wenn Laura nie wiederkäme, weil …« Nina stockt. Es ist ihr furchtbar peinlich, aber auch sie will jetzt reinen Tisch machen.

»Weil was?« Er sieht sie forschend an.

»Na, weil ich dich für mich alleine haben will. Und damit hat sie ja recht. Immerhin hatte sie so viel Verständnis, dass sie mir dann auch den ganzen Kram vom ›richtig Kennenlernen‹ erzählt hat. Damit ich eine ›Alternative‹ für dich werde, wenn Laura doch noch lebend zurückkäme. Das fand ich am Sonntagabend ziemlich hilfreich, um nicht umzukommen vor Traurigkeit. Aber schon nach der ersten Nacht allein habe ich mich nur noch nach dir gesehnt. Und irgendwie doch die ganze Zeit das Gefühl gehabt, es wird alles gut. Als du dich aber bis abends nicht gemeldet hattest, hab ich gedacht, ich dreh total durch. Jenny hat mich quasi gezwungen, ins Paco's mitzugehen, damit ich auf andere Gedanken komme. Ich WOLLTE bloß gar keine anderen Gedanken!«

»Sollst du auch nicht mehr haben wollen! Ich finde, wir haben genug gelitten und dürfen jetzt auch mal einfach ein bisschen miteinander glücklich sein!«

Nina lacht. Sie fühlt sich wie befreit und ihr kommt ein neuer Gedanke. »Sag mal, woher wusstest du eigentlich, wo du mich findest?«

»Giuseppe! Ich war essen. Hubert habe ich nämlich den ganzen Tag lang nicht erreicht. Ich könnte dir jetzt natürlich eine ganz unglaubliche Geschichte erzählen von wegen Magnetismus oder so, aber ich denke, es ist gerade sinnvoller, ehrlich zu sein.«

»Und wie hast du mich erkannt unter den mindestens vierhundert Leuten? Eigentlich geht das doch gar nicht. Ich hatte ja kein Schild auf der Stirn pappen – suche dringend Traummann Simon – oder so …«

»Na, vielleicht doch Magnetismus? Ich habe da oben am Geländer gestanden und wusste nicht, wonach ich wirklich suchen sollte. Ich kenne dich im Skianzug und nackt. Bei diesem Flackerlicht kannst du ja kaum was sehen. Und trotzdem habe ich dich nach ein paar Minuten fixiert. Ich war magisch angezogen, obwohl ich gar nicht erkannt habe, wen ich da anstarre, bis die Lichtzuckerei kurz aufhörte und Antonio auftauchte. Sehr selektive Wahrnehmung, nicht?«

»Ich bin jedenfalls verdammt froh um diesen Tunnelblick, den du da entwickelt hast!«

Simon nimmt ihr das Glas aus der Hand und zieht sie an sich. »Siehst du noch Schatten zwischen uns, Nina?«

»Nein! Und weißt du was? Wenn irgendwelche alten oder neuen aufkreuzen sollten, können die sich auf was gefasst machen. Das kann ich dir versprechen!«

»Nicht nur du!«

»Es wird morgen nichts werden mit Schule, Simon. Es ist schon so spät jetzt. Ich werde einfach mal schwänzen. Weck mich, wenn du mich brauchst«, gähnt Nina und schläft in seinen Armen ein.

Kapitel 21

»Guten Morgen, Herr Westphal, haben Sie gut geschlafen?«, fragt Cornelia.

»Wenigstens ist es nicht arschkalt in eurer staatlichen Privatpension. Bloß die Bedienung könnte ich mir netter vorstellen. Habt ihr nicht ein paar knackige Weiber im Vollzug?«

Die zwei herausgeschlagenen Zähne haben eine Lücke hinterlassen, durch die er nun noch trefflicher sabbern kann. Frederic nimmt ein Taschentuch und wischt den Tisch vor dem Mikro ab.

»Krieg ich jetzt 'ne schicke Prothese auf Staatskosten oder zahlt mir das der Viehdoktor?«, nuschelt der Alte.

»Da wird sich sicher eine Lösung finden«, beruhigt Cornelia. Es fällt ihr etwas schwer, ihre Rolle beizubehalten, und insgeheim ärgert sie sich etwas über die abgesprochene Verteilung. Nun ist es aber nicht mehr zu ändern und sie weiß, wie gut die Erfolge der Vernehmungsmethode im Zusammenspiel mit Frederic immer gewesen sind. Diesen Täter hätte sie nur allzu gern als »böser Bulle« vernommen. Sie reißt sich zusammen und flötet so honigsüß wie möglich: »Einen schönen Kaffee, Herr Westphal?«

»Kühles Bier wäre mir lieber! Habt ihr nichts hier? Schon zwei Tage ohne Schnaps! Schöne Scheiße«, spuckt er ungehalten.

»Das tut mir nun wirklich furchtbar leid! Aber da haben wir unsere Vorschriften«, entschuldigt sie sich mit sanfter Stimme und bittet Frederic, Kaffee kommen zu lassen. Als sie neben ihm am Tisch steht, um Milch und Zucker einzurühren, sagt der Alte mit dreckigem Lachen: »Gut machst du das, Püppi! Kannst meine persönliche Bedienung übernehmen.«

Cornelia spürt, dass Frederic sich die Unverschämtheiten nicht mehr lange anhören wird. Er kann gerade noch Westphals Hand ergreifen, die er zweifellos gehoben hat, um der Kommissarin kräftig auf den Hintern zu klatschen.

»Freundchen, reiß dich zusammen! Es wäre denkbar, dass du es gleich sehr unangenehm mit mir zu tun bekommst.«

»Schon gut, schon gut«, murmelt der Wilderer und widmet sich mit gesenktem Kopf seiner Kaffeetasse.

»Herr Westphal, ich kann Ihnen die gute Botschaft überbringen, dass die Beamten gestern in Ihrem Haus den Hund gefunden haben. Er ist gut versorgt.«

»Der Scheißköter? Unnützer Fresser, zu nichts zu gebrauchen. Schon gar nicht mehr zur Jagd!«, schimpft der Mann.

In Cornelia beginnen alle Sicherungen langsam zu glühen. Sie muss tief durchatmen, um die nächste Frage möglichst mit freundlicher, gleichmütiger Stimme formulieren zu können. »Damit wären wir dann auch gleich beim Thema, Herr Westphal. Wir haben ja in Ihrem Haus nicht nur den Hund gefunden, sondern eine ganze Reihe Waffen, Tierfelle, Fallen und weitere Utensilien, die zur Jagdausübung benutzt werden. Wir wissen bereits von unseren Kriminaltechnikern, dass keine einzige Waffe auf Ihren Namen registriert ist. Können Sie uns etwas dazu sagen, woher die Waffen stammen?«

»Gefunden!«, schnarrt der Alte.

»Gefunden?«, schaltet sich Frederic mit eisigem Tonfall ein. »Vier Stück? Und die Fallen? Auch gefunden? Vielleicht sogar die toten Hasen, die in Ihrem Schuppen hängen? Auch gefunden?«

»Klar, alles gefunden!«, kichert Westphal und grinst zahnlos unter seinem grauen Kaiser-Wilhelm-Bart.

»Ja nee, schon klar, alles gefunden!«, wiederholt Frederic sarkastisch. »Wissen Sie was, Herr Westphal? Es täte Ihnen verdammt gut, ein bisschen mit uns zusammenzuarbeiten und nicht zu versuchen, uns derartige Märchen aufzutischen. Die Wilderei ist eine Sache. Hinzu kommen aber noch allerhand weitere Delikte, die erheblich schwerer wiegen dürften. Versuchen wir es doch erst mal mit einem guten Gespräch über versuchten Mord!«

»Wieso versuchter Mord?«, entrüstet sich Westphal. »Der feine Herr Doktor hat eine Waffe auf mich gerichtet. Ist doch klar, dass ich mich da schütze. Und das Mädel stand da eben so rum.«

»Sie haben gedroht, sie in die Schlucht zu stoßen!«

»Wer sagt das? Das Mädel? Lügt doch, die blöde Ziege. Hat doch auch was mit dem Doktor!«, empört sich der Mann.

Cornelia weiß, dass es ohne Einsicht in die Vernehmungsprotokolle der weiteren Beteiligten ein dünnes Eis ist, auf das Frederic die ganze Sache gerade gebracht hat. Sie muss einen anderen Strang weiterverfolgen.

»Herr Westphal, lassen wir doch dieses Thema erst mal«, lenkt sie ein. »Ich habe hier noch etwas viel Interessanteres, das die Kollegen gestern in Ihrer Hütte gefunden haben. Können Sie uns Angaben über die Herkunft dieses ungewöhnlichen Schmuckstückes machen?«

Sie schiebt ihm das Foto über den Tisch.

Interessiert hebt der Alte den Kopf und erstarrt. Cornelia glaubt sich auf einer heißen Spur und sieht ihn erwartungsvoll an. Dass er sich so schnell fangen würde, hätte sie nicht gedacht. Die Starre weicht schnell einem ausgesprochen feuchten Lachen.

»Gefunden, Schätzchen. Gefunden!«, behauptet er gelassen und lümmelt sich entspannt in seinen Stuhl.

Ein warnender Blick an Frederic, der hinter Westphal steht, bremst dessen beabsichtigtes Eingreifen ob der erneuten Entgleisung.

»Wo denn?«

»Im Wald! Ich finde immer alles im Wald. Schließlich bin ich ein passionierter Wanderer. Was glauben Sie, was die Leute im Wald alles verlieren!«

»Ja klar, teure Schmuckstücke, Waffen, abgezogene Felle! Was versuchen Sie uns hier eigentlich zu erzählen? Glauben Sie, solche Geschichten entlasten Sie in irgendeiner Form?«, fragt Frederic scharf. »Lassen Sie sich doch mal was Neues einfallen.«

Die Züge des Wilderers erhellen sich plötzlich, als wäre ihm eine ausgezeichnete Idee gekommen.

»Das habe ich wirklich im Wald gefunden«, sagt er und wendet sich mit einem verschwörerischen Ausdruck an Cornelia. »Aber nicht einfach so!« Triumphierend sieht er sie an, als er fortfährt. »Dazu gibt's 'ne nette Geschichte. Die muss ich Ihnen doch direkt mal erzählen, Frau Kommissarin. Jetzt hören Sie mal gut zu! Da werden Sie sich wundern.«

»Ich wundere mich ja gerne, Herr Westphal, also schießen Sie mal los«, sagt Cornelia und sieht ihn gespannt an.

»Also, das war so: Ich weiß das noch ganz genau, weil es einen Tag vor meinem Geburtstag war.«

Während der Alte eine Kunstpause macht, blättert Cornelia in der Akte und findet sein Geburtsdatum. »Am 25. August also, ja?«, fragt sie.

Er nickt mit wissendem Gesicht und es scheint ihm Spaß zu machen, Spannung aufzubauen, als er nun betont freundlich und sorgsam formuliert. »Ja, am 25. August im Sommer vor zwei Jahren! Da bin ich nämlich auch durch den Wald gewandert. Und es hat ein Gewitter gegeben. Das hat mächtig gekracht, sage ich Ihnen! Aber das Wetter hat mich nicht gehindert, etwas sehr Interessantes zu beobachten.«

»Nun legen Sie schon los«, sagt Cornelia ungeduldig, »Sie werden uns ja wohl kaum mit uralten Wetterberichten unterhalten wollen.«

»Geduld, Frau Kommissarin! Ich hatte ja auch welche. Hätte ich Ihnen nämlich schon viel früher erzählen können. Wollte ich aber nicht. Dachte, ihr seid so schlau und findet alles raus. Jetzt braucht ihr mich also. Und das ist gut so!«

Zwei Augenpaare sind auf ihn gerichtet. Der Mann genießt seine Rolle.

»Gut, ich will mal nicht so sein und euch die Augen öffnen. Über den feinen Herrn Doktor. Wer weiß, was der immer mit den Weibern macht? Das Mädchen, das ihm da am Sonntag abgehauen ist, war ja nicht das erste! Da war schon mal was. Genau am 25. August vor zwei Jahren.«

»Westphal, was hat das miteinander zu tun? Nun reden Sie endlich Klartext, Mann! Oder wollen Sie sich auch noch die Vertuschung einer Straftat anhängen lassen?«, fährt ihn Frederic an.

Die Gesichtszüge des Alten entgleisen. »Vertuschung? Aufklärung, Herr Kommissar Zufall! Ihr kriegt's ja nicht geschissen«, brüllt er empört. »Und ich will, dass ihr mir das nachher anrechnet. Wenn ihr das nicht macht, sage ich gar

190

nichts mehr!« Maulend zieht er sich hinter seine halb leere Kaffeetasse zurück.

»Herr Westphal«, versucht Cornelia die Situation mit zuckersüßer Stimme zu retten, »wenn Sie tatsächlich zur Aufklärung eines alten Falles beitragen können, dann tun Sie das jetzt. Ich bin sicher, dass die Staatsanwaltschaft das zu würdigen wissen wird.«

Sie atmet innerlich auf, als der Mann wieder hinter seiner Tasse hervorkriecht und weiterspricht.

»Ich will's kurz machen. Ich habe einen Streit beobachtet. Zwischen dem Doktor und einer jungen Frau. Das ist die Frau gewesen, die verschwunden ist und die ihr nicht gefunden habt. Es sind sogar Schüsse gefallen!«

Frederic und Cornelia sehen sich alarmiert an.

»Und was haben Sie dann gemacht?«, fragt Cornelia.

»Bin abgehauen.«

»Warum sind Sie abgehauen und warum haben Sie den Vorfall nicht gemeldet? Wir haben wochenlang nach der verschwundenen Frau gesucht. Und Sie behaupten, Sie hätten sie am Tag ihres Verschwindens in einem Streit mit Doktor Magnussen beobachtet? Welchen Grund hatten Sie, die Sache nicht anzuzeigen?«

Westphal merkt, dass er in die Bredouille geraten ist. Wieder steckt er die Nase tief in seine Kaffeetasse, verbirgt sein Gesicht.

»Kann es etwa sein, dass Sie in Ihrer Eigenschaft als Wilderer unterwegs waren und Angst hatten aufzufliegen?«, will Cornelia wissen.

»Kann es etwa sein, kann es etwa sein ...«, murrt der Mann, dem klar wird, dass er sich für eine Richtung entscheiden müsste. »Ja, kann in etwa sein.«

»Was Sie uns da gerade erzählt haben, ist die Wahrheit? Würden Sie dazu auch ein Protokoll unterschreiben?«

Westphal überlegt einen Augenblick und nickt dann.

»Was Sie uns aber immer noch nicht erklärt haben, ist, woher Sie denn nun dieses Amulett haben. Sie haben behauptet, Sie hätten es gefunden. Wann und wo genau?«

»Habe ich gefunden. Im Wald. Habe ich doch gesagt!«, grinst er scheel.

»Himmelarsch, Westphal!« Frederic platzt langsam der Kragen. »Sie werden sich selbst noch alles kaputtmachen. Jetzt kotzen Sie sich endlich aus!«

»Bin da paar Stunden später noch mal hin. War aber keiner mehr da. Bloß das Ding lag im Moos. Das habe ich dann eingesteckt. Ist ja echtes Gold. Kann man auch verticken, wenn's mal eng wird. Aber jetzt habt ihr es mir ja abgenommen. Scheiße!«

Cornelia schaltet kopfschüttelnd das Mikro aus. »Frederic, machst du das mit dem Protokoll? Ich sehe mir in der Zwischenzeit die Akten noch mal an. Dann reden wir.«

Ihr schwirrt der Kopf. Zurück in ihrem Büro braucht sie zunächst eine Kopfschmerztablette.

Der Kollege Fritsch klopft kurz, reißt ihre Tür auf und schreit in den Raum: »Sandwich, Kaffee, Cola? Ich gehe was holen. Willst du was?«

Mit schmerzverzerrtem Ausdruck greift sie sich an den Kopf. »Bitte, Fritsch, nicht so laut! Mein Kopf platzt gleich. Wir haben gerade Westphal vernommen, falls du es nicht registriert haben solltest.«

Der Kollege macht ein entschuldigendes Gesicht. »Tut mir leid, Conny, was willst du also?«

»Hawaii bitte. Cola dazu. Eine große. Und mach die Tür leise zu!«

Mit einem Knall fällt sie dennoch ins Schloss.

Cornelia stützt den malträtierten Kopf in die Hände und versenkt sich in die Akten.

Schon bevor Fritsch mit dem Essen zurück ist, sieht sie klar.

Ein Telefonat mit der Wache besiegelt den zu erwartenden Verlauf des Nachmittages.

Sie hat angewiesen, Simon Magnussen und Nina Tewes zur Vernehmung ins Präsidium zu bringen.

KAPITEL 22

Als Nina aufwacht, stellt sie fest, dass sie allein in dem riesigen alten Bett liegt. Sie ist wunderbar ausgeruht und rekelt sich langsam richtig wach. Kaffeeduft zieht durch die geöffnete Schlafzimmertür.

Boah, geht mir das gut! Jetzt teste ich erst mal die Wahnsinnsdusche!

Sie springt aus dem Bett, lässt den Kimono darauf liegen und geht ins Bad. Es ist ein Vergnügen, zwischen den verschiedenen Brausefunktionen zu wechseln. Mal pulsierend, mal kräftig massierend und mal ganz sanft trifft das warme Wasser auf ihren Körper. Große, weiche Badetücher hängen an Wärmevorrichtungen. Luxus pur.

An dem Doppelwaschbecken, in dem man ohne Weiteres sogar Kleinkinder hätte baden können, sucht sie nach ihrem wichtigsten Morgenutensil. Nach einer Zahnbürste. Und wird fündig.

Es liegt eine nagelneue noch verpackt auf dem breiten Rand. Darunter ein Zettel, auf dem in kräftiger Männerhandschrift »Ninas« steht. Sie ist gerührt und bekommt das Lächeln gar nicht mehr aus dem Gesicht, als sie sich die Zähne putzt.

Mit dem Gefühl, nichts könnte sie heute aus dem Gleichgewicht bringen, nichts ihren Glückszustand auch nur für Sekunden trüben, zieht sie sich den Kimono wieder über, lässt den Gürtel offen und geht die Wendeltreppe hinunter.

Simon steht in der Küche. Leise schleicht sie sich von hinten an und umarmt ihn.

»Guten Morgen, Schnee-Engel-Schlafmütze«, sagt er mit liebevoller, warmer Stimme und dreht sich um. »Wow, frisch geduscht und immer noch fast nackt! Das gefällt mir.«

Sanft gleiten seine Hände unter den Morgenmantel, streicheln ihren Rücken und verweilen auf ihrem knackigen Po. Der erste Morgenkuss ist so intensiv, dass Nina sich gleich wieder zurück im Bett sieht. Sie hat sich getäuscht.

»Erst mal frühstücken!«, sagt er und deutet auf den gedeckten Tisch im Esszimmer. Die Sonne fällt durch die hohen Fenster. Draußen erkennt Nina eine weite Fläche fast unberührten frischen Schnees. Nur eine Spur von Bens Tapsen zeugt von morgendlichen Aktivitäten.

»Komm, setz dich, iss erst mal was«, schlägt Simon vor.

Ein gewaltiger Strauß roter Rosen steht neben dem Platz, auf den er deutet.

»Sind die etwa für mich?« Nina ist platt.

»Natürlich sind die für dich! Wem sollte ich wohl sonst fünfzig rote Rosen auf den Frühstückstisch stellen?«

»Oh, Simon! Noch nie hat mich jemand so verwöhnt. Ist das schön!«, ruft sie aus und steckt ihre Nase in den duftenden Strauß. »Aber …« Für einen Moment erscheint ein trauriger Ausdruck auf ihrem Gesicht.

»Was aber?«, fragt er.

»Du beschenkst mich dauernd und ich habe nichts für dich.«

»Och, Süße, du bist hier! Das ist Geschenk genug.«

Nina hat eine Idee. Ehe er sie greifen und an sich ziehen kann, steht sie vor der Glastür zum Garten.

Als sie sie öffnet, beißt eisige Luft ihre Haut.

Egal, ich mach das jetzt!

Bevor Simon sie hindern kann, hat sie den Kimono herunterrutschen lassen und ist blitzschnell im Garten. Rücklings lässt sie sich in den Schnee fallen, breitet Arme und Beine aus, bewegt sie wie ein Hampelmann. Schnell ist sie wieder auf den Füßen. Simon steht kopfschüttelnd in der offenen Tür, nimmt sie wärmend in die Arme.

»Guck! Für dich. Ein Schnee-Engel«, bibbert sie lachend. »Du musst ihn fotografieren. Sonst macht Ben ihn kaputt. Wo ist der eigentlich?«

»Mit meinem guten Geist einkaufen. Ich wollte alleine mit dir frühstücken«, sagt er zwinkernd und hüllt sie schnell wieder in den Morgenmantel. Das Foto gelingt gut.

»Werd ich vergrößern lassen. Kommt übers Bett.«

Sie genießen das Frühstück in dem sonnendurchfluteten Raum und machen Pläne für den Tag, als es läutet.

»Wer ist das denn jetzt?«, überlegt er erstaunt. »Ach, wird die Post sein! Warte, ich gehe mal nachsehen.«

Es ist nicht die Post. Nina hört mehrere Stimmen. Sie kommen ihr bekannt vor.

Mit einem mulmigen Gefühl zieht sie den Kimono fest um sich, als sie erkennt, wer zur Tür hereinkommt. Frau Peter und der junge Polizist stehen in Simons Wohnküche.

Ninas Blick kreuzt sich mit dem der Beamtin.

»Ach, das ist ja eine schöne Überraschung! Frau Tewes, Sie sind auch hier. Wir haben es schon bei Ihnen zu Hause probiert und nahmen an, sie wären noch in der Schule. Dann müssen wir jetzt ja nicht weiter nach Ihnen suchen.«

»Ist es so dringend?«, fragt Nina überrascht. »Ich dachte, ich bekäme eine schriftliche Benachrichtigung. Es geht doch um das Protokoll, nicht?«

»Ja, darum geht es«, sagt Frau Peter. »Wir haben allerdings einen neuen Stand der Ermittlungen und müssen Sie beide jetzt sofort bitten mitzukommen. Ziehen Sie sich also an und kommen Sie mit.«

Nina findet es seltsam, dass der Beamte Simon begleitet, als er sich umziehen geht. Sie schnappt sich ihre Klamotten vom Vorabend und darf sich immerhin allein im Bad ankleiden.

Irgendwas ist doch hier oberfaul! Warum werden wir abgeholt? Warum haben die es plötzlich so eilig? Warum trennen sie uns hier in Simons eigenem Haus und warten nicht einfach, bis wir angezogen wieder runterkommen?

Vor der Badezimmertür hört sie Simon mit dem Polizisten sprechen.

»Was hat das hier zu bedeuten? Was ist denn der besagte neue Stand der Ermittlungen?«

»Das wird Ihnen Kommissarin Sänger erklären. Wir haben nur den Auftrag, Sie schnellstens zu ihr zu bringen«, erklärt der junge Beamte ihm.

Nina findet nicht, dass seine Stimme auch nur halb so freundlich klingt wie am Sonntag, als er sie heimgebracht hat. Ihr kurzes Partykleid erscheint ihr für den Anlass absolut ungeeignet. Die ganze Sache ist ihr furchtbar peinlich und unheimlich. Noch unheimlicher wird ihr, als der Polizist Simon in den Fond des Wagens bugsiert. Er tut das so, wie es in Krimis immer zu sehen ist, wenn festgenommene Verbrecher abtransportiert werden. Nina wird auf den Beifahrersitz neben Frau Peter gesetzt. So verschlossen, wie die Beamten heute wirken, wagt sie nicht, weitere Fragen zu stellen. Die Fahrt verläuft in eisigem Schweigen.

Im Präsidium werden sie getrennt.

Nina wird gebeten, auf dem Flur eines langen Ganges Platz zu nehmen und einen Augenblick Geduld zu haben. Sie kann Simon gerade noch einen verzweifelten Blick zuwerfen, als er hinter einer der vielen Türen verschwindet. Lange muss sie nicht warten. Ein Mittvierziger, der sich ihr freundlich als Kommissar Frederic Schürle vorstellt, bittet sie in einen Büroraum. Erneut gibt Nina alle Ereignisse des Tages in der Hütte zu Protokoll. Der Beamte tippt ihre Aussage in den Computer.

Sie friert jämmerlich, obwohl der Raum gut geheizt zu sein scheint. Schürle sitzt jedenfalls hemdsärmelig an seinem Schreibtisch, während Nina ihren Steppmantel immer dichter um sich zieht. Ihre Zähne wollen sich kaum davon abhalten lassen, laut aufeinanderzuklappern. Die Nerven liegen blank und plötzlich bricht es aus ihr heraus. »Haben Sie Dr. Magnussen jetzt festgenommen? Warum denn bloß?«

»Beruhigen Sie sich, Frau Tewes. Wir haben ihn nicht festgenommen. Wir haben nur eine Aussage gegen ihn, einen alten Fall betreffend. Ich darf Ihnen aber leider nichts Genaues sagen«, versucht er zu erklären.

Nina will und kann sich nicht beruhigen. »Was für ein alter Fall? Haben Sie etwas von dem Wilderer gehört? Hat er Simons verschwundene Verlobte umgebracht? Dem traue ich alles zu!«, sagt Nina schlotternd.

Frederic sieht sie gespannt an. »Was wissen Sie von der Sache?«

»Alles, was er mir erzählt hat! Ich weiß, dass er nicht mal wusste, dass sie wieder in der Stadt ist. Ich weiß, dass er an dem Tag, als sie verschwand, angeschossen wurde. Und dass er viele Tage in seiner Hütte gesessen und auf sie gewartet hat, als er aus dem Krankenhaus raus war.«

»Er ist an demselben Tag angeschossen worden? Da muss ich mal die Akten durchgehen.« Schürle ist offenbar aufmerksam geworden, aber Nina ist noch nicht fertig. »Und ich weiß, dass er sie geliebt hat. Er hat sie so geliebt, dass er seitdem keine andere Frau an sich rangelassen hat.«

198

Nina entgeht nicht der weiche Ausdruck, den sie jetzt in den Zügen des Kommissars erkennt. Und obwohl sie keine Ahnung hat, was auf Simon zukommen kann, was ihm womöglich vorgeworfen wird, hat sie das eindeutige Gefühl, dass es gut ist, wenn sie jetzt genauer erzählt, wie schwer sie es hatte, an ihn heranzukommen. Dass es beinahe an ein Wunder grenzt, dass er sich für sie überhaupt geöffnet hat. Sie spart nicht mit Superlativen zu Simons Charakter, legt dem Kommissar ihre Gefühle zu ihm vor die Füße.

Nachdenklich sieht er sie an, als sie atemlos geendet hat. »Dann beantworten Sie mir doch bitte noch eine Frage, Frau Tewes: Warum wollten Sie am Sonntagmorgen so eilig weg?«

Nina ist warm geworden in ihrer glühenden Präventivverteidigung. Sie zieht den Mantel aus und es ist ihr nicht bewusst, wie verletzlich sie jetzt dasitzt in ihrem kurzen Kleid, mit den geröteten Wangen und den wirren Locken, die ihren nackten Rücken beinahe ganz bedecken.

»Er wollte mich nicht, Herr Schürle!«

Diese großen traurigen Rehaugen sind zu viel für Frederic. »Er wollte Sie nicht?«

»Nein, er wartete auf seine Laura. Seine komische Freundin Lizzy war bloß Tarnung. Nichts mit Liebe. Und bei mir hat er angefangen zu schwanken und konnte es dann doch nicht! Deshalb bin ich gegangen.«

»Kann ich verstehen, den Mann«, murmelt Schürle und muss sich mahnen, zu den Tatsachen zurückzukommen. »Wie kommt es dann aber, Frau Tewes, dass Sie plötzlich doch noch ein Paar geworden sind?«

Nina erklärt. Sie spricht von dem furchtbaren Montag und von dem Wiedersehen in der Disko. Ihre Farben sind so schillernd, dass ein Bild entsteht, bei dessen Betrachtung Frederic den Eindruck hat, er wäre dabei gewesen. Nicht für den Bruchteil einer Sekunde kommt ihm die Idee, an dem Wahrheitsgehalt der Ausführungen des Mädchens zweifeln zu müssen.

»Ich weiß nicht, was Sie Simon vorwerfen«, wiederholt sie, »aber ich bin sicher, er ist unschuldig. Und ich bin genauso sicher, dass dieser Alte irgendwas weiß, was er Ihnen lieber nicht sagen wird. Es ist nur ein Gefühl. Aber mein Bauch hat immer recht.«

Lächelnd sieht Frederic sie an.

»Doktor Magnussen hat jedenfalls ein Schweineglück, so geliebt zu werden! Wir machen jetzt erst mal das Protokoll mit Ihren Aussagen zu Sonntag fertig und dann werde ich mich mit meiner Kollegin beraten.«

Er zieht die Blätter mit Ninas Aussage aus dem Drucker, lässt sie lesen und reicht ihr einen Stift zum Unterzeichnen. »Möchten Sie hier warten? Ich kann Ihnen einen Kaffee bringen. Sie könnten aber auch gehen.«

»Danke, ja, ich nehme gern einen Kaffee. Und gehen tue ich erst, wenn ich mit Simon gehen kann«, sagt sie dankbar mit einem Augenaufschlag, der Frederics weichste Seiten berührt.

Er klopft an Cornelias Tür, betritt den Raum auf ihr »Herein« hin.

Das Gespräch zwischen der Kollegin und Simon Magnussen scheint sehr vernünftig abzulaufen. Er kennt sie gut genug, um zu wissen, wann die Luft brennt.

»Kann ich dich einen Augenblick sprechen, oder bist du noch nicht fertig?«, fragt er.

Sie steht auf, entschuldigt sich bei Simon, der ihr freundlich zunickt, und tritt zu ihm vor die Tür.

»Du kannst ihn allein lassen? Kein Beamter nötig?«

»Ganz sicher nicht!«

»Lass uns mal ins Besprechungszimmer gehen. Ich glaube, das ist frei«, sagt er.

»Ich weiß ja nicht, was du von der jungen Dame gehört hast, aber ich bin ziemlich sicher, dass unser Freund Westphal versucht hat, uns einen schönen Bären aufzubinden«, beginnt Cornelia.

Frederic nickt. »Die kleine Tewes hättest du mal hören sollen! Junge, Junge! Muss Liebe schön sein. Sie hat ja keine Ahnung, welche Idee uns getrieben hat, aber aus dem schnatternden verängstigten Bündel Menschlein ist vielleicht eine Amazone geworden, als es um ihn ging! Ich sage dir …!«

Cornelia lacht. »Sag mir nicht, dass du altgedienter Bulle dich hast bezirzen lassen!«

»Bewahre, nein, Cornelia!«, sagt er empört und muss doch grinsen. »Nein, aber so offen und ehrlich emotional habe ich schon lange keine Zeugin mehr erlebt.«

»Das soll mich jetzt beruhigen, ja? Nein, ganz im Ernst, Frederic. Wir haben etwas übersehen. Magnussen ist am späten Nachmittag auf seinem Hochstand angeschossen worden. Zumindest steht das so in seiner Anzeige von damals. Mutmaßlich war das Westphal. Die Täterbeschreibung passt jedenfalls. Er hat zweimal geschossen. Ein Projektil hat man aus Magnussens Knie gepopelt, das andere wurde im Holz des Hochstandes sichergestellt. Beide haben wir in der Asservatenkammer. Wir müssen nur unsere Ballistiker die Geschosse mit Westphals Waffen abgleichen lassen. Ich habe das schon in Auftrag gegeben.«

Frederic nickt. »Das deckt sich mit dem, was das Mädchen von ihm erfahren hat. Stellt sich jetzt bloß noch die Frage, warum der Alte uns diese Ablenkungsstory aufgetischt hat«, überlegt Schürle.

»Er hat sich das ausgedacht, als wir ihn mit dem Foto des Schmuckstückes konfrontiert haben. Damit wollte er ganz gewiss nicht von seiner Wilderei ablenken. Dass wir ihn da überführt haben, wird ihm klar sein. Nein, Frederic. Der will von was ganz anderem ablenken!«

»Du glaubst, er hat was mit dem Verschwinden von Laura Turm zu tun, oder?«

»Wenn mich mein Bauch nicht täuscht, ganz sicher.«

»Nee, oder? Ich hatte doch gerade schon eine Frau mit Bauchgefühlen! Könnt ihr Mädels nicht mal bei den Fakten bleiben?«

Cornelia sieht ihn mit wissendem Lächeln an. »Mann, du hast keine Ahnung! Intuition! Schon mal was davon gehört? Was glaubst du, wie es mich damals gewurmt hat, dass ich den verdammten Fall nicht aufklären konnte? Da hatte ich nämlich nicht die leiseste Spur von Bauchgefühl. Jetzt habe ich eins und dem werde ich akribisch nachgehen. Bis du Fakten hast!«

»Ist ja gut, ist ja gut. Mit reinem Bauchgefühl wird sich unser Staatsanwalt wohl auch eher weniger zufriedengeben. Wo setzen wir also an?«

»Ballistik plus Fundort des Schmuckes. Die Peter hat was von einer Wachsjacke geschrieben. Da hat das Ding dringesteckt. Und die werden wir jetzt mal genauer ansehen lassen. Wäre doch gelacht, wenn wir dem alten Molch nicht auf die Schliche kommen.«

»Wie hat Magnussen reagiert, als du ihn mit dem Fund des Amuletts konfrontiert hast?«

»Ich habe ihm zunächst nur das Foto gezeigt. Ich habe nicht gleich alles Pulver verschossen. Wirst du dir doch denken können.«

Frederic nickt. »Und?«

»Der Mann ist so elektrisiert gewesen, das kannst du dir nicht vorstellen. Zuerst die ganze Bandbreite aus Freude und Hoffnung, dass wir sie gefunden haben könnten. Dann hat er gefragt, warum wir nur ein Foto des Amuletts haben. Du hättest ihn umkippen sehen sollen, als ich ihn aufgeklärt habe.

Nein, Frederic! Magnussen können wir ausschließen. Der hat ganz sicher nichts mit dem Verschwinden der Frau zu tun. Außerdem sprechen wirklich alle Fakten dagegen.«

Nachdenklich sieht Frederic die Kollegin von der Seite an. Sie wirkt überhaupt nicht zufrieden. Eine steile Denkfalte hat sich zwischen ihren Augenbrauen gebildet, die ihm sehr vertraut vorkommt.

»Da ist doch noch mehr? Was geht dir gerade im Kopf rum? Ich sehe doch deine grauen Zellen förmlich rotieren.«

»Ja, du hast recht. Etwas ganz anderes macht mir nämlich Gedanken: Wäre es das erste Mal, dass sich so ein durchgeknallter Wichser eine junge Frau kascht und sie irgendwo gefangen hält? Ganz ohne Lösegeldforderung? Vielleicht ist ja Laura Turm kein Mordopfer und es hat einen Grund, warum wir keine Leiche gefunden haben?«

»Mach mich nicht irre, Conny! Das hieße dann, dass eine eingekerkerte Frau derzeit irgendwo unversorgt sitzen könnte? Kannst du dir das bei Westphal vorstellen?«

Cornelia Sänger zuckt die Achseln. »Ich trau dem Kerl fast alles zu. Momentan ist es nicht mehr als eine Befürchtung – oder eine Hoffnung, dass sie noch lebt. Wenn da etwas dran ist und wir dem nicht nachgehen, werde ich meines Lebens nicht mehr froh!«

Schürle nickt. »Dann lass uns anfangen.«

Sie sieht ihn entschlossen an. »Entlass du die beiden. Es wird Zeit für einen Tritt in den Hintern bei der KT und ein dringendes Gespräch mit dem Staatsanwalt.«

KAPITEL 23

Huberts Pick-up steht vor dem Präsidium.

So schwierig es auch am vergangenen Tag gewesen war, ihn zu erreichen: Heute hat eine kurze Nachricht auf der Mailbox ausgereicht, ihn sofort auf den Plan zu rufen. Simon wird den Verdacht nicht los, sich bei ihm doch im vermuteten Technikunverständnis getäuscht zu haben. Womöglich wollte Hubert gestern einfach keine übereilten Schnellschüsse von ihm hören und hatte sich deshalb so rar gemacht.

»Komm, steig ein, lass uns fahren!«, sagt Hubert.

»Wir müssen noch auf Nina warten.«

»Soso!«, schmunzelt Hubert. »Na, das wirst du mir später genauer erzählen müssen. Jetzt bitte erst mal Aufklärung zu meinen Taxidiensten hier. Was ist passiert?«

»Sie haben Lauras Amulett bei dem Wilderer gefunden. Der hat ihnen eine wüste Story aufgetischt, er hätte am Tage ihres Verschwindens einen Streit zwischen uns und Schüsse mitbekommen. Er will sich versteckt haben und behauptet, später Lauras Schmuck gefunden zu haben.«

»Aber du hast doch am selben Tag diesen Schuss ins Knie abbekommen. Das war doch der Kerl! Können die nicht …?«

Simon lässt ihn nicht ausreden, erklärt ihm eilig, dass die Ballistiker beschlagnahmte Waffen und Geschosse abgleichen werden, und kommt dann schnell zu dem Punkt, der ihm jetzt vor allem durch den Kopf geht. »Hubert, sie haben das Amulett gefunden. Sie hat es immer getragen. Das Schmuckstück ist da, von Laura keine Spur. Weißt du, was das bedeuten kann?« Nervös fährt er sich mit der Hand durchs Haar.

»Ich bin ja nicht dämlich! Entweder ist Laura sehr nah bei deiner Hütte umgebracht worden oder sie ist eben nicht ermordet worden.«

»Du weißt, was ich befürchte, nicht? Stell dir bitte vor, der alte Sack hält sie irgendwo gefangen!«

»Was sagt die Polizei dazu?«

»Vorerst noch gar nichts. Sie werden lediglich die Waffen und die Jacke näher untersuchen lassen, die sie bei dem Vogel gefunden haben. Ich hatte zwar den Eindruck, die Kommissarin hätte eine ähnliche Idee wie ich, aber sie hat sich nicht geäußert, als ich sie darauf angesprochen habe.«

»Wenn er sie irgendwo festhält, dann sicher nicht oben im Wald. Das wäre uns nicht entgangen, Simon. Dafür bin ich viel zu oft dort unterwegs. Jedenfalls hätte mir doch dann in zweieinhalb Jahren irgendwann mal was auffallen müssen. Ich habe keine Ahnung, wo wir ansetzen sollten.«

»Ich auch nicht! Ich denke nur, ich sollte Lauras Eltern darüber informieren, dass es eine Spur gibt.«

»Mein lieber Mann, das halte ich aber für eine ganz blöde Idee! Lauras Mutter wird zusammenbrechen. Denkst du nicht, es ist besser, abzuwarten, bis die Polizei mit den Ermittlungen weiter ist?«

»Hubert! Hältst du es für eine schöne Vorstellung, wenn die Beamten ihre Eltern irgendwann vor vollendete Tatsachen stellen? Völlig fremde Leute immerhin! Du weißt, sie haben sich doch seit Lauras Verschwinden vollkommen von allem zurückgezogen. Sie leben total isoliert. Ist es dann nicht besser, wenn ich das tue?«

»Ja, schon, mein Junge. Aber warum willst du nicht noch warten? Du würdest den beiden nur Hoffnungen machen, die sich dann vielleicht doch nicht erfüllen.«

»Vielleicht hast du recht. Aber glaubst du nicht, dass ich genau die gleichen Hoffnungen habe? Dass man sie lebend finden kann? Auch wenn es nicht sehr wahrscheinlich ist.«

»Also, ganz ehrlich, ich kann mich mit diesen ganzen Überlegungen nicht anfreunden.« Hubert fixiert etwas über Simons Schulter hinweg und versucht, ihn mit einem Augenzwinkern darauf hinzuweisen. »Pst, dreh dich mal um! Ich glaube, du hast gerade ein Problem. Ich schätze mal, die Kleine weiß noch nichts.«

Nina kommt die Treppe herunter, läuft auf die beiden zu und fällt Simon völlig unbefangen um den Hals. Er hat große Schwierigkeiten, so plötzlich umzuschalten, und hält sie lange umschlungen, um etwas Zeit zu gewinnen und sich zu fassen. Hubert kommt ihm zu Hilfe.

»Junge Dame, du bist ja immer noch im Ausgehzwirn. Und viel zu kalt ist es auch für diesen Aufzug. Sollen wir dich nicht erst mal heimbringen, damit du dich umziehen kannst?«

»Ja, sicher, gern! Aber ihr müsst auf mich warten, ja? Ich beeile mich auch. Und dann will ich wissen, was los ist«, stimmt sie zu.

»Wie war es bei dir?«, möchte Simon wissen.

Er hat das Gefühl, erst einmal allein mit den letzten Gedanken fertigwerden zu müssen. Er will unbedingt vermeiden, sie sofort mit der Idee zu konfrontieren, Laura könne vielleicht doch noch am Leben sein, und sie womöglich wieder in

Unsicherheit zu stürzen. Zu kurze Zeit ist es erst her, dass er sie davon überzeugen konnte, wie sicher seine Wahl ohne Wenn und Aber zu ihren Gunsten ausgefallen ist.

Nina berichtet ausführlich von den letzten Stunden, und ehe Simon in die Verlegenheit kommt, sich genau äußern zu müssen, hat Hubert den Wagen auch schon in die ruhige Seitenstraße gesteuert, in der ihr Elternhaus steht. Mitten in der Einfahrt parkt ein Audi mit einer Skibox auf dem Dach.

»Mensch, meine Eltern sind ja da! Ich dachte, die kommen erst am nächsten Wochenende zurück!«

Ninas Ausruf birgt eine Melange aus Überraschung, Freude und Ärger.

»Simon, das wird länger dauern«, erklärt sie enttäuscht. »Kannst du mich später abholen?«

»Ungern. Aber: ja, natürlich!«

Er ist nicht ganz ehrlich, aber so genau scheint sie jetzt nicht auf jede Feinheit zu achten.

»Ruf mich an, wenn du fertig bist. Ich verstehe, dass du ein bisschen Zeit mit deinen Eltern brauchst«, sagt er und küsst ihr nur flüchtig die Wange, bevor sie zur Haustür läuft.

»Ich habe eine Idee, Hubert! Wie wäre es, wenn wir kurz beim Italiener vorbeifahren und uns etwas zu essen holen? Wenn du nichts Wichtigeres zu tun hast, würde ich gerne ausführlicher mit dir reden. Ben ist seit Stunden allein zu Hause und ich habe keine Lust, uns etwas zu kochen«, schlägt Simon vor.

»Ich habe nichts mehr vor. Wir können das gerne so machen«, stimmt Hubert zu und steuert das Restaurant an.

Giuseppe scheint schnell zu erkennen, dass Simon heute nicht zu einem Schwatz aufgelegt ist. Er stellt keine Fragen, als er die Bestellung aufnimmt und ihm nach kurzer Zeit eine Wärmebox über den Tresen reicht.

Sie reden nicht mehr auf der Fahrt. Beide Männer müssen zunächst jeder für sich ihre Gedanken ordnen. Hubert lässt sich für seine brennenden Fragen Zeit bis nach dem Essen.

»Simon, es war kein Zufall, dass du mich gestern nicht erreicht hast. Ich wollte nicht der Steigbügelhalter für übereilte Entscheidungen sein. Und wie ich sehe, ist was dran an dem Spruch: ›Wer zu früh rechnet, rechnet zweimal.‹« Sorgfältig beobachtet er sein Gegenüber. Er ist sich nicht ganz sicher, ob er Zustimmung erwartet oder Widerspruch erhofft.

»Du täuschst dich!«, entgegnet Simon vehement.

»Das kann ich dir nicht ganz abnehmen. Hättest du die Suche nach deiner Nina so eilig betrieben, wenn du gestern schon geahnt hättest, dass es möglicherweise eine Option gibt, Laura lebend zu finden?«

»Definitiv ja. Du traust mir recht wenig zu, wenn du glaubst, dass ich mich bei meinem Entschluss allein auf das verlassen habe, was meine Hose mir sagt.«

»Bestenfalls erkenne ich eine Handlungsweise, deren treibender Impuls ungefähr drei Handbreit über dem Hosenbund angesiedelt ist«, erwidert Hubert und hält sich schmunzelnd die Hand aufs Herz. »Hältst du das für vernünftig?«

»Vernünftig? Nein! Muss die Wahl eines Partners mit Vernunft zu tun haben? Ich habe kürzlich gelernt, dass man nach vernünftigen Überlegungen Waschmaschinen kauft.« Hervorragend passen ihm nun Ninas Argumente ins Konzept und es fällt ihm auf, wie sehr er sie verinnerlicht hat, dass er sie nun zu seinen eigenen machen kann. Ihr leidenschaftlich glühendes Gesicht erscheint ihm vor dem geistigen Auge und er lächelt still in sich hinein in der Erinnerung an die Verve, mit der sie ihre Überzeugungen vorzutragen pflegt.

Hubert entgeht offenbar die Wandlung in Simons Gesichtsausdruck nicht und es wird ihm klar, dass er hier mit vernünftigen Entgegnungen nicht durchkommen wird. »Ich sehe schon, bei dir ist momentan Hopfen und Malz verloren.«

»Sag das nicht, der Vollrausch mit genau diesen Zutaten war wirklich hilfreich«, grinst Simon. »Und das war schließlich deine Idee! Aber jetzt mal ganz im Ernst: Natürlich geht mir seit ein paar Stunden der Gedanke nicht mehr aus dem Kopf, Laura könnte tatsächlich noch leben. Nur weil ich eine neue Liebe gefunden habe, geht mir doch ihr Schicksal nicht plötzlich am Arsch vorbei! Was glaubst du, welche Bilder ich im Kopf habe?«

Hubert nickt. »Ich fürchte nur, wir werden nichts, absolut nichts unternehmen können. Wir müssen einfach abwarten. Nimm es mir nicht übel, aber ich habe erwartet, dass du jetzt innerlich sofort wieder umschwenken würdest. Und das hätte mir für das Mädel verdammt leidgetan. Zumal ich einfach glaube, die Idee, dass der Kerl sie festhält, ist Quatsch.«

Simon ist aufgestanden. Sein Blick geht in den Garten hinaus, bleibt an dem Schnee-Engel hängen, der im Licht der untergehenden Sonne nun einen blutroten Schimmer bekommen hat. Er sieht Nina vor sich, wie sie sich mit Todesverachtung in den Schnee geworfen hat, einzig, um ihm eine kleine Freude zu machen. Sie sollte jetzt besser bei ihm sein, wünscht er sich. So sicher, wie er dem extrem kritischen Freund gegenüber vertreten hat, richtig gehandelt zu haben, indem er seinem Herzen gefolgt ist, so sicher ist er auch, dass er sie nicht mehr missen will.

Und noch etwas wird ihm in diesem Augenblick klar, das er für sich im Kopf als wichtigsten Punkt markiert: Er will mit ihr über Lauras Schicksal reden. Es fühlt sich an, als wäre eine Mauer eingerissen, die er geglaubt hatte, für die Ewigkeit errichtet zu haben. Was im tiefen Schatten unberührbar lag, hat sie mit ihrer vorbehaltlosen Zuneigung freigelegt. Sie hat ihn zurückgeholt aus dem dumpfen Gemäuer, das seine Seele, sein ganzes Ich gefangen gehalten hat. Was auch immer jetzt passieren wird, er will es mit ihr teilen.

»Simon?«, unterbricht Hubert seine Gedanken. »Wenn du mich nicht mehr brauchst, würde ich jetzt gerne fahren. Ist das in Ordnung? Ich habe den Eindruck, du brauchst ganz andere Gesellschaft.«

Lächelnd löst Simon sich vom Anblick des Gartens. »Du hast recht! Ich danke dir für deine Zeit. Wenn es etwas Neues gibt, gebe ich dir sofort Bescheid. Okay?«

»Ich bitte darum«, schmunzelt Hubert und klopft ihm väterlich auf die Schulter. »Und jetzt sieh zu, dass du dir deine Nina herholst.«

Simon wird bewusst, dass er noch nicht einmal ihre Handynummer hat.

Es ist ihm zwar nicht gerade angenehm, weil er nicht ahnen kann, wer am Festnetzanschluss abheben wird, aber er möchte nicht mehr warten, bis sie wie verabredet anrufen wird.

»Tewes«, meldet sich eine kräftige männliche Stimme, die ihn an Ninas Ausspruch von »Vätern, die in den Schießscharten sitzen und ihre Töchter bewachen wie Zerberus den Hölleneingang« erinnert. Blitzschnell beschließt er, sich einmal nicht die Nennung des Titels in seinem Namen zu verkneifen. Diesem Vater gegenüber muss man so seriös wie möglich erscheinen. Die Bitte, Nina sprechen zu dürfen, wird ihm gewährt, und irgendwie wird er das Gefühl nicht los, soeben Gesprächsthema im Hause Tewes gewesen zu sein.

»Ich wollte dich auch gerade anrufen! Soll ich selbst kommen oder holst du mich ab? Meine Eltern würden dich natürlich gern kennenlernen.«

Für einen kleinen Moment wird ihm etwas schummerig angesichts der Aussicht, ausgerechnet heute einen Antrittsbesuch in ihrer Familie machen zu müssen. Er fragt sich, ob er sich besser drücken oder die Arschbacken zusammenkneifen soll. Simon entscheidet sich für Letzteres.

Und dafür, Ben mitzunehmen.

Der junge Hund gibt den Herzensbrecher, als Frau Tewes die Haustür öffnet.

Während Nina Simon sofort um den Hals fällt, nutzt der Hund seinen ganzen welpenhaften Charme, um die etwas steife Begrüßung aufzulockern. Es gelingt ihm vortrefflich. Er darf sofort die Küche stürmen und sich etwas Nettes aus dem Kühlschrank abholen.

* * *

»Ich möchte dich gern meinem Vater vorstellen«, erklärt Nina, und ihr Strahlen hat verdammt wenig mit Simons gegenwärtiger Gefühlslage zu tun. Mütter zu überzeugen, dass er ein idealer zukünftiger Schwiegersohn sein könnte, ist ihm immer leichtgefallen. Väter sind da eine ganz andere Herausforderung. Er ahnt, was auf ihn zukommt, und sieht sich nicht getäuscht.

Misstrauisch beäugt ihn Ninas Vater über die Gläser seiner Lesebrille hinweg und legt das Buch beiseite, das er in der Hand gehalten hat.

»Papa, ich möchte dir gern Simon vorstellen«, beginnt Nina, »genauer Doktor Simon Magnussen, Veterinär.«

Ihr Vater steht auf, reckt sich zu beachtlicher Größe und tritt auf die beiden zu. »Sie haben meiner Tochter das Leben gerettet! Dafür danke ich Ihnen herzlich!«, sagt er und streckt ihm die Hand hin. »Doktor Alexander Tewes, Apotheker.«

In Simons Ohren klingt das Wort »herzlich« komischerweise ganz ähnlich wie »scheußlich«.

* * *

Nina entgeht die Spannung zwischen den Männern nicht. Sie hat den Eindruck, es würde nicht lange dauern, bis sie die Säbel zücken und sich um sie duellieren.

O Gott, o Gott, nichts wie weg hier!

»Paps, ich möchte jetzt noch mal zu Simon mitfahren. Ich wollte nur, dass ihr euch wenigstens mal gesehen habt«, versucht sie, das Ganze sofort zu beenden, und ist heilfroh, dass Ben hereinstürmt. Auf dem glatt polierten Parkett findet er mit seinen Krallen keinen Halt, kommt ins Straucheln und schliddert platt auf der Seite liegend ihrem Vater genau vor die Füße. Sie ist erleichtert, weil sie weiß, wie sehr ihr Vater Hunde mag. Der Effekt von Bens Auftritt ist erstaunlich, denn sofort wird der Gesichtsausdruck des Hausherrn freundlich und er bückt sich, um Ben zu kraulen.

»Netter Hund!«, bekundet er immerhin.

»Ich habe ihn aus einem Fund des Veterinäramtes. Er kam aus dem Ausland halb tot in einem Kofferraum voller Welpen aus illegalen Zuchten an«, erklärt Simon, offenkundig froh, ein unstrittiges Thema gefunden zu haben. Nina kennt die Ansichten ihres Vaters und weiß, dass Simon wenigstens einen Punkt für sich verbuchen konnte. Dass der Alarm noch nicht abgeblasen ist, wird ihr aber schnell klar, als nach einem kurzen, sachlichen Gespräch zwischen den Männern zum Thema Hundezucht prompt die Anspielung ihres Vaters auf den heute versäumten Schultag folgt. Ehe sich die Geschichte ausweiten kann, kommt ihre Mutter ihr zu Hilfe. Ihr Dank an Simon fällt allerdings ganz anders aus und es ist unübersehbar, wie sehr er ihr gefällt.

Ein kleiner Seitenblick zum Vater, mit dem sie schon eine halbe Stunde über die geschwänzte Schule diskutiert hat, sagt

Nina, dass es Zeit ist, schleunigst die Kurve zu kratzen. Da wird noch viel Arbeit anstehen, um ihn von der Tauglichkeit dieses Mannes in ihrem Leben überzeugen zu können. Nichts scheint ihn in größeren Aufruhr zu versetzen, als jedes in seiner Lesart »unnötige, störende Element« bis zur Abiturprüfung. Sie lehnt also gleich vehement das Angebot ihrer begeistert guckenden Mutter ab, doch noch ein Weilchen zu bleiben, drückt ihrem Vater einen Kuss auf die Wange und bedeutet Simon zwinkernd, den geordneten Rückzug anzutreten.

Nina kann sich vor Lachen kaum halten, als sie die Haustür hinter sich zuwirft.

»Er nimmt dich ernst! Sehr ernst. Du kannst dir nicht vorstellen, was er vorhin für einen Affen gemacht hat. Wenn ich Schulfreunde mit nach Hause gebracht habe, war er immer von ausgesuchter Liebenswürdigkeit. Aber du scheinst ihm ein wirklich gefährlicher Gegner im Kampf um die Herrschaft über seine Tochter zu sein«, prustet sie.

»Den hat er schon verloren!«, stellt Simon mit ungerührter Miene fest. »Komm, ich verschleppe dich jetzt wieder in meine Burg. Hast du deine Schulsachen für morgen mit, Prinzessin? Ich gedenke nämlich nicht, dich heute Abend wieder in die Hände dieses alten Grantlers zurückzugeben.«

Nina weiß genau, dass ihr Vater sie vom Wohnzimmerfenster aus beobachtet. Und sie ist sich fast sicher, dass auch Simon das weiß. So, wie er sie jetzt in die Arme zieht und küsst, hat sie das Gefühl, er will eine eindeutige Demonstration der »Besitzverhältnisse« liefern. Sie schnappt nach Luft, als er sie loslässt und ihr betont galant die Wagentür öffnet.

»Das hast du mit Absicht gemacht!«, schimpft sie.

»Ja, das habe ich mit Absicht gemacht«, grinst er süffisant. »Hast du nun alles mit?«

»Ja, habe ich.«

»Misch dich nicht ins Kriegsgetümmel. Das ist was für Männer. Er wird schon noch begreifen, dass dir was Schlimmeres hätte passieren können als ausgerechnet ich.«

Irgendwie hat Nina das Gefühl, dass es keinen Sinn hat, dieses Thema zu vertiefen, und lehnt sich mit einem Seufzer im Sitz zurück. »Anderes Thema. Was wollten die von dir auf dem Präsidium?«

Simon wird sofort ernst, fasst die Dinge kurz zusammen, die seine eindeutige Entlastung bewirkt haben, und erzählt ihr von seiner größten Befürchtung. Nina muss sich zusammenreißen, um sich nicht von der Fantasie überwältigen zu lassen, die wie ein albtraumhafter Film vor ihrem inneren Auge abläuft. Schreckliche Bilder einer jahrelang festgehaltenen Frau in irgendeinem düsteren Verlies schießen ihr durch den Kopf. Und sie muss eilig die Frage beiseiteschieben, wie wohl Simon reagieren würde, wenn Laura lebend und mit dem furchtbaren Hintergrund eines solchen Martyriums gefunden würde. Nur ein einziger wirklich vernünftiger Aspekt fällt ihr ein. Es gelingt ihr einigermaßen, einen sachlichen Ton anzuschlagen.

»Du, ich kann mir eigentlich nicht vorstellen, dass der Westphal sie in seiner Gewalt hat. So schnell, wie ich mich dem entwinden konnte, glaube ich nicht, dass er in der Lage ist, eine halbwegs fitte Frau über zweieinhalb Jahre in seiner Gewalt zu halten.«

»Glaubst du? Das haben schon ganz andere Typen hingekriegt. Ich denke nicht, dass das allein eine Frage von körperlicher Überlegenheit ist.«

Hilflos zuckt Nina mit den Schultern. »Du hast ja recht. Aber immerhin sagt mir mein Bauch, dass ihm so was einfach nicht zuzutrauen ist.«

Simon stöhnt auf. »Dein Bauch sagt dir das?«

»Ja.«

»Ich fasse es nicht!«

»Was soll ich sagen, Simon? Es wäre ein Wunder, wenn man sie lebendig fände. Ein wirklich wunderbares Wunder! Aber eigentlich konnte ich mich bisher immer auf mein Bauchgefühl verlassen. Und das sagt mir eben, dass der Westphal nicht der Mann dafür ist, eine solche Sache über mehr als zwei Jahre durchzuziehen.«

* * *

Eine ganze Weile sitzen sie schweigend nebeneinander. Simon bemüht sich, Ordnung in seine Gedanken zu bringen. Ganz hinten in seinem Kopf beginnt eine Stimme damit, ihm gebetsmühlenartig zu sagen: »Glaub ihr. Sie hat recht.« Und er erinnert sich plötzlich, dass er ihr vor weniger als vierundzwanzig Stunden eine ganz ähnliche Begründung zu seiner Entscheidung für sie geliefert hat. Nina hatte ganz offenbar nicht einen Moment lang an der Wahrhaftigkeit gezweifelt. Letztlich beruhigt es ihn, sich auf diese Überlegungen einzulassen, und ein Lächeln erscheint auf seinen Zügen.

»Männer haben auch Bauchgefühl!«, sagt er.

»Manche! Oder anders ausgedrückt: Immer so, wie's grad passt, nicht wahr? Es sind deine eigenen Argumente, Simon. Und mich haben sie gestern Abend überzeugt. Das sollten sie doch auch, oder?«

»Mannomann, die Elefantendame ist wieder da, ja?«

»Man hat mir beigebracht, andere Menschen ernst zu nehmen«, sagt sie mit einem Lächeln, das in ihm den dringenden Verdacht aufkommen lässt, einen Punkt an sie abgeben zu müssen. Simon merkt, dass er an dieser Stelle besser nicht diskutieren sollte. »Ich sehe schon, es ist wieder Geisterstunde. Anscheinend muss ich mal wieder auf die Jagd gehen.«

»Mach doch«, erwidert sie und sieht ihn provokant an.

Der Jeep ist gerade in den Hof gerollt und er ist nicht wenig geneigt, diesen kleinen herausfordernden Geist jetzt wirklich zur Strecke zu bringen. Nina hat aber offenbar noch etwas anderes vor.

»Zeigst du mir dein Haus? Gestern war es ja schon total dunkel. Jetzt sehen wir wenigstens noch ein bisschen was.«

Die Bitte kann er ihr schlecht abschlagen, obwohl ihm durchaus andere Ideen im Kopf herumschwirren. Sie stehen im Hof und er erklärt ihr geduldig die Architektur des ungewöhnlichen alten Gemäuers. Eine Ecke des fast quadratischen Baus wird von einem wuchtigen Turm getragen, der dem Haus das Aussehen einer Festung gibt. Natursteine bilden das solide wirkende Fundament. Darüber erheben sich die kunstvoll ausgemauerten Fachwerkwände.

»Es ist ziemlich protzig«, befindet Nina kritisch.

»Ja, ist es. Aber es ist halt seit fast dreihundert Jahren im Familienbesitz. Außerdem hat es ein bisschen Garten drum herum. Den musst du dir mal ansehen, wenn die Sonne scheint. Als meine Großeltern noch da waren, tobte hier immer das Leben. Die ganze Familie hat ihre Kinder in den Ferien abgeliefert. Wir hatten schöne Sommer hier. Und ich finde es praktisch, dass ich es nach dem Umbau zum Arbeiten und Wohnen nutzen kann.«

»Es ist zu groß für dich alleine«, stellt sie fest, »und es muss Unmengen Geld verschlingen, den Kasten zu heizen.«

»Hast du bei mir jemals gefroren?«

Nachdenklich schüttelt sie den Kopf. »Nein, nur in der Nacht, als ich dachte, es würde nichts mehr werden mit uns.

Aber das hatte rein gar nichts mit den Raumtemperaturen zu tun.«

Simons Herz zieht sich schmerzhaft zusammen. Er nimmt sie in die Arme und sieht ihr direkt in die Augen.

»Erinnere mich bloß nicht daran! Ich war so ein Idiot! Wenn ich dir jetzt verspreche, dich nie wieder frieren zu lassen, kannst du dir dann vorstellen, den alten Kasten mit mir zu teilen?«

»Ich habe kalte Füße! Ich weiß wirklich nicht, ob ich dir trauen kann«, sagt sie mit einem spitzbübischen Lächeln. Nina will offenbar die alten schwarzen Wolken jetzt nicht mehr zwischen ihnen sehen. »Du tätest also gut daran, mir schnell einen Beweis deiner Glaubwürdigkeit zu liefern.«

Simon merkt sehr genau, dass sie ihn jetzt nicht ins emotionale Messer laufen lassen will, und ist ihr dankbar für das Umschalten zu pragmatischen Dingen. Nur allzu gern greift er den Strang auf.

»Nichts leichter als das! Erst eine heiße Badewanne und dann ein warmes Plätzchen unter meiner Bettdecke? Mir würden da eine ganze Menge ziemlich fuß- und herzerwärmender Sachen einfallen.«

»Oh Mann! Rede nicht, mach! Schließ endlich auf, ehe ich hier festfriere!«

»Ist ja wirklich fürchterlich, dass ihr Mädels immer mit so lächerlichem Schuhwerk unterwegs seid. Siehst ja nett aus, aber du wirst dir noch was holen«, schimpft er mit einem Blick auf ihre ungefütterten Stiefeletten. »Ich weiß da einen Laden, da gibt's was in schick und mit Lammfell. Warm und bis übers Knie. Da fallen wir morgen nach der Schule mal ein.«

»Bist du verrückt? Den Laden kenne ich. Traumhaft schöne Stiefel mit Preisen absolut außerhalb meines Budgets.«

»Quatsch nicht! Das ist purer Selbstschutz«, behauptet Simon energisch. »Glaubst du, ich habe Lust, mir das Gemecker über kalte Füße jeden Tag anzuhören? Außerdem ziehe ich eine schöne Frau gerne schön an.«

»Um sie danach dann wieder schön ausziehen zu können!«, frotzelt sie.

»Das auch«, gibt er zu. »Und genau das mache ich jetzt und schicke dich erst mal in die Wanne, damit du warm wirst. Geh schon mal rauf. Ich füttere schnell noch Ben.«

Während aus zahlreichen Düsen das warme Wasser in die Badewanne strömt, hat Nina Zeit, sich ein paar Gedanken über ihn zu machen. Obwohl sie nicht mehr von dem Gefühl völliger Entscheidungsunfähigkeit geplagt wird wie vor zwei Tagen, gefällt es ihr, ihn einfach machen zu lassen. Es hat etwas von wohligem Umsorgtsein und Abgeben lästiger Verantwortungen. Er übertreibt es nicht so, dass sich heftiger Widerstand in ihr regen würde. Und nie hat sie den Eindruck, er würde sie in irgendeiner Weise entmündigen. Sie nimmt ihn einfach als Persönlichkeit wahr, der es offenbar in die Wiege gelegt ist, die Dinge in die Hand zu nehmen.

Ein Alphatier. Wahrscheinlich das perfekte Gegenstück zu mir. Vielleicht sollte ich es mal so hinnehmen und es mir damit gut gehen lassen.

Richtig gut geht es ihr sofort, als sie sich in der Wanne lang ausgestreckt hat und mit geschlossenen Augen in dem duftenden Schaum schwebt. Mit den Ohren unter der Wasseroberfläche entgeht ihr, dass er ins Bad gekommen ist. Erst als sie seine Hände sanft massierend in ihrem Nacken fühlt, nimmt sie ihn wahr. Nina schnurrt und gibt sich ganz seinen zärtlichen Berührungen hin.

»Kommst du zu mir?«, fragt sie nach ein paar köstlich entspannenden Momenten.

Es ist reichlich Platz für zwei. Das Wasser ist so tief, dass sie mit dem Rücken auf seinem Bauch liegen kann, den Kopf auf seine Brust gebettet, ohne dass auch nur die Spitzen ihrer Brüste aus dem Wasser ragen würden. Sie fühlt sich himmlisch, als er seine Massage auf ihren ganzen Körper ausdehnt, und kann es bald nicht mehr ertragen, weiter stillzuliegen. Sie möchte sich umdrehen und ihn ansehen. Simon will das jetzt nicht. Ihr Versuch scheitert kläglich.

»Liegen bleiben!«, sagt er mit dieser unglaublich tiefen, warmen Stimme, die ihr immer wieder das ganz spezielle Kribbeln ins Becken treibt.

»Was machst du bloß mit mir?«, seufzt sie.

»Ich knautsche dich gefügig«, flüstert er nah an ihrem Ohr.

»Bin schon gefügig«, stöhnt sie leise.

»Kann ich nicht so beurteilen. Ist ja alles nass hier.«

»Du könntest mich ins Bett bringen, dann beweise ich's dir«, schlägt sie zaghaft vor, denn sie merkt, dass nicht mehr viel fehlt, um sie zum Explodieren zu bringen.

»Ach, ich finde, du könntest doch erst mal schön in aller Ruhe einen kleinen Tsunami in der Wanne verursachen, oder? Fürs Bett ist später genug Zeit. Die Nacht ist noch lang. Beweis es mir doch einfach gleich hier. Oder geht bei dir Sex nur im Bett?«

Matt schüttelt sie den Kopf. »Ich kann gleich nicht mehr«, flüstert sie.

»Was kannst du gleich nicht mehr?«, möchte er wissen, und Nina ist sich nicht ganz sicher, ob sie da nicht gerade einen verdammt selbstgefälligen Unterton gehört hat. Und überhaupt hat er mittlerweile Stellen an ihrem Körper gefunden, die nichts mit dem zu tun haben, was Masseure gemeinhin anrühren. Sie wird das Gefühl nicht los, dass er gerade schon wieder ausprobiert, was er mit ihr machen muss, um sie in den Wahnsinn zu treiben, denn jedes Mal, wenn sie denkt, dass gleich eine unwiderstehliche Welle sie auf den Höhepunkt treiben wird, lässt er sie ganz nonchalant kurz vor dem Gipfel stecken und beginnt ein neues Spiel. Er hält sie offenbar ganz bewusst in einem Zustand, der ihr völlig fremd ist, aber es gelingt ihr einfach nicht, ihren Kopf so weit abzuschalten, dass sie ihm zuvorkommen kann.

Als hätte er ihre Gedanken gelesen, antwortet er ihr auf genau die Frage, die sie sich gestellt hat.

»Schalte mal dein Hirn aus, Nina. Das brauchst du jetzt nicht. Ich weiß ja nicht, welche Arten von Liebesspielen du bisher kennengelernt hast, aber ich habe da so meine eigenen Ideen. Fühl einfach mal nur. Ich bin sicher, du wirst bald spielsüchtig.«

»Das glaube ich sofort!«, murmelt sie undeutlich und denkt: *Oh, verdammt, er hat recht. Und er kann mir in den Kopf gucken. Wenn ich das, was er schon wieder tut, mit dem vergleiche, was mir bisher passiert ist, habe ich definitiv vor ihm noch nie Sex gehabt. Vielleicht übe ich nächstes Mal lieber wieder mit Alkohol vorneweg.*

»Heute wird nicht vorher gesoffen! Wir versuchen es jetzt mit einem neuen Rauschmittel.«

Das kann nicht wahr sein! Nicht mal mehr meine Gedanken gehören mir allein.

Nina versucht es, konzentriert sich nur noch auf das, was er tut. Mit geschlossenen Augen spürt sie jeder Berührung nach, mit winzigen Bewegungen zeigt sie ihm den Weg, den sie sich für seine Hände auf ihrem Körper wünscht. Er nimmt manchen ihrer Wegweiser auf, gibt ihr, was sie ersehnt, und tut im nächsten Augenblick wieder völlig Überraschendes. Nina schwebt in einem vollkommen erotisierten Zustand auf einer Wolke, die sie durch zauberhaft gleißende Gefilde trägt. Und sie schließlich ankommen lässt an diesem Ort, zu dem nur er den Weg zu kennen scheint. Er hat den Zeitpunkt bestimmt, dreht sie zu sich um und hält sie fest, als sie in nicht enden wollenden

Wellen zu zucken beginnt, sich an ihm festkrallt und ihre Lust herausschreit.

»Bist du wieder da?«, fragt er sie zärtlich, als sie langsam zu sich kommt. Sie sieht ihn mit einem Blick an, der ihm offenbart, wie gut es ihm erneut gelungen ist, sie in seine ganz speziell für sie hergerichtete Spielhölle zu entführen, die ihr eine paradiesische Erfahrung beschert hat. Bar jeder Scham und jeden Vorbehaltes ist der Ausdruck in ihren Augen. Es ist genau der Zustand, in dem er sie haben will, als er sie aus der Wanne holt, abtrocknet und ins Bett bringt. Mit einem tiefen Seufzer empfängt sie ihn und folgt ihm ein zweites Mal zum gemeinsamen Gipfel.

KAPITEL 24

»Blutgruppe Null negativ. Definitiv menschliches Blut. Am Ärmel, an den Außentaschen und am unteren Rand der Jacke! Und nicht sein eigenes«, informiert Cornelia den Kollegen Schürle.

»Woher weißt du?«

»Glaubst du, ich habe ihm nur aus purer Freundlichkeit ein Tässchen Kaffee angeboten? Unauffällig und schnell. Man weiß ja nie, wofür man es braucht. Außerdem habe ich bei der Oberlaborratte einen Stein im Brett.«

»Das ist mir nicht entgangen! Der zieht ja derartige Schleimspuren hinter sich her, da muss man aufpassen, nicht auszurutschen«, nickt Frederic grinsend und schüttelt sich.

»Lass ihn doch! Kann man immer mal brauchen. Der DNA-Abgleich dauert übrigens noch drei Tage.« Cornelia sieht Frederic nachdenklich an. »Nun sitzen wir hier mit unserer Weisheit. Wir müssen uns überlegen, wie wir vorgehen wollen, und zwar avanti.«

»Was sagt der Staatsanwalt?«

»Neue Vernehmung. Gefahr im Verzug, sagt er.«

»Super! Wir haben keine eindeutigen Beweise. Wenn der Alte sich nicht mit Händen und Füßen gegen einen

Pflichtverteidiger gewehrt hätte, hätten wir damit nicht die Spur einer Chance.«

»Er hat sich aber nun mal mit Händen und Füßen gewehrt«, gibt Cornelia zu bedenken, »und damit haben wir sehr wohl eine Chance. Wie genau oder ungenau unsere Ermittlungsergebnisse nun sind, müssen wir ihm ja nicht sofort auf die Nase binden. Wenn ich mir vorstelle, dass unter Umständen ein Menschenleben in Gefahr ist, mache ich mir eigentlich keine allzu großen Gedanken um das Wohlbefinden von Onkel Westphal. Du?«

»Nö!«, grinst Frederic. »Lass es uns angehen. Wir haben keine Zeit zu verlieren, denke ich. Ach, sag mal: Gibt es schon was von den Ballistikern?«

»Die waren mit den Tests noch nicht ganz durch. Die ersten Schussproben sollen aber vielversprechend gewesen sein. Es ist durchaus möglich, dass die sich gleich melden. Ich lasse Westphal holen.«

Der Alte sieht nicht gut aus. Offenbar macht ihm der Alkoholentzug schwer zu schaffen.

»Aus mir kriegt ihr gar nichts mehr raus, wenn ich nicht endlich 'n Bier bekomme«, bekundet er.

Cornelia überlegt kurz, welche Dienstanweisungen sie brechen muss, um ihn für sich einzunehmen, und rechnet gegen das zu erwartende Entgegenkommen auf.

»Lass ihm ein Bier holen, Frederic!«

»Vergiss es!«

»Muss ich Bitte sagen?«, entgegnet sie scharf und wirft Schürle einen Blick zu, der erneut die Verteilung der Rollen besiegelt. Er versteht.

»Na, wenigstens kann man mit Ihnen vernünftig reden, Frau Kommissarin«, schleimt Westphal und lässt sein schönstes zahnloses Lächeln sehen.

Cornelia weiß, dass sich das Zugeständnis lohnen wird. Sie nutzt die Zeit, die ihr bleibt. Die Zeit, in der er in freudiger Erwartung gesprächsbereit sein wird. Dass die ganze Sache schnell kippen kann, sobald der Alte seinen Alkoholpegel auf normal gebracht hat, weiß sie sehr gut einzuschätzen.

»Herr Westphal, wir mussten leider feststellen, dass Sie uns heute früh ein Märchen erzählt haben«, beginnt sie.

»Habe kein Märchen erzählt!«, versucht er es lahm.

»Doch, das haben Sie! Ich möchte jetzt endlich die Wahrheit über die Vorgänge am 25. August hören. Sie haben keinen Streit beobachtet, nicht wahr?«

Ehe er antworten kann, klopft es an der Tür. Cornelia flucht innerlich. Das Bier kann sie jetzt noch nicht gebrauchen. Sie ist erleichtert, dass es nur ein paar Blatt Papier sind, die hereingereicht werden. Sie überfliegt kurz den Inhalt und fühlt sich sofort erheblich sicherer in ihren Plänen zur Vorgehensweise. Sie gibt die Ergebnisse der Ballistik an Frederic weiter, ehe sie fortfährt.

»Herr Westphal, die Schüsse, die Sie an diesem Tag gehört haben, sind die nicht womöglich aus Ihrer eigenen Waffe gekommen?«

Heftig schüttelt der Alte den gesenkten Kopf. Es entgeht Cornelia nicht, dass Schweißperlen auf seiner Stirn sichtbar werden.

»Ich habe hier den Abgleich des Projektils, das im Hochsitz von Doktor Magnussen gefunden worden ist, mit ihrer Kaliber 22. Und ich habe den Abgleich mit dem Geschoss, das man dem Tierarzt aus seinem Knie operiert hat. Beides sichergestellt am 25. August und beides übereinstimmend. Können Sie mir erklären, wie das passiert sein kann?«

Wieder schüttelt er den Kopf.

»Herr Westphal, es ist Anzeige gegen Sie erstattet worden. Sie wurden erkannt. Und wir haben die unverrückbaren

Beweise. Warum haben Sie auf Doktor Magnussen geschossen? Was ist passiert an diesem Tag? Wovor hatten Sie Angst? Nur die Wilderei oder war da noch etwas?«, fragt Cornelia mit sanfter Stimme. Sie merkt, wie mürbe der Mann ist. Sie darf jetzt keine Fehler machen. Eine Aussage, unter Entzug abgepresst, wird ihr vor Gericht jeder halbwegs findige Anwalt in der Luft zerreißen. Cornelia atmet erleichtert auf, als es klopft und die Bierflasche und ein Glas gebracht werden. Sie schenkt es ihm halb voll. Westphal trinkt in einem gierigen Zug. Schnell entspannen sich seine Gesichtszüge.

»Ich glaube, ich habe was gut bei Ihnen, oder?«, fragt sie ihn freundlich. »Wäre es nicht eine schöne Idee, endlich reinen Tisch zu machen?«

Der Alte schielt nach der Flasche. Cornelia Sänger schüttelt den Kopf.

»Nicht so schnell! Erzählen Sie mir erst ein bisschen was.«

Westphal starrt vor sich hin und Frederic greift ein.

»Wir hatten doch heute früh über das Schmuckstück gesprochen, das Sie angeblich im Wald gefunden haben wollen. Und das steckte in Ihrer Wachsjacke. Wissen Sie, was wir an Ihrer Jacke gefunden haben?«

Der Mann zuckt zusammen. Er scheint auf dem Stuhl zu einem kleinen Häufchen zu schrumpeln.

»Was haben Sie denn gefunden?« Die Stimme ist wesentlich weniger siegessicher, als die beiden Kommissare es von ihm gewohnt sind.

»Blut, Herr Westphal. Menschliches Blut!«

Den Effekt dieser Mitteilung möchte Cornelia gern etwas wirken lassen. Sie macht eine Pause, bevor sie weiterspricht, und beobachtet den Mann sehr genau. Die Erfahrung sagt ihr, dass sie auf dem richtigen Weg ist. »Und ich weise Sie sehr gerne noch einmal darauf hin, dass wir Ihnen sofort einen Anwalt besorgen können. Allerdings würde ich mich auch sehr freuen, wenn Sie mir freiwillig etwas erzählen, was Ihre Position vor Gericht deutlich verbessern könnte. Noch haben Sie die Möglichkeit dazu.«

Er sagt nichts, verkriecht sich immer weiter hinter dem leeren Glas, scheint abzuwägen.

»Noch einen Schluck, Herr Westphal?« Sie gießt ihm ein weiteres Mal das kleine Glas halb voll.

»Woher kommt dieses Blut?«

»Habe mich geschnitten«, grinst er. Es scheint ihm besser zu gehen und er versucht, sein letztes Schäfchen ins Trockene zu bringen.

»Das tut mir sehr leid, wenn Sie sich verletzt haben«, sagt Cornelia betont bedauernd. »Aber das Blut, das wir an Ihrer Jacke gefunden haben, stammt nicht von Ihnen. Es stammt von ...«

Sie bricht ab. Der Alte stützt die Ellenbogen auf die Tischplatte und sie erkennt, wie seine Schultern zu zucken beginnen.

»Wo ist sie?«, wagt sie einen Vorstoß. Dass er bereits so weit ist, hätte sie nicht gedacht.

»Ich habe das nicht gewollt!« Es ist kaum mehr als ein Flüstern, was der Mann hervorbringt.

»Erzählen Sie, Herr Westphal, was haben Sie nicht gewollt? Was ist passiert?«, fragt Cornelia.

In diesem Moment erkennt Frederic, dass es keine Eile mehr hat. Der letzte Satz des Alten raubt ihm jede Illusion, Laura Turm lebend zu finden.

KAPITEL 25

Endlich ein paar freie Tage!

Das letzte Gespräch mit ihrem Doktorvater war gut gelaufen.

»Jetzt schreiben Sie mir die Ergebnisse nur noch vernünftig zusammen und ich sehe nichts mehr, was Ihrer Promotion im Wege stehen könnte«, hatte er gesagt.

Nur noch kurz zusammenschreiben!

Was das bedeutete, wusste sie genau. Wieder müsste sie monatelang wie festgenagelt vor dem Rechner sitzen, nicht rechts und links schauen dürfen. Es würde nicht viel anders sein als während des vergangenen halben Jahres, als sie irgendwann die angestrengten Augen kaum mehr offenhalten konnte. Tausende von Präparaten hatte sie durch das Mikroskop betrachtet auf der Suche nach der winzigsten Auffälligkeit oder Veränderung. Sie hatte gefunden, was ihre Anfangsthese bestätigte, war zufrieden mit dem Material und den zulässigen Rückschlüssen und hatte jetzt durchaus das Gefühl, gute wissenschaftliche Arbeit geleistet zu haben. Aber der Preis war hoch gewesen.

Wochenlang hatte sie ihn nicht gesehen, und obwohl er sie am Telefon immer wieder getröstet, ihr Durchhaltevermögen gelobt und sie psychisch gestützt hatte, war es ihr unglaublich schwergefallen, so lange auf ihn zu verzichten.

Sie zog die Labortür entschlossen hinter sich zu, steckte den Schlüssel in die Tasche und verließ mit einem tiefen Aufatmen das Gebäude. Das Auto stand gepackt auf dem Parkplatz der Hochschule. Nur noch einsteigen und die paar Hundert Kilometer Autobahn hinter sich bringen! Schon am Mittag würde sie zu Hause sein und ihn überraschen.

Es war heiß und drückend schwül, als sie ankam. Das Haus war leer und sie ärgerte sich, die kurze Kaffeepause an der Raststätte gemacht zu haben. Sonst wäre sie gerade noch rechtzeitig vor dem Ende der Mittagspause eingetroffen, um die Eltern zu erwischen. Nach wenigen Minuten war ihr Gepäck ausgeräumt. Sie hatte nur noch einen Wunsch.

So schnell wie möglich zu ihm!

Eilig packte sie ihren Rucksack. Nur ein paar Kleinigkeiten, etwas Kleidung zum Wechseln, ein paar Kosmetikartikel und ihr Aspirin. Das viele unbewegte Sitzen in den vergangenen Wochen hatte ihr eine schmerzhafte Venenentzündung eingetragen. Nicht nur das wunderschöne goldblonde lockige Haar war neben ein paar anderen sehr weiblichen Vorzügen ein Erbe ihrer Mutter. Leider hatte sie auch ein paar schlechte Gene von ihr mitbekommen. Sobald sie sich nicht genügend körperlich betätigen konnte, machte sich schon jetzt, trotz ihres jungen Alters, die Venenproblematik bemerkbar. Es war unter der Behandlung wesentlich besser geworden. Absetzen durfte sie die Medikamente aber jetzt noch nicht.

Sie zog sich weiße Bermudashorts und ein dünnes Top an, schnürte sich die Turnschuhe zu und schulterte ihren Rucksack. Der Wagen stand schon in Fahrtrichtung an der

Ausfallstraße vor dem Haus. Eine halbe Stunde über die Landstraßen, dann noch der Fußweg durch den Wald und sie würde bei ihm sein.

»Verdammt, jetzt komm schon! Tu mir das nicht an! Nicht jetzt!«, versuchte sie, ihrem Auto gut zuzureden. Der Polo pfiff ihr was. Sprang einfach nicht an. Er hatte sie noch nie verlassen und es war eine einigermaßen hilflose, wenig zielgerichtete Aktion, ihm unter die geöffnete Motorhaube zu schauen. Was sollte sie schon finden? Sie hatte nicht die geringste Ahnung vom Innenleben eines Autos.

Auf dem Parkstreifen vor ihr hielt plötzlich ein Volvo mit schwedischem Kennzeichen an. Ein überaus freundlicher grauhaariger Mann, den sie auf um die sechzig schätzte, stieg aus und versuchte, radebrechend in einer witzigen Mischung aus Schwedisch, einigen Brocken Deutsch und Englisch, ihr Problem zu erörtern. Nach einigem Hin und Her wurden sie sich einig, dass er sie ein Stückchen mitnehmen würde. Er hatte sowieso denselben Weg. So viel konnte sie immerhin dem Kauderwelsch entnehmen.

Die halbe Stunde Fahrt war kurzweilig und das Geplauder im Sprachgewirr ergab zumindest, dass er auf dem Weg zu seinem Urlaubsort war. Fröhlich verabschiedete sie sich von ihm, als er sie auf dem Waldparkplatz absetzte. Er winkte ihr noch eine Weile aus dem geöffneten Fenster zu, bis er hinter der nächsten Kurve verschwunden war.

Sie warf einen Blick zum Himmel. Dunkel begannen sich von Westen her gewaltige Wolken aufzutürmen. Die Luft war zum Schneiden und das Atmen fiel immer schwerer, je steiler der Anstieg auf dem Waldweg wurde. Schweiß lief ihr in die Augen. Ein paarmal blieb sie kurz stehen, um den Puls zu beruhigen und einen Schluck aus der Wasserflasche zu nehmen.

Noch eine Steigung, eine scharfe Kurve, dann ging es wieder ein Stückchen bergab, hinunter zum See. Sie liebte den Anblick des kleinen verwunschenen Gewässers in seinen Sommerfarben. Grünblau war das Wasser. Nur dort, wo die Schatten der dunklen Wolken vom aufkommenden Sturm über die gekräuselte Oberfläche gejagt wurden, wirkte er jetzt fast schwarz und unergründlich. Das Bild ließ sie einen Moment still stehen bleiben. Sie atmete tief durch und merkte, wie gut ihr der Moment tat, um die letzten Wochen vergessen zu machen und langsam zu sich selbst zu kommen.

Von Weitem hörte sie erstes Donnergrollen. Sie würde sich beeilen müssen, sofern sie nicht pitschnass bei ihm ankommen wollte. Wenn sie dem Waldweg folgte, hätte sie noch etwa eine Viertelstunde bergauf zu laufen gehabt. Aber sie kannte eine kleine Abkürzung, die ihr ein paar Minuten ersparen würde, weil sie sich damit den Schlenker an der Schlucht vorbei schenken konnte. Schnell fand sie den kleinen Wildpfad, den sie mit ihm schon oft gegangen war. Der Waldboden war durch die häufigen Regenfälle der letzten Tage so aufgeweicht, dass vom Weiß ihrer Turnschuhe schon nach den ersten Metern nur noch wenig zu sehen war. Obwohl sie mit sich schimpfte, vielleicht doch die falsche Entscheidung getroffen zu haben, kam sie gut voran.

Nicht schnell genug aber, um dem Gewitter noch trocken zu entkommen, das in rasender Eile heranzog. Der erste Wolkenbruch erwischte sie mit voller Kraft. Blitze zuckten in kurzen Abständen und die dichten Tannen bogen sich bedrohlich im Sturm. Ein junger Rehbock kreuzte ihren Weg, blieb kurz stehen, sah sie unverwandt an, um sich dann in großen Sätzen zu entfernen.

Der Himmel entfesselte ein Inferno und sie hatte nur noch den Gedanken, sich schnellstens in Sicherheit zu bringen. Einige Male rutschte sie auf dem klatschnassen bemoosten Boden aus, kam schnell wieder auf die Füße und machte sich schon Gedanken darüber, wie verdreckt sie ihm in Kürze gegenübertreten würde. Sie wusste, er würde nur darüber lachen und …

Nicht weit entfernt musste es eingeschlagen haben. Der Donner war so laut, das konnte nicht gut gegangen sein. Morgen würde sie mit ihm die Schäden im Wald begutachten.

Ein brennender Schmerz durchfuhr sie. Ein Donnerschlag schluckte ihren Schrei.

Sie versuchte den nächsten Schritt und machte eine furchtbare Entdeckung. Sie würde keinen Schritt mehr gehen können, denn ihr rechter Fuß steckte eingeklemmt in einer Schlagfalle. Verzweifelt versuchte sie, das eiserne Ding aufzuklappen. Nicht einen Millimeter weit bekam sie es auseinander. Es blutete in hellen Strömen, und entsetzt stellte sie fest, dass es die Fußarterie erwischt hatte.

»Das Aspirin!«, schoss es ihr durch den Kopf.

Der erwünschte Effekt des Medikamentes, die Blutverdünnung, würde ihr zum Verhängnis werden, wenn sie nicht schnellstens Hilfe bekommen konnte. Sie riss ihr Handy aus dem Rucksack. Kein Empfang! Mit einem T-Shirt versuchte sie, den Fuß abzubinden. Schon hatte sie gedacht, Erfolg zu haben, als sie erkannte, dass das Blut fast unvermindert schnell weiter ins nasse Moos floss.

Zwischen den nächsten krachenden Donnerschlägen schrie sie sich die Seele aus dem Leib.

Er konnte nicht weit weg sein. Sie hatte es doch beinahe geschafft!

Das Gewitter hatte für Abkühlung gesorgt. Aber gewiss nicht so sehr, dass sie derartig hätte frieren müssen. Sie spürte ihren Fuß nicht mehr. Es war gar kein Schmerz mehr da. Nur noch Schwäche. Langsam gab sie auf, legte den Kopf auf den Boden und flüsterte. Flüsterte immer leiser: »Simon, ich bin so müde. Simon, ich liebe dich. Wir sehen uns! Simon …!«

Zwei Tage lang hatte er schon nicht mehr nach den Fallen gesehen. Und er fluchte, dass er nicht noch einen weiteren Tag gewartet und die Wetterentwicklung so falsch eingeschätzt hatte. Beinahe eine Stunde lang musste er in seinem Wagen ausharren, den er, wie immer, an einer kaum einsehbaren Stelle im Wald verborgen abgestellt hatte.

Endlich hörte der schwere Regen dann doch auf. Kühl war es geworden und er nahm seine dünne Wachsjacke aus dem Kofferraum. Er wählte nicht den Spazierweg, sondern nutzte die Wildpfade. Der Boden war durchweicht und es dauerte eine Weile, bis er die erste Falle erreichte.

Sie war leer.

Bei besserem Wetter hätte er sie jetzt umgestellt, eine Erfolg versprechendere Position gesucht.

An diesem Tag verging ihm aber die Lust dazu. Der Wald dampfte nach der Hitze des Tages wie eine Feuerstelle, die man gerade mit Wasser gelöscht hat. Mit tief gesenktem Kopf zog er stoisch den Berg hinauf, ließ den See links liegen, der jetzt bleigrau im trüben Licht durch die Bäume schimmerte.

Und stand plötzlich fassungslos vor der nächsten Falle.

Vollkommen unbeweglich starrte er minutenlang auf das grausige Bild, das sich ihm bot.

Das hatte er nicht gewollt! Er wäre im Leben nicht darauf gekommen, dass so etwas passieren könnte.

Die schöne junge Frau sollte nicht ums Leben kommen! Sie ist ganz blass und ganz nass und sie ist tot. Jetzt bin ich ein Mörder, jetzt kriegen sie mich, raste es durch seinen Kopf.

Reinhard Westphal konnte nur noch einen Gedanken fassen. Er musste sie verschwinden lassen. Niemand durfte sie finden.

Wie ein Wahnsinniger arbeitete er. Die Stelle, an der sich eine Tanne mitsamt ihrem Wurzelwerk aus dem matschigen Boden gelöst und ein riesiges Loch hinterlassen hatte, schien ihm nur allzu geeignet.

Es dauerte Stunden, bis er erschöpft sein Werk betrachtete.

Ganz vorsichtig war er mit ihr gewesen, hatte die Falle von ihrem blutigen Fuß gelöst, sie hingetragen zu ihrem Grab, ihre Augen geschlossen und so etwas wie ein Gebet gemurmelt, während er begann, mit den bloßen Händen Erde auf den leblosen Körper zu häufen.

Als er fertig war, fiel sein Blick auf einen runden, glänzenden Gegenstand, der im Farn lag. Nein, hatte er beschlossen, er würde die Grube nun nicht mehr öffnen, um ihr mitzugeben, was ihr gehörte. Er steckte das Amulett in die Tasche.

Ein neuer, erschreckender Gedanke war ihm durch den Kopf geschossen. Weiter oben am Berg gab es noch vier seiner Fallen. Er wusste, er würde dieses Waldstück nie wieder betreten, und musste jede Spur verwischen, alles verschwinden lassen, was mit ihm in Verbindung gebracht werden konnte. Bloß kein Aufsehen erregen!

Mit wackeligen Beinen machte er sich auf den Weg.

In seinem Nacken spürte er Blicke, die ihm zu folgen schienen. Die Augen des toten Mädchens ließen ihn nicht mehr los. Hinter jedem Busch witterte er eine Bedrohung, vermutete die sichere Entdeckung. Westphal lief wie um sein Leben.

Endlich hatte er alle Fallen eingesammelt und wollte sich an den Abstieg machen. Seine Waffe hielt er vorsichtshalber in der Hand. Man konnte ja nie wissen.

Da, plötzlich ein Geräusch!

Es hätte das Knacken eines Astes sein können. Er sah nach oben. Es war kein Ast. Es war ein Mensch!

Westphal schoss. Schoss ein zweites Mal.

Und rannte den Berg hinab, als sei der Teufel hinter ihm her.

233

KAPITEL 26

Der Cherokee rollt in gemütlichem Tempo über die Landstraße auf die Berge zu.

Simons Hand liegt auf Ninas Knie. Ab und an zwinkert er ihr durch die dunklen Gläser seiner Sonnenbrille zu. Lächelnd fällt ihr auf, dass sie offenbar immer gleichzeitig die Augen von der Straße abwenden, um für einen kleinen Moment Blickkontakt zu suchen. Die Sonne strahlt jetzt so intensiv von dem wolkenlos blauen Maihimmel, dass Nina geblendet die Augen schließt. Sie hat ein bisschen Zeit, sich über die Ereignisse der letzten Monate Gedanken zu machen.

* * *

So viel ist passiert!

Bilder reihen sich in loser Folge vor ihrem inneren Auge aneinander. Manche versucht sie festzuhalten, andere bemüht sie sich, schnell aus ihrem Kopfkino-Kaleidoskop wegzuschütteln.

Zu schmerzhaft sind manche Eindrücke, die geblieben sind.

Ist vielleicht der unerträglichste Moment der gewesen, als die Kommissarin ihm mit einfühlsamen Worten die Nachricht vom Tode Lauras überbracht hat? Oder der, als Simon erfahren musste, wie seine Verlobte gestorben ist? Oder ist es das Bild jenes Tages, als sie ihn zur Urnenbeisetzung begleitet hatte und Lauras Mutter weinend vor der winzigen Grube zusammengebrochen war?

Der Wilderer kommt ihr in den Sinn, den sie noch einmal bei der Gerichtsverhandlung gesehen hat. War er ihr am Tag seiner Festnahme noch bedrohlich erschienen, gab er auf der Anklagebank nur noch das Bild eines völlig gebrochenen Menschen ab. Zwar hatte der Richter letztlich das Strafmaß auf den Tatbestand einer fahrlässigen Tötung ausgelegt, dennoch bestand offenbar am wenigsten für ihn selbst irgendein Zweifel an seiner Schuld. Es waren wohl tatsächlich die Ereignisse um Lauras Tod gewesen, die ihn völlig hatten absacken lassen. Die ganze Zeit lang war er davon ausgegangen, ihr Mörder zu sein. Mit dieser Schuld konnte er nicht bei klarem Verstand leben und versuchte, sich sein Leben erträglich zu saufen. Ein besonders charmanter Zeitgenosse schien er nie gewesen zu sein. Nach diesem Vorfall hatte er aber anscheinend jedes Maß und jede Menschlichkeit verloren.

Es hatte nur zwei Wochen gedauert, bis sie Simons Vorschlag in die Tat umsetzten und Nina in sein altes Haus einzog. An das Theater mit ihrem Vater denkt sie mit einem Lächeln zurück. Er hatte sie eigentlich nicht gehen lassen wollen. Nicht, bevor sie das Abi fertig hätte. Einen Riesenwust von Argumenten versuchte er ihnen in den Weg zu legen und war immer wieder an Simons souveräner Art, sachlich und vernünftig mit den Vorbehalten umzugehen, gescheitert. Ein Mann von anderem Kaliber, da ist sie sich sicher, wäre vor der eiskalten Verteidigungsbastion ihres Vaters in die Knie gegangen und hätte jeden Plan schnell aufgegeben, sie endgültig zu »entführen«.

Spät hatte er es eingesehen, letztlich erst dann, als sie ihm die Ergebnisse ihrer Prüfungen vorlegen konnte. Seither war Frieden zwischen ihren liebsten Männern. Manchmal hatte sie sich gefühlt wie zwischen zwei mächtigen Mühlsteinen zermahlen und war ihrer Mutter dankbar für die viele Vermittlungsarbeit, die sie leistete. Dass Simon sie schon am ersten Tag völlig für sich eingenommen hatte, war unübersehbar gewesen, und Nina liebt das ganz neue, freundschaftliche Verhältnis, das sie seit den »Kriegshandlungen« zwischen den Männern zu ihr hat.

Die Bilder der düsteren, grauen Momente, die sie beiseiteschieben möchte, liefern sich einen Wettstreit mit den Erinnerungen an die wundervollen Momente.

Die Vorbereitungen auf Ninas Abiturprüfung hatte Simon so ernst genommen, dass er sie drillte, bis ihr manchmal der Kragen geplatzt war. Wenn ihr Kopf zu explodieren drohte oder sie nicht mehr in der Lage war, weitere Formeln aufzunehmen, hatte sie sich ihre »albernen Attacken« genommen. Anfangs war er sauer geworden und hatte versucht, ernst zu bleiben. Dann aber hatte er nach und nach begriffen, wie gut ihr kleine Auszeiten taten.

* * *

Nina entwischt ein kleines Glucksen über die Geschichte mit der Kissenschlacht und Simon sieht sie kurz von der Seite an.

»Woran denkst du?«

»Ich denke gerade darüber nach, wie viel in den letzten Monaten passiert ist. Und eben dachte ich an die Sache mit der Exerzierstunde zum Thema Molekulargenetik und Gentechnik. Herrgott, was hast du mich getriezt!«

»Unser guter Geist behauptet, immer noch in allen Ecken des Wohnzimmers Federchen zu finden. Du bist aber auch wie eine Furie mit den Sofakissen auf mich losgegangen«, sagt Simon und lacht. »Immerhin hat das Getrieze dazu geführt, dass du eine gloriose Bioklausur geschrieben hast. Kann also nicht ganz falsch gewesen sein. Du darfst dich dann schon mal auf meine Vorbereitungsmethoden im Studium freuen. Wetten, dass die noch wirksamer werden?«, droht er feixend, und Nina weiß mittlerweile sehr gut einzuschätzen, dass sie jede Gegenwette sowieso verlieren würde.

»Ich tue alles, was du willst«, beteuert sie prustend, »solange du mir nicht mit Liebesentzug drohst. Dann kannste mich nämlich vergessen!«

»Nee, du, mit der Strategie trete ich mir ja selbst vors Knie. Ich bin doch nicht bescheuert.«

* * *

Dass es eigentlich fast gar keine Situation gibt, die ihn veranlassen könnte, auf Sex mit ihr zu verzichten, musste sie erst begreifen lernen. Seit sie ihn aus seinem selbst errichteten Kerker zurück ans Licht geholt hat, scheint er einen nie abflauenden Nachholbedarf, einen unstillbaren Hunger in dieser Hinsicht zu verspüren. Für jeden glücklichen, verzweifelten, überanstrengten, traurigen oder ausgelassenen Moment, für jede extreme Stresssituation kennt er eine andere Farbe des Liebesspieles.

Nie hätte sie es zum Beispiel für möglich gehalten, dass er irgendein Verlangen nach ihr verspüren könnte, als die Wirklichkeit seine Befürchtungen um Laura eingeholt hatte. Es schien ein Ausdruck von Trotz und Lebenshunger, von Bewältigung der unendlichen Traurigkeit gewesen zu sein. Sanft und zärtlich, aber doch ohne ihr ausdrücklich geäußertes

Gefühl von Unangemessenheit zuzulassen, hatte er damals alle Vorbehalte beiseite gewischt. Und zu Ninas Erstaunen tat es ihnen beiden gut.

Sie hat seine Art, sich jederzeit von ihr zu nehmen, was ihm gerade passt, mittlerweile einfach akzeptiert. Und sie liebt ihn umso mehr für seinen selbstverständlichen, keine Widerrede duldenden Umgang mit diesem Aspekt in ihrer Beziehung, denn niemals ist er rücksichtslos oder egoistisch.

Sie bekommt das Lächeln gar nicht mehr abgestellt, als sie sich an diese denkwürdige Nacht im späten April erinnert, in der sie ihn zu einer schwierigen Fohlengeburt begleitete. Er hatte bis zur Morgendämmerung konzentriert arbeiten müssen, um alles zu einem glücklichen Ende zu bringen, und sie war auf der Heimfahrt im Auto schon eingeschlafen, als das ungleichmäßige Ruckeln des Wagens sie plötzlich weckte. Simon war in einen Waldweg eingebogen, stellte den Motor ab.

»Was ist los? Was willst du denn hier?«, hatte sie erstaunt gefragt und sich die müden Augen gerieben.

Statt einer Antwort war er ausgestiegen, zog sie aus dem Auto und führte sie, die sich etwas widerstrebend und verständnislos mitziehen ließ, tiefer in den lichten Buchenwald hinein. Auf einer kleinen Lichtung, die die aufgehende Sonne in ein unwirklich rosiges Licht tauchte, zog er sie in einen dichten Teppich aus abertausend Buschwindröschen, die sich gerade öffneten und ihre taufeucht glänzenden kleinen Gesichter der Sonne entgegenstreckten. Noch immer fühlt sie den kühlen Boden unter ihrem Rücken, seinen heißen Körper auf ihrem, seine unwiderstehlichen Küsse, seine fordernden Hände auf ihren Brüsten. Sie ließ es geschehen und folgte ihm in dieses erotische Traumland des erwachenden Morgens.

Als sie beide kaum wieder zu sich gekommen waren, schreckte Nina von einem martialischen Gebrüll auf. Sie wollte sich unter Simon fortrollen, aufspringen, davonlaufen. Aber er hielt sie fest, bedeutete ihr, still zu sein, und ließ sie nur den Kopf so weit heben, dass sie sehen konnte, wer sie so endgültig geweckt hatte. Ein kapitaler Hirsch stand auf der Lichtung und beäugte die Liebenden mit aufmerksamen Augen. Eine ganze Weile stand er so, scharrte ein paarmal so heftig mit den Hufen, dass Nina schon Angst bekam, er würde zum Angriff übergehen, bis er offenbar beschloss, nicht weiter stören zu wollen, sich mit einem entschlossenen Kopfschlagen umwandte und in den Wald hineinrollte.

Sie weiß genau: Niemals wird sie dieses Bild vergessen, niemals die Gefühle, die dazugehören, nie den Geruch des Waldes, der sich mit seinem und ihrem Duft des gerade vollzogenen Aktes gemischt hatte.

Die ganze Bandbreite positiver Empfindungen überschwemmt ihr Denken und hüllt es in warme, aufregende, überraschende oder entspannende Erinnerungen wie in einen prächtigen, vielseitigen Mantel.

* * *

Es hat ihr Spaß gemacht, seine Wirkung auf andere Menschen zu beobachten. Während der Osterferien hat sie ihn in der Praxis begleitet, wollte einen Eindruck von seiner Arbeit bekommen. Dass die beiden Helferinnen ihn geradezu vergöttern, war unübersehbar. Sie schienen sich im ständigen Wettstreit um seine Gunst zu befinden und hatten Nina anfangs sehr misstrauisch beäugt. Unmissverständlich hatte Simon ihre Position allerdings definiert, indem er sie als »seine Frau« vorstellte. Den Zweien war zugegebenermaßen ein bisschen die Kinnlade heruntergefallen, denn keine hatte damit gerechnet, den Chef so schnell, gleich am ersten Arbeitstag nach dem Urlaub, vergeben zu sehen, aber sie mussten es doch zähneknirschend akzeptieren. Es schien so, als wüssten sie sehr genau, wie sie sich besser nicht benehmen sollten, wenn ihnen ihr Job lieb war. Und der war ihnen offenbar so lieb, dass sie zwar beide enttäuscht wirkten, sich ihr gegenüber aber vorbildlich verhielten. Es ist Nina sogar gelungen, mittlerweile ein fast freundschaftliches Verhältnis zu ihnen aufzubauen. Keine Frage: Wenn sie ihn schon nicht »haben« konnten, wollten sie wenigstens nicht ganz auf seine Nähe verzichten müssen. Ähnliche Wirkung seines Charmes konnte sie bei den Besitzern seiner kleinen und großen Patienten beobachten.

* * *

Verstohlen sieht sie ihn von der Seite an. Er bemerkt es nicht, ist gerade damit beschäftigt, den Jeep durch eine enge Baustelle zu lavieren. Die Erkenntnis darüber, welche äußerst attraktiven Bewerberinnen um seine Gunst sie alle aus dem Feld geschlagen hat, gibt ihr ein Gefühl, das irgendwo zwischen Triumph und purem Glück liegt. Lächelnd schließt sie die Augen wieder und gibt sich für die kurze Zeit, die sie noch unterwegs sein werden, noch einmal ihren Erinnerungen hin.

* * *

Der genauere Blick auf seine Arbeit hat Nina ihre Studienpläne ändern lassen. Es ist das letzte Drama zwischen ihm und ihrem Vater gewesen, als klar wurde, dass sie nicht die Apotheke übernehmen würde. Sie ist froh, dass sie ihre Entscheidung so bewusst treffen konnte. Simon hatte sie zwei Wochen lang durch den ganz normalen Alltag eines Praktikers mitgeschleppt. Und er hatte sie nicht geschont.

Sie stand neben ihm, wenn er Kater kastrierte und Mutterstuten auf Trächtigkeit kontrollierte, durfte manche Handreichung machen, wenn er untersuchte, Wunden versorgte, impfte, hatte ihm bei der Laborarbeit über die Schulter gesehen. Und er hatte ihr auch die traurigen Momente nicht erspart, in denen klar war, dass jede Hilfe zu spät kam.

Am Ostersonntag war sie mit ihm zur Geburt eines Kalbes auf einen Biohof hinausgefahren. Das Kalb steckte so unglücklich in den Geburtswegen fest, dass die Bauern es schon aufgegeben hatten. Als Simon eine lange Zeit an der vor Schmerz brüllenden Kuh gearbeitet hatte, endlich die Ketten richtig positioniert waren und er den Miniaturbullen doch noch lebend zur Welt brachte, empfand sie ein überwältigendes Glücksgefühl. Das Glücksgefühl, das sie fortan für die Essenz der Entscheidung hält, einen derart kräftezehrenden Beruf selbst ausüben zu wollen.

Das Bild des kleinen Kerls auf seinen wackeligen Knickbeinchen, als er den ersten Schluck Milch aus dem zum Bersten gefüllten Euter seiner Mutter nahm, und den Blick der Kuh wird sie nie vergessen. Manchmal fällt es ihr schwer, Simon mitten in der Nacht, wenn ein Notruf eingeht, aus dem warmen Bett entlassen zu müssen. Manchmal hat sie auch schon todmüde am Frühstückstisch gesessen, weil sie ihn begleiten wollte. Dennoch ist sie inzwischen sicher geworden, dass es genau das Leben ist, das sie mit ihm teilen will.

* * *

Mit dem zufriedenen Empfinden, Ordnung in ihre Gefühlswelt gebracht zu haben, öffnet sie die Augen und bemerkt seinen forschenden Seitenblick.

»Fertig gedacht?«, fragt er schmunzelnd.

»Siehst ja, es steigen keine Logikwölkchen mehr über meinem Kopf auf.«

»Gut! Vergeistigt warst du jetzt lange genug. Ich hätte dich gerne mal wieder für ein paar Tage nur gefühlig. Lässt sich das machen?«, fragt er und streichelt ihr mit dem Handrücken über die Wange.

Sie schmiegt sich an und er lässt seine Hand da, bis er wieder schalten muss.

Nina hat jetzt die Ruhe, sich auf die Schönheit der Frühlingslandschaft zu konzentrieren, die am Fenster vorbeizieht.

Der Winter, der so spät eingesetzt hatte, wollte bis vor einigen Wochen nicht richtig weichen. Nun endlich blühen die Obstbäume im Tal, die Luft ist warm und auch nachts gibt es keine Fröste mehr. Die Schneeschmelze hat auch die letzten weißen Reste aus den Wäldern geputzt.

Mit aller Macht versucht die Natur nachzuholen, was sie in dem eisigen Frühjahr versäumen musste. Die Wiesen sind saftig grün und stehen voller gelber Butterblumen. Das Vieh ist ausgetrieben worden und Nina hat Spaß daran, den Kälbern zuzusehen, wie sie zwischen ihren braun gefleckten Müttern durch das frische Gras toben.

Ben legt ihr von hinten seine Schnauze auf die Schulter.

»Sind gleich da!«, sagt Nina.

Es ist das erste Mal seit dem furchtbaren Sonntag im Winter, dass sie sich auf den Weg zur Hütte machen. Einerseits freut sich Nina auf die freien Tage im Wald, andererseits hat sie ein mulmiges Gefühl. Alles hat dort begonnen, dennoch weiß sie noch zu gut, mit welchen Empfindungen sie ihn nach der letzten unglücklichen Nacht verlassen wollte. Nina hat etwas zu erledigen in der Hütte. Sie muss den Geist, der dort noch immer gegenwärtig ist, endgültig aus ihren letzten Ängsten jagen. Und sie will den schrecklichen Gefühlen dieser Nacht neue, glückliche Erlebnisse gegenüberstellen. Sie weiß, es wird eine harte Prüfung für sie beide sein. Aber sie sind sich einig gewesen, dass sie bereit sind.

Dunkel empfängt sie der Wald, als Simon in den schmalen Weg zur Hütte einbiegt.

Sobald er das Haus aufschließt, kriecht Unbehagen über ihren Nacken. Simon dreht sich auf der Schwelle zu ihr um, nimmt sie fest in die Arme und flüstert leise: »Das schaffen wir auch noch, Schnee-Engel!«

Die Zuversicht, die er ausstrahlt, gepaart mit dem warmen Gefühl, ihn so nahe bei sich zu spüren, gibt ihr Mut. Simon reißt erst mal alle Fenster auf, um die laue Luft hereinzulassen. Es ist alles ein bisschen muffig und klamm geworden.

»Ich werde den Kamin anfeuern. Dann geht die verdammte Winterkälte schneller raus«, erklärt er und bringt schnell das Feuer zum Prasseln, während Nina die Lebensmittel in den Kühlschrank räumt.

»Gute Idee! Lass das Bettzeug noch im Auto. Sonst wird es nur feucht hier drin und ich habe eigentlich keine Lust auf kalte Umschläge in der Nacht.«

»Wozu hättest du denn Lust in der Nacht?«

»Nicht nur in der Nacht!«, sagt sie entschlossen. »Ich muss Geister vertreiben. Und wenn du nichts dagegen hast, würde ich gern sofort damit anfangen.« Sie deutet auf den großen alten Schrank.

»Warte mal!«

Nina ist erstaunt, dass er sich auf dem Absatz umdreht und zum Auto zurückgeht. Einen Moment später ist er mit einer Rolle blauer Müllsäcke zurück, trennt den ersten ab und reicht ihn ihr.

»Hier! Ziemlich reißfest und laut Banderolenaufdruck absolut geistersicher«, scherzt er, »lass uns das zusammen machen. Halt du auf, ich packe ein.«

Nina ist erleichtert. Und wie! Sie hatte gefürchtet, er würde es vielleicht doch nicht übers Herz bringen, Lauras Sachen aus ihrem gemeinsamen Leben zu verbannen. Aber er ist offenbar fest entschlossen. Die Art, wie er die Sache praktisch und ohne die Wehmut, die sie so befürchtet hat, angeht, lässt Felsbrocken von ihrem Herzen fallen. Es kommt eine ganze Menge zusammen. Unten in der Stadt gibt es nichts, was an sie erinnert. Simon war nach dem Umbau allein in das alte Haus gezogen. Aber hier hatte sich das gemeinsame Leben abgespielt und Nina atmet einmal tief durch, als er nun alles zunächst im Holzschuppen verstaut.

Jetzt einen Kaffee auf der Terrasse! Schön in der Sonne sitzen und die Seele baumeln lassen.

Ihre innere Aufgewühltheit hat sich deutlich beruhigt und sie ist an dem Punkt angekommen, an dem sie sicher ist, den kleinen Urlaub richtig und mit allen Sinnen genießen zu können. Er kommt zurück, als sie den Kaffee eingießen will und die großen Pötte aus dem Schränkchen nimmt.

»Warum hast du eine dreckige Tasse im Schrank?«

»Das ist keine *dreckige* Tasse«, widerspricht er.

»'türlich, guck doch.« Nina ist etwas irritiert, denn sie hat noch nie gesehen, dass Simon rot wird, und sieht ihn fragend an.

»Das ist die Nina-Gedächtnistasse. Mal abgesehen von dem Kopfkissenbezug, der noch nach dir gerochen hat, war es das Einzige, was ich von dir hier finden konnte, als du abgehauen bist.«

»Unglaublich!« Lachend schüttelt sie den Kopf. »Wie dämlich waren wir eigentlich? Das darf man ja gar keinem erzählen! Darf ich die jetzt abwaschen und wieder benutzen? Ich werde sie zu meiner Lieblingstasse erklären. Nimmst du den Kaffee schon mit raus? Ich will nur eben noch den Kram ins Bad schaffen und dann endlich Urlaub mit dir machen.«

Simon verschwindet auf die Terrasse und Nina räumt ihre Kosmetika in das winzige Schränkchen über dem Waschbecken. Etwas fehlt.

Ach du Scheiße. Ich hab's mal wieder drauf. Wieder keine Pille mitgenommen. Letztes Mal ist es ja noch mal gut gegangen, aber jetzt haben wir fünf Tage hier in der Wildnis. Ich bin begeistert! Obwohl … vielleicht sollte ich mal mit ihm reden.

»Du, Simon …«

Er hat es sich schon mit geschlossenen Augen in der Sonne bequem gemacht und weist auf den Stuhl neben sich. »Was ist denn? Setz dich und lass dir die Sonne auf die blasse Nase brennen.«

»Ich muss dir was sagen«, druckst sie.

»Wenn du musst, dann sag! Aber setz dich hin und geh mir aus dem Licht.«

Einen Augenblick sagt sie nichts, beobachtet seine Reaktion. Nach einer Weile scheint ihm die Sache langsam komisch vorzukommen. Simon öffnet die Augen und sieht in ihr ziemlich unentspanntes Gesicht. Sie hat nur mit einer Pobacke auf dem Stuhl Platz genommen.

»Ich habe meine Pille vergessen!«, platzt sie heraus.

Nina wundert sich über sein ausgesprochen breites Grinsen. »Fein!«

»Wie, fein? Spinnst du?«

»Abgesehen davon, dass die dauernde Hormonfresserei sowieso nicht gesund für dich ist, hätte ich persönlich ja nichts dagegen, etwas deutlich Dauerhafteres zu schaffen als deinen extrem vergänglichen Duft in einem Kopfkissenbezug oder die marginalen DNA-Spuren an einer Kaffeetasse.«

»Wirklich?« Nina ist platt. Mit dieser Reaktion hätte sie als Allerletztes gerechnet. »Aber was ist mit Studium, Praxis, Geldverdienen?«

Simon lehnt sich gemütlich in seinem Stuhl zurück, faltet die Hände über dem Bauch und blinzelt mit einem ausgesprochen vergnügten Gesichtsausdruck in die Sonne. Nina hockt noch immer angespannt auf der Stuhlkante und wartet auf weitere Erklärungen.

»Wenn alle immer nur daran denken würden, wäre die Menschheit längst ausgestorben. Irgendjemand muss uns schließlich beerben«, sagt er und bemüht sich, ernsthaft zu wirken. Es gelingt ihm schlecht. »Ich überlege bloß gerade, ob mir ein Mädchen oder ein Junge lieber wäre. Natürlich hätte ich gerne eine Nina in Miniaturausgabe. Allerdings könnte selbst ich deinem Vater dann vermutlich spätestens in fünfzehn Jahren noch eine Lektion in Sachen Eifersucht erteilen. Ein Junge wäre fast dasselbe Problem. Dann muss ich mich als älterer Herr ja ständig mit ihm um deine Gunst kloppen. Ach, weißt du, wie man es auch dreht ... letztlich ist es egal. Was kommt, wird gefüttert.«

Nina bekommt den Mund nicht mehr zu, als er sich scheinbar völlig zufrieden mit seinen Erläuterungen wieder ganz dem Sonnenbad hingibt. Sie beobachtet ihn kopfschüttelnd. Irgendwann öffnet er langsam ein Auge und grinst sie scheel an. Ehe sie ihrer Empörung Luft machen kann, springt er auf, zieht sie vom Stuhl hoch und wirbelt sie durch die Luft.

»Oh Nina, ich liebe deine Vergesslichkeit! Und ich liebe dich! Und ...« Mit einer hochdramatischen Geste geht er vor ihr auf die Knie. »Und ich möchte dich erstens heiraten und zweitens ein Kind von dir. Oder von mir aus auch andersrum. Je nachdem, wie du es gern hättest.«

Nina legt einen Zeigefinger an die Nasenspitze und sieht lächelnd auf ihn hinunter.

»Reichen uns dafür fünf Tage? So mit allem Drum und Dran? Mit Ohren und Zehen und fünf Fingern an jeder Hand?«

»Leicht!«, sagt er grinsend mit einer wegwerfenden Handbewegung.

»Gut, dann nehme ich beide Angebote an! Und ich finde, wir sollten keine Zeit verlieren. Holst du schon mal die Decken aus dem Auto? Ich will mit dir ins Bett! Und zwar sofort!«

Danksagung

Es wird Zeit, Danke zu sagen!

Mein Dank gilt, wie könnte es auch anders sein, meiner geduldigen Familie, die mir Freiräume zum Schreiben lässt, mich mit Nervennahrung und Unmengen Tee versorgt, mir viel Technisches abnimmt und wirklich nur ganz selten kurz vor dem Durchdrehen ist.

Mein Dank gilt meinem akribischen, hochprofessionellen Lektor und Berater Stefan Wendel, der, beginnend mit schwerem Gerät, dann mit feiner werdendem Werkzeug, Ordnung in meine Manuskripte bringt! Ich schicke einen ganz herzlichen Gruß nach Lübeck.

Mein Dank gilt der ungeheuer umsichtigen Korrektorin Claudia Schumann von der Media-Agentur Gaby Hoffmann, die zum guten Schluss die Lupe zur Hand nahm, um meinen Lesern eine rundum feingeschliffenes Lesevergnügen zu garantieren.

Mein Dank gilt den Cover-Designern, die es immer wieder fertigbringen, meinen Büchern so wunderschöne Kleider zu schneidern.

Und mein Dank gilt meinem Verlag »Montlake Romance«, der in so vielen kleinen, unsichtbaren Schritten meine Bücher zu den Lesern bringt.

Zeitfracht Medien GmbH
Ferdinand-Jühlke-Straße 7
99095 Erfurt, Deutschland
produktsicherheit@kolibri360.de

Druck:
CPI Druckdienstleistungen GmbH
im Auftrag der
Zeitfracht Medien GmbH
Ein Unternehmen der Zeitfracht - Gruppe
Ferdinand-Jühlke-Str. 7
99095 Erfurt